火打石と瑠璃の島

田原 更

文芸社

目次

用語集

グータ島……この話の舞台。絶海の孤島。グータは、しずくという意味。

リヴェーロ……グータ島で唯一、舟を操ることができる人々。ランダ川に生きる川の民。

アヴェーロ……木の実のような茶色い髪と目をした人々。川の民と、ノールタの民の混血。

ベスティータ……女性の正装。身体の線に沿って作られたドレス。

トールト……甘くないパイ。

ストーコ……スープ。

ソベリーロ……シャベル。

トルチョ……携帯できる油用灯火具。カンテラ。

トルチョイ……松明。

アカリタート教…スータで広く信仰される宗教。アカリタートとは水を愛する者という意味で、水を信仰の象徴とする。

アカミストート……アカリタート教の前身。水に愛されし者という意味。

ルージャ……ルビーに似た赤い宝石。

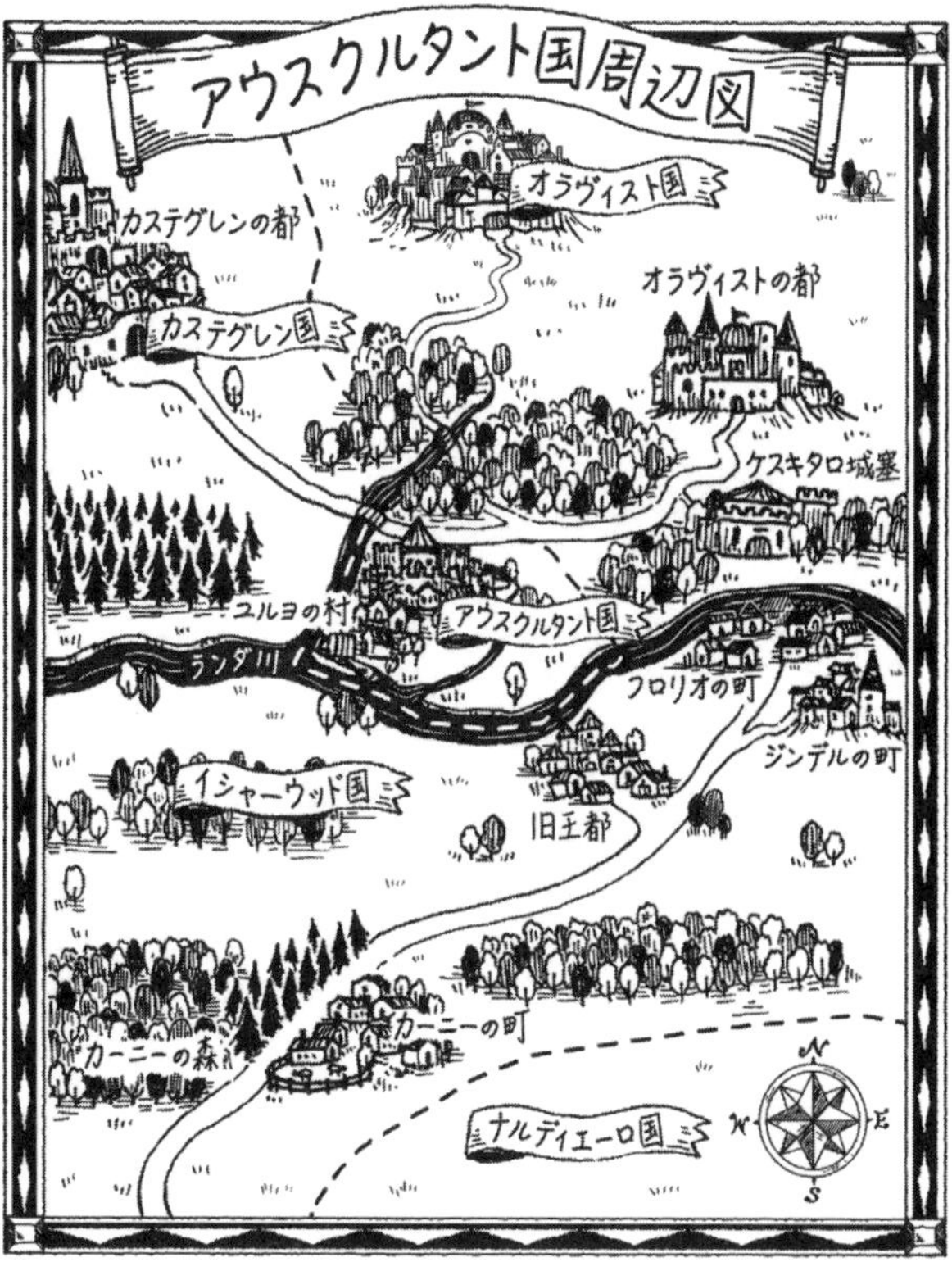
アウスクルタント国周辺図
オラヴィスト国
カステグレンの都
オラヴィストの都
カステグレン国
ケスキタロ城塞
ユルヨの村
アウスクルタント国
ランダ川
フロリオの町
ジンデルの町
イシャーウッド国
旧王都
カーニーの町
カーニーの森
ナルディエーロ国
N
W
E
S

一匹の竜が、虚空を飛んでいた。

眼下には、どこまでも、どこまでも、続く海。

竜は、悲しげに鳴き、涙を流した。

右目からは、黄金のように輝く火打石がこぼれ落ち、左目からは、海よりも青い瑠璃がこぼれ落ちた。

竜が落とした火打石と瑠璃は、海に落ちて一つの島となった。火打石は火山となり、瑠璃は青き水が流れる川となった。

火山から噴き出した溶岩が、川によって冷やされ、人を形づくった。人々は、西から聞こえる調べを真似して歌いだした。

その調べは西の火山に住む、双頭の蛇が歌う愛の歌。虚空を漂う孤独な竜は、西の火山に降り立ち、己の身を引き裂いて、己を二つに分けたのだ。

こうして、このグータ島の守り神たる双頭の蛇と、我々人が誕生した。

一章　ユルヨ

一．ある春の日に

長い冬が明け、春がやってきた。この春、ユルヨは十歳になった。木の実のような色の髪と目を持ち、体は少しやせていた。今日の昼食を、四歳年下の妹ラケルと分け合って食べたせいか、おなかをすかせていたユルヨの顔色は、少し青かったが、その顔立ちは悪くなかった。

ユルヨは、アウスクルタント国にある、小さな村に住んでいた。アウスクルタント国は、周辺の国とは違い、一人の女性を主と仰ぐ国で、民の多くは金色の髪に青い目をしていた。ユルヨや村の人々は、明るい茶色の髪と目をしていた。彼らは、村の外に住む、金色の髪に青い目を持った人々から、アヴェーロと呼ばれていた。ラケルとともに母親の農作業の手伝いをしていたユルヨは、しばしの間休憩をとることにした。ラケルはユルヨから少し離れて、小さな白い花を見つめていた。そこから離れないようラケルに言い聞かせると、ユルヨは草むらに寝ころんだ。

柔らかな日差しが心地よく感じられた。冬の間冷え切っていた手足がほんのり熱をおびてきた。耳を澄ましていると、とうとうと流れるランダ川の音が聞こえてきた。

ランダ川は広い川で、穏やかな川に見えた。しかし、川岸から離れれば一気に流れが速くなる。この村の子供たちは、生まれて間もない頃から、決してランダ川で遊んではならないと、きつく言い聞かせられるのだった。

そんなランダ川のほとりに、この村の村長の家があった。今年で二十歳になる、彼の自慢の兄は、村長の家に婿入りする予定だった。兄アトロは貧しいヒルデン家の生まれでありながら、村の子供たちの中で一番頭がよかったため、村長の家で勉強させてもらい、都にある師範学校の試験に受かった。数年前から、アトロはユルヨが通っている学校で教鞭を振るっていた。教師は、誰からも尊敬を集める仕事だから、ユルヨはそんな仕事に就いたアトロを誇りに思っていた。

そのアトロが、お嫁さんをもらうのではなく、お婿に行ってしまうのが、ユルヨには不思議だった。兄さんは長男だから、どこかの家の次女をお嫁にもらうのが普通だろうと、ユルヨは子供ながらに思っていた。アトロの結婚相手である村長の娘カスリンは、一人娘だった。裕福な家の次男をお婿にもらわず、貧しい家の長男である兄さんと結婚するのはなぜなのだろうと考えたこともあった。この村では、いや、この国では、男女問わず、長子が家長になる決まりなのだ。

母親に尋ねても、そんなことをお前が気にする必要はないよ、と言われるだけだった。

そのうち、村人が口々にこう言いだしたので、ユルヨは合点がいくようになった。

「アトロは昔からおとなしくて利口ないい子だったけど、やっぱり、ライリの息子だね」

ライリとはユルヨの母の名前だ。ライリは今年で四十になるが、さまざまな苦労を重ね、ずいぶん老け込んでいた。

そんなライリは、二十五年ほど前には村一番の美女だと言われていた。その頃、ライリは生まれて間もない頃から決まっていた婚約者を、事故で失っていた。この村ではどんな貧しい家の子供でも、その家の跡取りであれば、生まれて間もない頃に結婚相手を決めていた。

婚約者を亡くした若い頃のライリは、もちろん悲しんだが、ある日彼女の悲しみは一瞬で吹き飛んだ。村に行商にやってきた、金髪に青い瞳をした、美しい青年に一目ぼれしたのだ。青年も同じ思いだったようで、二人は村中の反対を押し切って、間もなく結婚した。そのせいで、ユルヨたち一家は、長男のアトロが村長の援助を受けるようになるまでは、村人からどこか遠巻きにされ、嫌がらせを受けたり、いじめられたりすることもあった。

村人から疎まれれば疎まれるほど、ますます互いへの愛情を強くしていた若い夫婦の間に生まれたユルヨたちは、燃えるような愛が長くは続かないことを知っていた。それでも、アトロは、親と同じように、愛を選んだ。アトロにも、カスリンにも、他に決まった婚約者がいたのかもしれない。でも、ユルヨはあまり興味を持っていなかった。結婚は、彼には関係のないことだったからだ。

大人になっても村にとどまり、結婚して子供を残すのは、長子か、せいぜい二番目の子供までだけだった。それ以下の子供たちは、村では食べていけず、都に奉公に出て、大人になっても村には戻らず、ずっと一人で暮らすのだった。ユルヨは、三男だった。

ユルヨの家ではすでに次男のクルトが奉公に出ていた。奉公の期間は、奉公先から支払われる前金に応じて、五年か十年と決まっていた。クルトは十年の奉公だった。十一歳の年に奉公に出て、今年で十九歳だから、奉公が終わるのはまだ一、二年先だった。ここ数年は、秋の奉公休みにも帰ってこないので、幼いラケルはクルトの顔を知らないのだ。

しかし、長男のアトロが結婚で家を出ることに決まったため、ユルヨの母はクルトを家に呼び戻すことにした。多めにもらった前金と、奉公を途中でやめる罰金を返済するために、ユルヨは十年の奉公に出ることになった。

この国の民は十七歳で成人となり、二十歳になる前にたいていは結婚してしまう。村では成人になる前に結婚して子供を産むのも珍しくはなかった。二十歳になってもまだ奉公人の身分のユルヨには、結婚して温かい家庭を築くことは難しいことだった。

それはクルトも同じことだった。この貧しい村でも、十年の奉公に出される子供は少なかった。それは、五年近く前に、突然の病に倒れて亡くなった父さんのせいだったのでは、と、ユルヨは考えることがあった。父サウロと母ライリの仲は、年々悪くなっていく一方だった。ユルヨは、母とけんかをしている父の姿をよく覚えていた。サウロは畑も耕さずに村から出かけてばかりだった。行商人の仕事を続けていたからだった。都とアヴェーロの集落を往復するだけではなく、時には通行証をとって他国にも出かけていくこともあった。しかし、通行料を引けば大した稼ぎにはならず、それでライリに責められていた。ライリは元々、美しいが気性の激しい娘だった。サウロと結婚して子供を産むうちに、美しさは衰え、激しい気性は増すばかりだった。

それでも、幼い頃のユルヨは父親が好きだった。どこかで買ってきた面白いものをユルヨに見せてくれた。甘い砂糖菓子をくれたこともあった。他国で買った、綺麗な首飾りをくれたこともあった。サウロは、いつかユルヨが結婚する時に、結婚相手に渡すようにと思ったのかもしれない。サウロの現実が見えていないところを、ライリは嫌っていたが、幼いユルヨにとっては好ましく思えた。楽しい夢を見させてくれたからだ。

しかし、今は違っていた。クルト兄さんが十年も奉公に出たのは、父さんが畑をほったらかしにしたせいでお金がなかったからだ、そうでなかったら、クルト兄さんも僕も五年の奉公ですんだのだ、とユルヨは苦々しく思っていた。

この国は成人一人一人に平等な税がかかっていた。貧しい家の子供たちが奉公に出るのは、親の税を賄うためだった。そして、大半は家庭を持たずに働き続けるのは、成人したあとにかかる自分の税を納めるので精いっぱいだったからだ。

この国は貧しい国だが、税は他国よりも高かった。その理由は、誰でも平等に受けられる、五年間の学校教育のためだった。ユルヨは学校に通い始めて五年目になり、ラケルはこの春から通い始めたばかりだ。他国では貧しい家の子は学校には通わない。それどころか、読み書きすらできない。幼い頃からずっと奉公に出され、ひどい環境で働かされ、大人になる前に亡くなることが多いという。

そのことを、ユルヨに教えてくれたのはアトロだった。ユルヨはあまり勉強が好きではなかった。なぜ学校に行って勉強するのか、アトロに尋ねた時、彼はまずこう言った。

「ユルヨ、学校で勉強ができるのは、とても素晴らしいことなんだよ。よその国では、うちみたいな貧しい家の子供は、読み書きすらできずに、幼い頃から働かされるんだ。予言者様は、幼い子供が世の中のことを何も知らずに、ただ働いて死んでいくのをたいそう気の毒に思われたんだ。だから、この国に学校を作られた。

いいかい、ユルヨ、私たちは、予言者様からこの上ないお恵みを与えられたんだよ。読み、書き、計算だって、この国で昔何があったのかさえ、私たちは知っている。学校に行かなければ、私たちは何も知らないまま、ただ生きて、ただ死んでいくだけなんだよ」

ただ生きて、ただ死んでいくということが、どういうことだかわからず、うつむいて考え込んだユルヨの頭に、アトロはそっと手を置いた。

「私たちは、こうやって考えることができる。ただ生きて、ただ死んでいくということは、その日のこと以外、何も考えないということだよ。私たちは、今を生きるすべを教わる。過去のことを教わる。そして、この先に何が起こるのか教えてもらえる。この先何をすればいいのか、考えることができる。それは、予言者様が私たち一人一人に尊い教えと、この先の予言を授けてくださったからだよ」

　ユルヨは学校に飾ってある予言者様の肖像画を思い出した。柔和な笑みを浮かべた、上品な老女、その人が、五十年にもわたり、民に教育と予言を授けてくれている予言者、エレオノーラだった。

　予言者は、この国の長であった。政は、元老院と呼ばれる貴族の集まりが取り仕切っていたが、彼らも予言者の前では一人の民に過ぎなかった。エレオノーラは十数代目の予言者だった。予言者は、この先に起こる災害や厄災を予見する力を持った女性のことだ。この国では数十年に一度、不思議な力を持った女性が生まれてくる。そんな女性たちが、代々予言者としてまつられていた。エレオノーラは、たまたま、貴族の姫として生まれ育ったが、多くの予言者は、元はごく普通の娘だった。

　この国の誕生は、四百年前の、大戦の頃にさかのぼった。この国の子供たちは、大戦とこの国の誕生について、そらんじて話せるくらい、きっちりと教わるのだ。勉強が苦手なユルヨでさえ、途切れ途切れながら、最後まで話せるくらいだ。

　この国は、広大な島に広がる大地に存在していた。大地は、東西に流れるランダ川によって分断され、ユルヨの住むアウスクルタント国がある北側がノールタ、南側がスータと呼ばれていた。大地を割くように流れるランダ川を、人々はずっと恐れて暮らしていた。ランダ川には、西の果てにあるバルバラ山脈に住む、炎と毒を吐く双頭の大蛇が死んだ時に、首からあふれた毒液が流れこんでいると言われていた。

かつては、この島に、舟を操る川の民、リヴェーロと呼ばれる人々がいた。彼らは茶色い髪に、茶色い目をしていた。ノールタとスータの品々を対岸の民に売り、儲けたお金を舟の上でその日のうちに使ってしまう、文字通り地に足のつかない生活を送っていた。その中で、堅実な者たちは、舟からおりて、ノールタに住む青い目をした人々とともに暮らし始めた。リヴェーロと、青い目の人々の間にできた子供たちは、木の実のような、明るい茶色い目をしていた。そうして、彼らはアヴェーロと名乗るようになった。やがて、アヴェーロたちは一つの国を興した。現在もノールタに残る、ノールタ有数の大国、オラヴィスト国だ。

ランダ川の南側、スータでも、リヴェーロの一部が同じように陸に上がり、そちらに住む人々と交わって、やがて、イシャーウッドという名の国を興した。

両国は、ほとんど同じように栄えていった。リヴェーロとの交渉を一手に引き受け、彼らから買い取った商品を、周辺国まで旅して高値で売り、大儲けしていた。商魂たくましい交易商人の国から、武器を携えた軍事大国になるまで、そう長い年月はかからなかった。両国はノールタとスータをそれぞれ制圧し、対岸の国まで奪おうと、さらなる戦を始めた。

まず犠牲になったのは、リヴェーロだった。彼らは家族の命と引き換えに、兵士たちを乗せて対岸まで舟を出した。舟を操ることができるのは彼らだけだったため、敵兵は真っ先にリヴェーロを射殺した。次に両国はランダ川に橋を架けようとした。しかし、橋の完成を待たずに、ランダ川が氾濫し、労役に駆り出された民が、数えきれないほど亡くなった。

そんなことを幾年も繰り返したあとで、両国はあることを思いついた。川がだめなら、山を越えればいい。バルバラ山脈を越えて、西から攻めればいいのだ。

人々は、バルバラ山脈の双頭の大蛇を恐れていたために、今まで決してバルバラ山脈に立ち入ろうとしなかった。しかし、両国の王は、自国の兵と武器を、過大なまでに信用していた。両国はリヴェーロの生き残りに命じて、ランダ川に舟を出し、舟の上で会議を開いた。両国は一時休戦し、互いの最も強い兵士数人を、大蛇の討伐隊としてバルバラ山脈に派遣した。大蛇をおびきだす生け贄として、リヴェーロの中で最も美しい娘が選ばれた。娘はかごに入れられ、下人たちによって運ばれた。道案内に、リヴェーロの青年が一人ついていくことになった。リヴェーロたちは、その頃には戦ばかりの川から岸に上がり、小さな集落を作って暮らしていた。青年は、川上の、最もバルバラ山脈に近い土地にある集落の出身だった。

バルバラ山脈にたどり着いた一行は、双頭の大蛇と三日にわたる死闘を繰り広げた。ついに、男たちは大蛇の両方の首を切り落としたが、切り口からとめどなくあふれる大蛇の体液、つまり、毒液に溺れて、兵士たちも、下人たちも、案内の青年も命を落とした。毒液はそのままランダ川に流れ込んだ。かごの中の娘だけが、ちょうど、かごが舟の代わりになって毒液の上を漂い、川に流れついて、どこかの小さな村の村人に救われた。

美しい娘は村で元気を取り戻し、いつの間にか、玉のような女の子を産んだ。女の子は金色の髪に、青い目をしていた。娘は産後の肥立ちが悪く、程なくして亡くなってしまったので、女の子のことはその村の村長夫妻が自分たちの子として育てることにした。女の子はおしゃべりな小鳥という意味の、パローリと名付けられた。

パローリはその名の通りよく話す子供に育った。そして、十歳を過ぎた頃から、明日の天気や、ランダ川の水位の変化について、ぴたりと言い当てるようになった。やがて村人はパローリの予言を頼りにするようになった。災害の被害から逃れられるようになった小さな村は、どんどん栄えていった。

その噂は、オラヴィスト国王の耳にも届いた。大蛇退治に失敗して以降、無為な年月をおくったことに焦った王は、パローリに自らの運命を予言させることにした。村人を人質に取られ、王城に連れてこられたパローリは、オラヴィスト王がスータの大地に立つことを予言した。パローリは、オラヴィスト王のそばに置かれ、オラヴィスト貴族の位を与えられた。

オラヴィスト軍はランダ川の下に、何年もかけて地下道を掘り、ついにランダ川の向こう、イシャーウッド国までたどり着くことができた。イシャーウッド国王は慌てふためいて兵を集めた。しかし、オラヴィスト軍は攻めてこなかった。オラヴィスト王が突然病に倒れ、そのまま亡くなったのだ。オラヴィスト王は、確かにスータの大地に立ったが、その先のことを、パローリはあえて告げなかったのだ。

　パローリはオラヴィスト王の遣いとして、イシャーウッド王のもとに出向いた。このまま戦いを終わらせなければ、オラヴィスト王と同じ運命をたどることになる、と、パローリはイシャーウッド王に告げた。イシャーウッド王は怒り狂い、パローリを処刑してしまった。オラヴィスト軍は統率を失い、慌てふためいてノールタへ逃げ帰った。イシャーウッド王は追手の兵を出そうとしたが、突然、心臓の病に倒れて亡くなり、戦はそこで終わった。

　その後のイシャーウッド国がどうなったのかは、アウスクルタント国では語り継がれていない。オラヴィスト国は後を継いだ王がまだ幼かったため、内乱が起きた。内乱の末に、ノールタの国々はオラヴィスト国勃興の頃の領土に戻った。

　パローリが育った村は、オラヴィスト王により、パローリの領地になっていた。パローリの死と同じくして、村娘の一人が、突然、天候や川の水位などを予言するようになった。娘は自らを予言者と名乗った。そして、予言者はこう言った。

「予言の力を戦に使ってはなりません。これからは、民が災害や飢えから逃れるためだけにこの力を使うでしょう。この土地に、新しい国を作り、貧しくとも清らかに生きていきましょう。そして、女たちに教育を、男たちに政を任せましょう。私は、ただ予知を行い、予言を与えるだけの存在となりましょう」

この新しい、小さな国の名前は、予言を聞く者たちの国、「アウスクルタント」と名付けられた。賛同した周辺の町や村、そして、陸に上がったリヴェーロたちの集落のいくつかを領土とした。そうして、十数年、あるいは数十年に一人現れる予言の力を持つ娘を予言者として奉る、アウスクルタント国が誕生したのだ。

アウスクルタント国で暮らす、リヴェーロの末裔はすべてアヴェーロと呼ばれるようになった。そして、かつてオラヴィスト国を興したアヴェーロたちが犯した罪を背負わされることになった。あるいは、彼ら自身が自分たちをそう戒めたのかもしれない。ユルヨたちアヴェーロは、アウスクルタント国の中でも特に貧しい暮らしをしながら、予言者の教えを守って暮らしていた。

ユルヨが今日の昼食を四歳年下の妹ラケルと分け合って食べたのも、お金がないからだった。ひもじい思いをしても、それをみじめだと思ってはならないと、母親から常々言われていた。ユルヨ自身も、それが当たり前だと思っていたから、黙って耐えていた。妹はやっと六歳になったところだ。これからはきちんと畑仕事を手伝えるように、食べさせて体力をつけなければ、ユルヨはそう思い、それまで以上に多くの食べ物を分けてやったのだ。

そろそろ農作業に戻ろう、ユルヨが起き上がると、少し離れたところで休んでいたはずのラケルの姿が消えていた。

「あいつ、どこに行ったんだ。せっかく、お昼をたくさん分けてやったのに、言うことを聞かないやつ」

　ユルヨはぶつぶつ独り言を言った。

　ランダ川の流れる音が耳に入った。ユルヨは悪い予感がして、川のほうへ駆けていった。


　ランダ川の岸辺には、思ったとおり、ラケルがいた。大声で叱りつけてやろうと思ったが、それをためらったのは、ラケルと一緒に兄アトロがいたからだ。

「兄さん、学校の仕事は終わったの」

　ユルヨはまず自分の兄に声をかけた。学校はお昼前に終わり、子供たちは家に帰って食事をとるが、教師たちは夕方までは明日の授業の準備や事務仕事をしている。若い教師であるアトロは、そのほかにも雑用や当直の仕事を抱えていて、ユルヨが眠った頃に帰ってくることがほとんどだった。

「婚礼の支度で忙しいだろうから、今日からは早めに帰るように言われたんだ」

　この秋に、アトロは婚礼の儀式を行う予定だ。婚礼の準備は半年くらいかけて行われる。花嫁は花嫁衣裳を作り、花婿は花飾りのついた舟を作るのだ。アヴェーロが、もともとは川で暮らす民だったことをうかがわせるしきたりだった。昔は、花婿が作った舟の上で婚礼の儀式を行ったのだろう。今では、儀式の最後に、二体の人形を載せた飾り舟を流し、新たな夫婦の門出を祝うのだ。

アトロのそばには大きな丸太が転がっていた。これから舟を作り始めるところなのだろう。

「ラケルはね、舟に飾る花を持ってきてくれたんだよ」

アトロが唐突にラケルのことを話したので、ユルヨは自分の妹に視線を向けた。ラケルは、先ほどの草むらに生えていた小さな白い花を束にして握っていた。花のことなど、さっぱりわからないユルヨだったが、さすがに、こんな花を婚礼の儀式に用いることはないだろうと思い、苦笑いした。

「これじゃ、詰草にするのがせいぜいだろう」

ユルヨはあきれた口調でラケルに言った。詰草とは、割れやすい器を商品として持ち運ぶために、木箱に敷き詰める草のことだ。ユルヨは、父親がまだ生きていた頃に、この花を摘んでは干して乾燥させるお手伝いをしていたのだ。

「じゃあ、たくさん摘んでもらって、舟の中に敷き詰めよう。人形が倒れないですむように」

アトロは笑った。ラケルも微笑みを浮かべたが、声を立てて笑うことはなかった。ラケルは六歳になった今でも、言葉を話すことがほとんどないのだ。今まで、畑仕事の手伝いもろくにできず、ぼんやりと遠くを見つめているか、にやにやしているばかりで、ユルヨは正直、ラケルが疎ましかった。妹は、奉公に出されることもないだろう。役に立たない娘のために前金を払ってくれる奉公先などあるわけがない。妹はこの村で夢でも見ているように生き続け、自分は故郷を離れてただ生きるために働き続けると思うと、むなしくて、悔しくて、たまらなかった。しかし、ユルヨがラケルを疎む一番の理由は、別のところにあった。

「ユルヨ、ここにいたのかい！」

不意に、くたびれた女性の声がした。ユルヨが振り返ると、そこには農具を持ったままの母ライリが立っていた。ライリは息を切らしていた。そして、何か思いつめたような顔をしていた。畑仕事の休憩に入ってから、ずいぶん時間が経ってしまった。心配して捜しに来てくれたのだろう、とユルヨは思った。

「母さん、ごめんなさい。ラケルを捜しに、ここまで……」

「川には近づくなと、あれほど言っただろう！」

ユルヨは母の剣幕にたじろいだ。しかし、ライリの怒りの矛先は、きょとんと立っているラケルに向いていた。ラケルが黙っているのに腹を立てたライリは自分の娘を平手で打った。ぴしゃりという音と、農具が倒れる音が同時に川辺に響いた。

「母さん、何をいきなり……」

アトロはライリをとがめるように言った。ライリは自分の顔を両手で包んで泣き出した。一方のラケルは泣きもせずに、ただ立ち尽くしていた。アトロは倒れた農具をユルヨに持たせると、ライリの体を支えるようにして、家に連れ帰った。残されたラケルはランダ川をただ黙って見つめていた。

怒られたのだから謝ればいいのに、言葉に出せないなら、せめて、申し訳なさそうな顔をすればいいのに、ラケルはただ黙っているばかりだ。そういう態度が、母さんを怒らせるんだ。ユルヨはそう思っていた。ライリは、ユルヨにも、アトロにも優しい母親だった。優しい母さんがこんな風に怒るのは、妹が気味の悪いせいだと、まだ幼さの残るユルヨは本気で思っていたのだ。苦労のあまり、母は病んでいたのだと、ユルヨが気づくのはずっと先のことだった。

ユルヨはラケルを置いて帰りたいと、束の間に思ったが、赤くなった頬を押さえもせずに、花を握りしめたままでいる妹がかわいそうに思えてきて、そっと手を差し出した。ラケルは驚いたような、戸惑ったような顔を浮かべていた。

「ラケル、一緒に帰ろう」

ユルヨがそう言うと、ラケルはその手をぎゅっと握りしめた。夕方近くになり、外は急に寒くなってきた。二人は家路へと急いだ。


家に帰ると、ライリはいなかった。アトロがやかんを持っていて、戻ってきたユルヨとラケルに、甘い蜂蜜を溶かしたお湯を飲ませてくれた。

「兄さん、こんな高価なもの……」

ユルヨは戸惑った。蜂蜜はこの村ではとることができないが、村一番の商家のリンコラ家の店の奥に、ひっそりと置かれているのをユルヨは知っていた。その値段は薬と同じくらい高価だった。そんな、ぜいたくなものを、今日のような何でもない日に飲んでいいのだろうか。ぜいたくをしてはいけないし、あこがれてもいけないと、教壇に立って教えてくれたのは、兄さんじゃないか、とユルヨは思ったが、口には出せなかった。

「母さんを落ち着かせるために飲ませた。今は外に出ている。やることがたくさんあるから、遅くまで帰ってこないだろう。母さんが、二人にも飲ませてやってほしいと言っていたよ。さあ、飲みなさい」

その言葉に安心して、ユルヨは蜂蜜湯を飲んだ。甘いお湯がのどを滑り落ちていくと、先ほどの寒さが吹き飛んでいくようだった。ラケルはまだ幼いせいか、熱いお湯をそのまま飲めず、一生懸命に息を吹きかけてお湯を冷ましていた。

「ユルヨ、ラケル、すまないね」

アトロは申し訳なさそうに言った。

「どうしてそんなことを言うの、兄さん。この蜂蜜だって、兄さんが買ってくれたんでしょう。うちの畑でとれた野菜を売ったって、とても買えやしないのに」

兄に謝られて、ユルヨは自分のほうが申し訳なくなってきた。蜂蜜を買えるような家は、この村では、村長の家か、村一番の商家であるリンコラ家と、そこの親戚の家くらいだろうと、ユルヨは思っていた。

「お金のことは心配いらない。この蜂蜜は、都からきている先生に、安く譲ってもらったんだ」

アトロは安心させるような優しい口調で話した。都からきている先生は、武術の師範だった。武術は男の子だけが習う決まりで、ユルヨが唯一得意な科目だった。母方の祖先に、武術で名声をあげた男がいるらしく、ユルヨはその生まれ変わりのようだ、と、親戚から言われたことがあった。

「母さんにも、いつも言っている。お金のことは、自分たちで何とかするから、気遣いはいらないって……」

ユルヨは、兄の婚礼の支度について、母が過剰になっているのを肌身で感じていたが、兄がそのことで心を痛めていることを、ユルヨはこの時はじめて気づいた。

ライリは、舟に飾る花を、村の誰の婚礼の儀式のものより華やかにしたいと願っていた。そしてそのために、家にあるわずかな品々をお金に換えていたのだ。ユルヨが父サウロからもらった首飾りも売られてしまった。ユルヨは、たった一度だけ、こう思ったことがあった。僕も、兄さんの婚礼の花のために、奉公先に売られていくんだ、と。

「だけど、いくら言っても、母さんは耳を傾けてくれなかった。婚礼の儀式は、母さんの夢でもあるんだろうな」

周囲の反対を押し切って、都の人間を夫として迎え入れたライリは、婚礼の儀式を挙げることはできなかった。アトロはそんな母を気遣うように言った。

ユルヨはさっき思い出した暗い考えをアトロに悟られたくなくて、蜂蜜湯を飲み干し、おいしかった、と伝えた。アトロは嬉しそうに微笑むと、意を決したようにこう言った。

「ユルヨ、私はこの国はとても素晴らしいと思っている。だけど、どうして、まだ幼さの残る子供が、何年も働きに出なければならないのか、どうしたら、働きに出る子供を少しでも減らせるのか、考えても、答えが出ないんだよ」

ユルヨの喉から、蜂蜜湯の甘さが消えていき、代わりに言葉が口をついて出てきた。

「兄さん、何をそんな、当たり前のことを……。僕たちは、この国のために働くんだ。この国が、これからもずっと、清い、美しい国でいられるために。そのために、一人一人が学んで、知識を得ていかないと、だめだって……。皆が、学べるためのお金が、必要なんだ。だから僕たちは……」

「そうだ、その通り。だけどね、私は、ユルヨにも、ラケルにも、幸せになってもらいたい。働いて、幸せになれるなら、それで構わない。でも……」

沈黙がしばらく続き、ラケルが冷めた蜂蜜湯をごくごく飲む音だけが聞こえてきた。

ラケルは何もわかっていないのか、にこにこと嬉しそうに笑っていた。

「ラケル。お前はいつもそうやって笑って……。話ができないから、働けないからって、何もかも、その小さな背中に背負う必要はないよ。つらい思いをさせて、本当に、すまないね……」

ユルヨは、アトロの言っていることがよくわからなかった。相変わらず、へらへらしているだろうと思ってラケルの顔を覗き込むと、その顔からは笑みは消え、どこか悲しげな表情をしていた。ラケルははっきりした意思を込めて、アトロにたいして首を横に振った。ユルヨは驚きをもって妹の顔を見つめていた。

二．新しい予言者

春が来てからひと月ほど経った頃、老齢の予言者エレオノーラがその生涯を終えた。訃報は国中を瞬く間に広まり、国中の子供たちは学校の教室でそれを耳にした。
『わたくしの愛する民よ。わたくしは間もなく死を迎えるでしょう。わたくしの死の後も、皆は変わらずに働き、変わらずに暮らすでしょう。しかし、これは予言ではなく、わたくし個人の望みです。どうか、愛する民が、何も変わらずに、次の予言者を迎えますように』

エレオノーラの最期の言葉は、予言者に仕える女官の長であるアンナリーサの口から、元老院の貴族や官僚へ、それから、町や村の長へ、教師へと伝わり、民一人一人が知ることとなった。

ユルヨはエレオノーラの訃報とともに、彼女の最期の言葉を伝えられた。伝えたのは、教師でもある彼の兄、アトロだった。アトロは一つ一つ言葉をつなぐように語り始めた。
「予言者様はお亡くなりになった。でも、何も心配はいらない。もうすぐ、新しい予言者様が皆の前にお出ましになるだろう。それまで、私たちは、喪に服し、さまざまなことを休むべきだろうか、先生方も、村の重鎮方も話し合ったが、エレオノーラ様のご遺志のとおり、いつもと変わらず働き、変わらず暮らすことに決めた。

私たちは、予言者様のおかげで、大飢饉や災害に苦しむことなく生きていられる。そして、こうして一人一人が学ぶことを許されている。人として生きるのにはそれだけで十分だ。そのことを忘れずに、これからも、富を求めずに、清く正しく生きることを忘れないように。新しい予言者様も、同じように、皆を導いてくださるだろう。そのことに感謝して、日々、暮らしていくように」

教室の子供たちはずっと黙って、信頼する教師の言葉を聞いていた。ユルヨは、教師である自分の兄が、この間のようにおかしなことを言ったらどうなるかと、ひやひやしていたが、先ほどの模範的な態度を見て、ほっとして、胸のつかえがとれたのだった。

それにしても、教師として教壇に立っている兄さんと、うちにいる時の兄さんは、ずいぶん違うなあ、とユルヨは思った。アトロは温和でおとなしく、時に頼りなさも感じる青年だが、教壇に立つと、きりっとして、勇ましささえ感じるのだ。

この国の教師には、制服があり、それはこの国で作られた、上質な絹布で作られていた。その布を織るのは、奉公に出た女たちだ。そして、ユルヨは布を卸す問屋で下働きをすることになっていた。この教室には男の子しかいないが、彼らのうち、半分は、布にかかわる仕事をすることになっていた。

この布は、周辺の国にも売り出す、この国の貴重な財源の一つだった。布を毎年どれだけ周辺国に卸すかは、国が厳重に管理していた。近年は布の供給量が減り、他国の布問屋は喉から手が出るほど、この布を欲しがっていた。この布は、他国で作られた、同じくらい上質な布よりもはるかに値段が安かったのだ。

この国で、布を織る工場は、すべて都に集められていた。都は、他国とつながる街道とは離れていた。予言者のいる都は、他国の目から隠されるように存在していた。ランダ川沿いはアヴェーロの集落が、街道沿いは広い農地を持つ村々が連なっていた。他国の商人は、何も買うものも売るものもないと考えて、この国をさっさと通り過ぎてしまうのだ。

次の春には、自分は、この布を荷車に乗せ、都中の仕立て屋に運んで回るのだろうか、それとも、よその国に布を運ぶ手伝いをするのだろうか、ユルヨは一年後の自分の姿を思い浮かべ、よその国に布を運ぶ手伝いをしてみたい、と強く願った。知らない場所を見てみたい、知らない人に会ってみたい。ユルヨは遠い世界へのあこがれを抱いた。そして、そんな自分は亡くなった父さんに似ているのだろうかと思うと、父サウロへの嫌悪感が薄らいでいくように感じられた。

ラケルが勝手にランダ川に近づいたあの日以来、ユルヨはライリから、妹の面倒をしっかり見るようにと、言いつけられていた。ユルヨはうっとうしく思いつつも、ラケルの手を引いて学校から帰るようになった。

　ある日、ユルヨは自分と同じように、年少の女の子の手を引いて歩いている級友を見つけた。その子はペッカという名前で、花の栽培をしている農家の息子だった。互いの母親が従姉妹なので、ユルヨにとってペッカはとこであり、親しく話しかけることのできる幼馴染でもあった。ユルヨがペッカに声をかけると、ペッカは気のいい表情を浮かべてこう言った。

「ユルヨ、君のお母さんをうちでよく見かけるよ。上等な花を育てて売ってくれって、冬の頃から言い出すから、びっくりしたよ。毎日のように花を見に来るもんだから、うちのばあさんが、まるでライリが結婚するみたいだって、笑っていたよ」

　ペッカが悪気なしに言っていることを、ユルヨはわかっていたが、なんとなく気恥ずかしくなって、視線をペッカから彼が手を引いている少女に移した。少女はラケルに何か話しかけていた。ラケルは何も言わないが、笑顔を見せていた。少女はユルヨの視線に気づくと、にこやかに話しかけてきた。

「ラケルのお兄さんですか？　私はニナといいます。学校でラケルの隣に座っています」

　お行儀よく、よどみなく話すニナの様子は、自分の妹とは全く違っていたので、ユルヨは感心したように言った。

「君はペッカの妹？　それとも従妹？　しっかりしているね。うちの妹とは大違い……」

「違う、違う」

　ペッカはユルヨに被せるように大声で言った。そのあとは小さな声で「婚約者」と続けた。ユルヨは目を丸くした。

「最近、この村で毒蛇が出たって話、知らないか？　ニナはとても怖がっているし、かまれでもしたら大変だろう。だから、家まで連れて帰ってやるんだ。もし蛇が出たら、踏んづけてやるから」

　ペッカは勇ましい口調で言った。彼は、普段はおとなしい少年で、ユルヨが得意な武術も、ペッカのほうはからっきしだった。ご先祖様の武術の才は、子孫に平等に引き継がれたわけではなかったようだ。家を継ぐ子供たちはそれこそ赤ん坊の頃から、どこそこの家の子供と結婚するか決まっていると、ユルヨは知っていた。けれど、まだ学校も出ていないうちから、婚約者のことを意識して過ごしているとは知らなかった。結婚なんて、自分とは関係ないと思っていたユルヨは、ペッカをうらやましく思った。

「そういえば、ヒルデン先生も、ラケルのお兄さんですよね？」

　ニナが思いついたように言った。ヒルデン先生とは、もちろんユルヨの兄アトロのことだ。

「だから、ラケルは頭がいいんだ。ラケルは、私が学校で先生に指されて困っていると、いつも、答えを教えてくれるの」

　ユルヨはまた目を丸くした。ほとんど何も話すことができず、いつも母に叱られてばかりのラケルの頭がいいなんて、信じられない、そう思ったのだ。しかし、無邪気に笑っているニナが嘘をついているようにも見えなかった。ラケルがぐいっとユルヨの手を引っ張った。ユルヨは、ライリから今日は二人で畑仕事をするように言われていたのを思い出した。ペッカたちに挨拶をして、早足で家に帰った。

二人が家に着いた頃、突然雨が降り出した。雨は激しくなるいっぽうで、畑仕事はできそうになかった。ユルヨは家にいない母親が心配になった。しばらくしてずぶ濡れになったライリが帰ってきた。ユルヨはしずくをぬぐうために柔らかい布を差し出した。一枚では足らず、もう一枚を使うことになった。

ユルヨは柱から柱へ伸ばしてある紐に布をかけた。やがて、強い風が吹き、屋根板が数枚飛んでいった。ユルヨはラケルに、桶を持ってくるように大声で指示した。ラケルは桶を運んできて、雨漏りの個所に桶を置いた。しばらくの間、三人は身を寄せ合って過ごした。

「予言者様が生きておいでなら、今日の雨について教えてくださっただろうに」

ライリはぼやいた。予言者が雨を教えてくれたなら、雨の降る前に屋根板をしっかり確認し、ここまで濡れずに済んだ、そう思っているのだ。ユルヨはこの雨がいつ終わるのか心配になってきた。桶は水がたまり、そろそろ役に立たなくなってきそうだ。家じゅうが、さっきの母さんみたいにずぶ濡れになったら、どうやって乾かせばいいだろう。

そんなことを思っていると、しゃがみこんでいたラケルがふと立ち上がった。ラケルは窓辺へと歩いて行った。すると、屋根の隙間から光が差してきて、あれほど強かった雨が、瞬く間に止んでしまったのだ。

窓から差し込んでくる光を浴びたラケルは、そのまま光に溶けてしまいそうに見えた。ユルヨが呆然としていると、ライリが娘を光から引きはがすように抱き寄せて、涙を流しながら叫び続けた。

「私のかわいいラケル！　お前は、お前だけは、誰にも渡すものですか！」

母のあまりの狼狽ぶりに、ユルヨは言葉を失った。ユルヨはどうしたらいいかわからずに、ただ、泣き叫ぶ母親と、こわばった表情で母に抱かれている妹を見つめていた。

次の日の夕暮れ前、ユルヨはランダ川の岸辺で舟を作っているアトロのもとを訪ね、昨日起こった出来事を語って聞かせた。

アトロはランダ川を眺めながら、ぽつりと言った。

「母さんの心は、ずっと、とらわれたままなんだな……」

「どういうこと、母さんは何に……？」

ユルヨは恐る恐る尋ねた。

「あの、おぞましい、蛇に」

アトロは西の方角を向いたまま、重苦しそうに言い放った。

昨日の雨で水かさが増したランダ川の流れは、まるで大蛇がうねっているように見えた。ユルヨは自分の足元を蛇がうろついているような気がして、落ち着かない気持ちになった。

この大雨のせいで、村は多少の被害を受けた。ライリは酷い被害を受けた家に、わずかなお金を渡したが、それでうちの屋根の修繕が出来なくなったと嘆いた。それを聞いたアトロは、屋根の修繕をしつつ、可能な限りライリのそばにいるようにした。夏が来る頃にはライリは落ち着きを取り戻し、今度は秋に帰ってくる次男クルトのお嫁さん探しを始めると言い出した。

その頃から、朝一番にユルヨが水を汲みに出ると、家の前に蛇の死骸が置いてあるのを見かけるようになった。ここ数年は、アトロ兄さんのおかげで、嫌がらせなど受けたことはなかったのに、誰がこんな気味の悪いことを、と、ユルヨは腹を立てたが、家族の誰にもこのことを相談しなかった。いや、できなかったのだ。ユルヨには、母も兄も、蛇を過剰に恐れているように感じられたからだ。蛇の死骸は、ユルヨがこっそり処分していた。

秋が来て、クルトが帰ってくるという便りがヒルデン家に届いた。同じ頃、新しい予言者様が即位される知らせがこの村に届いた。即位された予言者が民の前に出る時は、予言を伝える時だけだった。

ユルヨはクルトを迎えに、都に行くことになった。次の春が来たら、都で暮らすことになるので、一度見に行きなさいと、ライリが送り出してくれたのだ。ユルヨは生まれてはじめて、村の外に出ることになった。

クルトからの手紙には『正午過ぎに、都のホルローダ広場で待っている』と書かれていた。ホルローダ広場は、扇状の形をしていて、扇の要の部分には、時計塔と広い露台がある、小さなお城が建っていた。その城こそ、予言者が住まう居城だった。ユルヨはそのホルローダ広場で、昼前からクルトのことを待っていた。村を朝早く出て、思った以上に早く都についてしまったのだ。この国は、国の端から端まで馬に乗れば二日で抜けることもできる、小さな国だった。もっとも、馬に乗れるのはごく一部の貴族か騎士階級の者だけだった。

大きな建物だらけの都の姿に、ユルヨは圧倒されてしまい、広々としたホルローダ広場に逃げ込むように駆け込んだのだ。都のどこかには、自分が働く織物問屋もあるはずだが、そこを探す気にはなれなかった。クルトは織物問屋で働いているのではなく、繊維工場で荷物を運ぶ仕事をしているらしい。ホルローダ広場には、偶然なのか、誰もいなかった。

ユルヨはだんだんお腹がすいてきた。家を出る前に食事を済ませて以来、何も食べていなかった。お金は少しなら持っていた。でも、このお金は、都でクルトに会ったら二人で食事するようにと、母から渡されたなけなしのお金だった。簡単に使うわけにはいいれ直した。

かないのだ。ユルヨはなけなしのお金をぎゅっと握りしめて、肩から掛けた袋の中に入れ直した。

誰もいなかったホルローダ広場に、外套を着た男が一人やってきた。男は外套から頭だけを出していた。外套に包まれて中身がよくわからないが、片腕で何かを抱えているようだった。さほど寒くないのに、立派な革の外套を身に着けている男のことが、ユルヨは気になってたまらなかった。ユルヨの好奇心は隠しきれず、その視線を感じた男はユルヨに向かって話し出した。

「お前は、よそ者だろう？　知らないのか、この広場には、正午になるまで立ち入ってはならないのを」

男の声は四十歳ほどの年齢のものに聞こえた。よく見れば、なかなか整った顔立ちをしていたが、その顔は、どこか暗く、底知れない、まるで月のない夜のような雰囲気を醸し出していた。ユルヨはこの男は、人さらいではないかと思い、たじろいだ。

「まるで人さらいでも見るような目をしているな。私は人さらいではない。ただ、ここで、人を待っているのだ」

ユルヨは自分の思いが男に悟られてしまったことを恥ずかしく思った。黙って立ち去りたかったが、それはあまりにも失礼なので、自分も人を待っていることを男に話した。

「偶然、だな」

男はつぶやくようにそう言った後、続けて話し出した。

「もうじき鐘が鳴る。その時に、私がずっと待っていた……予言者が現れるだろう」

ユルヨは男の顔をまじまじと見た。瞳の色は青かったが、髪の毛の色はユルヨたちと同じく、茶色だった。この男は異国の民だと、ユルヨは思った。隣のオラヴィスト国は、アヴェーロが興した国だが、この国や周辺のカステグレン国などの、金色の髪に青い目の人々との混血が進み、茶色い髪に青い目を持つ人が多くを占めるようになったのだ。異国の民が都の中心で、予言者様を待っているとは、いったいどういうことなのだろうと、ユルヨはいぶかしんだ。

やがて、時計塔の鐘が鳴った。時計を見ると、まだ正午にはなっていなかった。しかし、鐘は止まることなく鳴り続けた。鳴りやまぬ鐘の音が意味するものは、ユルヨでもわかった。予言者の予言が伝えられる時、村でも鐘を鳴らす。村中の人々が集まるまで、鳴り続けるのだ。その鐘の音が鳴った途端、ホルローダ広場にぞろぞろと人が押し寄せてきた。ユルヨは人の波に押され、目の前にいた男と離された。


広場から見える露台の上に、まず、初老の男性が現れた。誰かが「ネストル様！」と呼んだ。隣にいた女性が、あの方はこの国の大臣様だと教えてくれた。ユルヨは周りの人に合わせて礼をした。次に、厳粛そうな顔立ちをした、中年の女性が現れた。隣の女性は、あの女性が女官長のアンナリーサであることと、もうおしゃべりは慎むべきだということをユルヨに教えてくれた。大臣ネストルが出てきた時はまだざわついていた広場は、女官長アンナリーサの登場であっという間に静まり返った。鐘の音も鳴りやんだ。

「アウスクルタントの民よ。新しい予言者、ヴァネッサ様がご即位されました。本日は、皆に伝えたいことがあると仰せです。予言者様のお言葉を、心して聞くように」

ユルヨも、誰もかれもが、露台の上に現れる新しい予言者の姿を心待ちにしていた。初めて都に行ったこの日に、予言者様がお出ましになるとは、なんて幸運なのだろう。母さんたちに聞かせたら、どんなに驚くだろう。ユルヨは興奮と緊張のあまり、頰が紅潮するのを感じていた。

大理石を踏む靴音が聞こえ、そのあとに、皆が息をのむ音が聞こえてきた。露台の上に現れたのは、空の色のように澄んだ青い瞳を持ち、頰を紅色に染め、金色の長い髪をそよ風になびかせた、世にも美しい女性だった。白いベスティータを纏い、皆の前で一礼するその姿は、なんとも優雅だった。

「アウスクルタントの民の皆様、はじめまして。私が新しい予言者のヴァネッサです。エレオノーラ様のご遺志を継ぎ、新たな予言者として、あなた方のために予言者として働く所存です。どうか、あなた方も私の申すことに従いますように。

これから、私は、あなた方に予言を授けます。それは……」

そこまで言って、予言者ヴァネッサは黙り込んでしまった。大臣ネストルがおろおろする姿が、ユルヨの目にもちらりと映った。一方の女官長アンナリーサは、厳粛な態度を崩さなかった。

ホルローダ広場に張り詰めた空気が流れた。その時、不意に大声がした。

「予言者よ、私は貴女にどうしても伝えねばならぬことがある！」

人ごみの一角から、男が一人飛び出してきた。茶色い髪をしたその男は、都の人間ではなかった。片方の腕には赤ん坊を抱いていた。もう片方の腕には、脱いだ外套がかかっていた。ユルヨは、あれはさっきの男だ、と思った。

「この哀れな赤子を見よ」

さっきの男は、大きな声で話し出した。赤ん坊は泣きもわめきもしなかった。微笑むこともなかった。男の腕にかかった外套が地面に落ちた。男は体が細いが、裏腹に、声はよく通った。

「この赤子は貴女のたった一人の妹ヴァルマの子。ヴァルマは娘を産んですぐに死んだ。そしてこの赤子もすでに息絶えている」

男の言葉に、周囲がざわめきだした。最も動揺したのは露台の上の大臣ネストルらしく、上ずった声で警備の兵を呼んだ。この国では、予言者のすぐそばに物々しい警備を置かないことになっていた。予言者を害するものなど、いるわけがないと思われていたからだ。

「私はヴァルマの友人だ。私はこの国の人間ではない。隣国オラヴィストで働いていたヴァルマに窮地を救われたことがある」

あたりはさらにざわついてきた。ユルヨは唖然として成り行きを見守っていた。

「ヴァルマは貴女のことも救った。貴女が生きるために必要な、薬代を稼ぐために、働き続けた。その無理がたたって、産後まもなく亡くなった。私はヴァルマから、産まれてくる娘の後見人になるよう頼まれていたが、私が駆けつけた時には、もう赤子の命は尽きるところだった」

「ああ！」

予言者は叫んだ。

「どうか、その子の顔を見せてください」

予言者は露台の手すりに駆け寄り、必死になって手を伸ばした。その姿は可憐で、もう成人した女性とは思えない、無垢な少女のようだった。その様子は見る者の同情を誘うに十分だった。

警備の兵たちが男を取り押さえた。ユルヨは死んだ赤子がかわいそうに思うとともに、なぜか、少し怒りがわいてきた。警備の兵たちは、男を取り押さえつつも、彼が抱く死んだ赤子をどうしたらいいのかわからないようだった。

「警備の者たちよ、命令します、その子を私のもとへ連れてきなさい！」

予言者の強い口調に、警備の兵たちも、先ほどから動揺していた大臣も、そして民も、言葉を失って立ち尽くした。予言者はこの国をまとめる象徴であるが、誰かにものを命じることは、ほとんどなかったのだ。

「予言者様のお言葉です。従いなさい」

それまで一切口を開かなかった女官長のアンナリーサの言葉を聞くと、警備の兵は敬礼した。死んだ赤子は一人の兵士に、恭しく抱きかかえられて露台に運ばれた。

秋風が強く吹いて、ホルローダ広場に集まった民の興奮と混乱が少し収まった。露台の上で、予言者ヴァネッサの髪は金色の幟のようにはためいていた。たった今、亡くなった赤子を、棺がわりの箱に納めたばかりだった。ホルローダ広場に集まった民は、皆、赤子の葬儀の参列者となった。それは集まった民に、深い悲しみという、一種の繋がりを与えた。女たちはすすり泣いていた。あれほどうろたえていた大臣ネストルは、空を仰いで嘆いていた。予言者は鈴が震えているような、悲しいが美しい声で語りだした。

「私は貧しい宿屋の娘でした。生まれつき、体が弱かったので、父と母は借金をしてでも私を救おうとしました。父と母の死後は、私を支えるために妹が働きました。父も、母も、妹さえも、私のために短い生涯を終えました。

私は予言の力を持っていながら、あなた方に予言を伝える勇気がありませんでした。ですが、私は、この、半身を失ったような悲しみを、ここで終わりにするために、勇気を出そうと思います」

「ヴァネッサ様、おやめください！」

先ほどまで深く嘆いていた大臣ネストルは、自らの職務を思い出したのか、悲痛な叫び声をあげて、予言者にすがり寄ろうとした。それを手で制したのは、女官長のアンナリーサだった。警備の兵に取り押さえられたあの男が、にやりと笑ったことに気がついた者はいなかった。

「どうか、ありのままをお伝えください」

アンナリーサは覚悟したように言った。予言者はうなずくと、民に向かって大きく手を広げて、再び語り始めた。

「あとしばらくののちに、戦が始まります。我々は、望むと望むまいと、戦うしかないのです」

この国が戦に見舞われる。それは、この国の民にとって、まったく考えたことのない厄災だった。誰もが、この国は、予言者に守られた平和な国だと信じていた。この国の周辺にはいくつかの国があり、それらの国々は、大戦が終わったこの四百年の間も、途切れ途切れではあるが、戦をしていたのだ。

「この国は、戦に巻き込まれぬよう、他国から目を背け、清貧という殻をかぶって生きてきました。ですが、もう、夜の闇を恐れる幼子のように、震えて生きていくことはやめましょう。私たちは、戦わなければならないのです。

多くの国が、この国を狙っているのです。美しい織物。勤勉な民。この素晴らしい都。そして、未来を知ることができる、予言者を」

民のざわめきは最高潮に達した。ユルヨは大人たちの血の気が上った様子が、だんだん怖くなってきた。かわいそうな赤子の死と、戦をすることに、何のつながりがあるのか、ユルヨにはわからなかった。

「私たちは戦わなくてはならないのです。わが身を、いいえ、大切な人を守るために。ですが、私は、この国だけを救おうとは思っていません。他の国には予言者はいません。多くの民が災害や天候不順や流行り病に悩まされ、命を奪われてきました。私は、他の国の民のためにも予言の力を使いましょう。そのためには、他国の王族を従わせなくてはなりません。そのために、武器を用い、戦うのです。決して、我が国の利益のためだけに戦うつもりはありません。

あなた方は、今まで、予言の力によって救われ、その恩に報いるために厳しい教えを守ってきました。どうか、この国を、ひいては、ノールタ全土を真の意味で豊かにするために、私と共に戦ってください。私が、すべての民を救えるように、私を助けてください！」

「予言者様、あなたのために戦います！」

多くの民が、熱狂に押されて手を叩いたり歓声をあげたりしていた。

「たくさんの民の賛同を得られて嬉しく思います。突然のことで受け入れられない民も多いでしょう。どうか、ゆっくり考えてください。また、私のために戦うと言ってくださった勇敢な若者たちよ。これからこの国では志願兵をもろ手で受け入れるでしょう」

戦と聞いて、特に女たちは戸惑っていた。ユルヨの隣の女性も、驚きを隠せない様子だった。

「なぜ戦わねばならないのか、おわかりにならない方もいるでしょう。ですが、考えてください。我が子を守るために戦わない生き物が、この地上のどこにいるでしょうか。私はあなた方の子供が、貧しさのため、過酷な労働のため、そしてこれから起こる戦のために亡くなるのが辛いのです。あの哀れな赤子のような子供を、二度と出してはいけないのです」

その一言に、戸惑っていた多くの女性たちも安心した顔を見せた。

「予言者様、万歳！」

「ヴァネッサ様、万歳！」

ホルローダ広場に集まった民は、方々へ散っていき、その熱気は、瞬く間に都中に広まった。

ユルヨが人の波から解放された時、背の高い、しっかりした体つきの男性に肩を叩かれた。顔をあげて男性を見ると、それは彼の兄、クルトだった。一歳違いの長兄アトロによく似ているが、アトロよりずいぶん精悍な顔つきに変わっていた。

「ユルヨ！　大きくなったな！　お前も、俺も、予言者様のお出ましに巡り合うなんて、幸運だったな！　家に帰ったら、みんなにもこの話を聞かせような！」

二人が都の小さな食堂で昼食をとった後、ホルローダ広場にはすでにこんな看板が立っていた。

『志願兵募集。健康で若い成人男性、もしくは武術の心得のある者を求む。

また、若き騎士養成のため、十一歳から十六歳までの少年を募集する（選抜試験あり）。

志願兵及び騎士見習いに選ばれた場合、本人の税は免除し、家族には一時金を支払う』

クルトは看板をじっと眺めていた。ユルヨは、看板に書かれた一時金がいくらなのか気になった。

「そんなの、これから決めるんだろう。税が免除されるだけで、ありがたいもんだぜ」

クルトはしばらくの間、看板から離れようとしなかった。その思いつめた様子はユルヨを大いに不安にさせた。ユルヨはいつぞやのラケルのようにクルトの袖を引っ張って、何とか家路に向かわせた。


二人は長い道を歩いて、村へ帰りついた。そして真っ直ぐ家に向かった。家の前で、ライリが二人を出迎えていた。

「待っていたのよ、クルト。まあ、こんなに立派になって。この姿を見たら、あなたと結婚したいと思う娘は数えきれないほどいるでしょうね」

ライリはそう言ってクルトを抱きしめた。

玄関にはラケルが立っていた。ラケルは背の高い男性を不思議そうに見つめていた。もう何年も帰ってこないクルトのことが、誰だかわからないのは仕方がないことだった。

「ただいま、母さん、あと……お前、何て名前だっけ？　ああそうか、ラケルか。おい、なんで黙っているんだよ。俺が誰だかわからないか？　お前の兄ちゃんだよ」

　クルトはラケルの肩に手を置いたが、ラケルは体をこわばらせるだけだった。

「クルト、気にしないでおくれ。この子はずっと前からこうなんだ。それより、疲れただろう。お前の食べたいものをなんでも作ってあげる。出来る範囲で、だけど。都では、いいご飯を食べられるのかい？」

　ライリはそう言って、クルトを家にあげた。ライリは明らかに浮かれていた。クルトは、母さんの作るものなら何でもいい、と言って、静かに自分の母についていった。

　その日、ライリは何とかお金を工面してごちそうを用意した。買い物を頼まれたのはユルヨだった。ラケルは、あの大雨の日以来、ますます黙り込むようになってしまい、ついに学校にも行かなくなってしまった。そんな娘に、買い物を頼もうとは、ライリも思わなかったのだ。行き先は、リンコラ商店、村で一番裕福な商家だった。店の奥に、蜂蜜が置いてあって、ユルヨはあの日の甘い味を思い出した。その姿を店の人間が、不愉快そうに見ていた。リンコラ家の誰かだと思ったが、果たして誰なのか、ユルヨは思い出せなかった。その男はユルヨと目が合うと、にらみつけてきた。貧乏人の子供が買えもしない蜂蜜を見ているのが気に入らないと、男は思っているのだろうと考えると、ユルヨも内心では不愉快になってきたが、その気持ちをぐっとこらえた。

「すみません、干しぶどうと小麦粉をください」

　ユルヨがその男に頼むと、男は無言で干しぶどうと小麦粉を持ってきた。男は片足が悪いのか、片足を引きずるように歩いていた。ユルヨは代金を払うと、足早に店を出た。

次は肉屋に行ってひき肉を買った。めったにない買い物に、肉屋のおじさんも気をよくして言った。

「クルトが帰ってきたのか。よかったな、畑の後継ぎができて。ライリさんもやっと落ち着くだろう」

クルトが帰ってきたことは村中に広まっていたらしく、家に帰ると兄のアトロと、その婚約者で村長の娘のカスリンがいた。二人は食卓を囲みながらクルトと話をしていた。カスリンは美人ではないが、明るくて優しい女性だった。クルトは今日、新しい予言者が語ったことを、熱っぽく語っていた。カスリンは、聞き上手でもあり話し好きでもあったので、その場はとても盛り上がっていた。ユルヨはアトロとカスリンに挨拶をすると、気を使ってその場から引き上げ、母が待つ台所に向かった。

「ひき肉のトールトを作るの。クルトの大好物だからね。本当は、もっと上等のお肉を買ってやりたいけど、これが限界だわ……」

ライリは申し訳なさそうな顔をして言った。

ライリがトールトを作る間、ユルヨは食卓の隅でクルトが予言者の話をするのを聞いていた。ユルヨには腑に落ちなかった。予言者は、他人を傷つけたり、自分を傷つけたりすることを禁じていたはずだ。新しい予言者は自らその教えに従わず、また、民にもその教えを破れというのだろうか。

ユルヨの頭の中に、ふと、先ほどのライリの申し訳なさそうな顔が浮かんだ。お金がないから、貧しいから、息子に満足な食事を用意できないと嘆いていたのだ。当のクルトは今まさにひき肉のトールトをおいしそうに食べているところだった。食卓には各々に用意された豆のストーコと、ひき肉のトールトだけが置いてあった。量は少ないとしても、肉を食べられるだけ、ユルヨにはごちそうだった。どうやらクルトにとっても同じようだ。都で働くクルトはたくさんのごちそうを食べているだろうと、ライリもユルヨも思っていたが、どうも違うようだ。

食卓にはライリの分の食事はなかった。残されている皿は、量から考えると幼いラケルのものだった。ユルヨはひき肉のトールトを半分だけ食べると、席を立った。

「それ、残すなら俺にくれよ！」

クルトは昔から、気配りに欠ける少年であったが、大人になってもそこは変わらないと、ユルヨは少しだけ呆れた気持ちでいた。一方、昔からいろいろなことに気を配りがちだったアトロは、部屋の隅でじっと座っているラケルを手招きしていた。

「ラケル、お前も食べなさい。遠慮してこっちに来なかったんだろう。カスリンもお前のことを気に入っているから、大丈夫だよ」

ラケルが椅子を引く音を聞きながらユルヨは台所に入った。ライリは台所で小さな椅子に座って、ストーコだけを飲んでいた。

「母さん、僕もうお腹いっぱいだから、これあげるよ」

ユルヨは半分残したひき肉のトールトの皿を差し出した。

「ユルヨ、母さんに気を使う必要はないよ。お前が食べなさい。お前もいずれ、都に行って働くんだ。それまでは子供のまま、何も気にしないでいなさい」

ライリはユルヨに皿を返した。その顔にはまた申し訳なさが浮かんでいた。

もし、国が豊かになれば、母さんはこんなに申し訳ないような表情をしないですむだろうか。そう思うとユルヨは辛かった。


食事の片づけを終え、お茶を用意したライリが食卓についた時、クルトはアトロたちと談笑するのをやめて、急に真剣な表情になり、こう言った。

「母さん、ユルヨを奉公に出す予定ですか」

クルトが丁寧な言葉でライリに話しかけた。

「そうですよ。ユルヨに継がせる畑はありませんから」

ライリはちらりとユルヨを見て言った。ユルヨは何となく胸が痛んだ。しかし、すぐに、仕方のないことだと割り切った。自分が家を出れば、母さんの税を納める助けができるのだ。ユルヨは、この先の会話を自分や妹が同席してはいけないと思い、ラケルを伴って席を立とうとした。

「ユルヨ、お前も話を聞いてくれ。いいですよね、母さん」

クルトの言葉にライリはうなずくと、ラケルには寝床に行くよううながした。ラケルは無言で寝床に行った。

「どうして、あの子は何も話さないんだろう。気味が悪いったらない」

ライリはぼやいたが、すぐに真剣な様子に戻った。

カスリンは話に興味がありそうだったが、同時に自分がいてはいけないような雰囲気を感じたのか、いとまを告げようとした。しかし、クルトはカスリンを止めた。カスリンは話が聞けて嬉しいのか、にこやかに座りなおした。アトロはいつも通り穏やかな表情を浮かべていた。一歳下の、仲の良かった弟が立派になったのが嬉しいのだろうとユルヨは思った。

「母さん、ユルヨを奉公に出す必要はありません。畑の後継ぎはユルヨです」

クルトの言葉にライリもユルヨも戸惑った。

「クルト、あなた、都で働き続けるつもりですか」

ライリはうろたえた様子で尋ねた。しかし、クルトが続けた言葉は、ライリにとっては意外なものだった。

「本来なら、兄さんがカスリンさんと結婚する時点で、畑の後継ぎは私と決まっていました。それはよくわかっています。だから、都で商人として働き続けるつもりはありません。ですが、私は自分がやるべきことを見つけました。それを母さんに受け容れてほしいのです。畑を継ぐのは、おとなしいユルヨのほうが向いています」

「やるべきこと……」

ライリは戸惑っていた。ユルヨは、志願兵を募集する看板を食い入るように見ていたクルトの横顔を思い出した。

「私は、予言者様のために戦うために、都に戻りたいのです」

ユルヨの予想通りだった。先ほど、アトロたちに語って聞かせたように、舞い上がったような、熱っぽい口調でクルトが言った。

その話を聞いていないライリは、状況を全くのみこめず、おろおろしていた。

「新しい予言者様は、新しい国づくりを望んでおられるようです。そのために、国を強くする必要があるとお考えで、兵を募集しているようです」

ライリを見かねたアトロは簡潔に説明した。クルト兄さんの長話を、よくここまでまとめたなあと、ユルヨは感心した。

「新しい……国？　それはいったいどういう国だい？」

ライリはますます戸惑ったようだ。

「他国とともに、豊かな生活を享受できる国、だそうです」

アトロの口調は少し重たかった。

「豊かな生活？　予言者様は、貧しい暮らしこそ美しい暮らしだとおっしゃっているって、子供の頃に聞いたよ。お前たちだって聞いただろう？」

ライリは自分の子供たちを見回しながら尋ねた。

「僕もそう教わりました」

ユルヨが答えた。ユルヨは大人たちの熱狂についていけないと思っていた。

「母さん、ユルヨ。その教えは本当に正しいと思いますか？」

クルトの真剣な問いかけに、二人は何も答えられなかった。

「私は正しいとは思いません。この家は貧しいです。この国も貧しい。私たちは、こんなにたくさん、税金を納めているというのに。一生懸命に学び、行き着く先は、あんなみじめなところだなんて！」

活発なクルトの口から発せられたとは思えない嘆きの言葉に、一同は言葉を失った。

「奉公先での暮らしは楽ではありません。ここと似たような食事で、何時間も働かされます。私はわずかな仕送りしかできませんでした。わずかな給金しかもらえなかったからです。月に銅貨二十枚もらえるという話でしたが、もらえたことはありませんでした。何か失敗した、もめ事を起こしたという理由で、給金を減らされていました。ひどい時は、ろくな食事にありつけませんでした」

クルトはためらいがちに顔を伏せた。気まずい雰囲気の中、アトロが口を開いた。

「長男に生まれたというだけで、お前のような苦労をせずに育ってきた私を恨んでもいい。でも、母さんを泣かせないでほしい。母さんはお前にいてほしいんだ。母さんは、お前やユルヨを都に出したいわけではないんだ。でも、仕方がない。村はどんどん貧しくなっている。税を納めるのでやっとなんだ。リンコラさんの家ですら、これ以上奉公人を雇う余裕はないんだ。家でこまごまとしたものを作って、行商人に売ったとしても、稼げるお金はわずかだ。母さんは泣く泣く息子のお前を手放したんだ。そして、ユルヨも手放すことになるだろう。だけど、それは母さんの望みではない。本当は、家族みんなで暮らしたいんだ。わかってほしい、クルト」

アトロの懇願を聞いたクルトは、つらそうに話を続けた。

「都に出た時、私はもうこの家族の一員ではないと思いました。長子以外はこうやって売られていくと、心が荒んでいました。それでも、毎晩のように、母さんや、兄さんや、生まれて間もない弟のことを思い出して泣いていました。そして、自分が働けば、弟は生き延びることができると思いました」

ユルヨは、自分のせいで、クルト兄さんがつらい思いをして働くことになったのかと思うと、胸がつぶれそうに痛くなった。クルトは話を続けた。

「私はこの村では生まれたばかりの子供が死ぬのは当たり前だと思っていました。すべては仕方のないことだと思っていました。でも、予言者様は、ご自身の姪が亡くなった悲しみを、他の人に味わわせたくないとお考えでした。予言者様は、国を豊かにするために戦う必要があるとおっしゃいました。戦うことで、ほかの国をも巻き込んで、皆を救おうとされているのです。私は昔からけんかが強い。都の貧しい少年たちとけんかして、いつも勝っていました。少年たちは大勢で襲ってきます。でも、彼らは、この村以上に貧しい暮らしをしているから、あまり力がない。それなのに、どうしてけんかを仕掛けるのか。お金を奪うためでしょう。そうしなければ彼らは生きていけなかったのです。私たち奉公人も似たようなものでした」

　クルトはまたためらいがちに顔を伏せた。

「なんて痛ましいことだろう。子供が生きるために人を襲うだなんて。都はそんなに恐ろしいところなのかい……。私はそんなところに、お前を送り出して、今度はお前よりずっとおとなしいユルヨを送り出そうとしていたのかい」

　ライリは泣きだした。カスリンが慰めるように、ライリの背中を撫でていた。

「私たちは都の人々とは見かけが違います。だからなおのこと、狙われます。貧しくない子供たちも、私やほかの仲間たちをからかって、けんかを仕掛けてくることもありました。私は彼らにも勝ちました。けんかばかりの日々でした。そのたびに給金を減らされました」

　からかわれるという言葉に、アトロが少し反応を示した。優しいアトロ兄さんも、都で勉強中に苦労したのだろうかと、ユルヨは考えた。

「私は奉公にも、畑仕事にも向いていません。けんかしか向いていることがありません。でも、やっと、自分の力を生かせる道を見つけました。志願兵として、国のために、家族のために働かせてください。私はもう拳を振り回しません。かわりに剣を振って戦うのです。母さん、どうか許してください」

　クルトは深々と頭を下げた。ライリはしばらく泣いていたが、やがてこう言った。

「お前の好きになさい」

三　ランダ川の氾濫

　こうしてユルヨは奉公に出ずに、家の畑を継ぐことになった。次の日には新しい予言者の話で村中が盛り上がっていた。しかし、学校だけは静まり返っていた。ユルヨの兄アトロは何やら緊張した面持ちで教壇に立っていた。

「みんな、よく聞いてくれ。新しい予言者にはヴァネッサ様という、国境沿いの町出身のごく普通の女性だった方が選ばれた。昨日、ヴァネッサ様は、この国を豊かにするとおっしゃった。貧しい暮らしをよしとしてきたこの国の在り方を変え、新しい国を作られるおつもりらしい。だが、君たちは、今までも、今日からも変わらずに、勉強に励むように」

　アトロはそう言って、計算の授業に取り掛かった。ユルヨは戸惑ったまま、その授業を聞いた。

　休み時間になると、何人かの子供たちが集まって、自分の兄や従兄が志願兵になるだとか、学校を出たら自分も騎士見習いになりたいなどと語っていた。一方で、その熱っぽい輪には加わらず、所在なさげにしている級友もいた。きっと、自分のように戸惑っているのだろうとユルヨは思った。ペッカもその一人だった。しかし、ペッカは、ユルヨと目線が合うと、ふと、顔を背けてしまった。あの大雨の日以来、ペッカも黙り込むようになってしまった。ユルヨにはその理由がわかっていた。あの大雨で、ペッカの家の花畑は、すっかり流されてしまった。ペッカの家は親戚からお金を借りて、今年の冬をしのぐことになったと、村人がうわさしていた。当然、アトロの婚礼用の花も流されてしまった。ライリはひどく落ち込んだが、アトロがこう言って慰めた。

「母さん、私たちの婚礼の舟には、ラケルが摘んでくれた花がたくさん敷き詰めてある。こんな素敵な舟は、ほかのどこにもないよ」

その舟はすっかり完成して、あと数日後に迫った婚礼の準備のために、村の倉庫のなかにしまわれていた。

その日の朝も、相変わらず嫌がらせは続いていた。学校から帰ると、家の中にはクルトしかいなかった。ライリとアトロは婚礼の準備で留守にしていた。ラケルは畑の雑草を抜いていた。ユルヨは意を決して、クルトに相談することにした。

「クルト兄さん。最近、変な嫌がらせが続くんだ。家の前に、蛇の死骸が置かれているんだ。母さんも、アトロ兄さんさえ、蛇を怖がっているようだから、誰にも言えなくて……」

クルトもまた、蛇という言葉に強い反応を示した。

「誰だ！　そんなおぞましいことをする奴は！　姉さんのことを知っての仕打ちか！」

「姉さん……？」

ユルヨは戸惑った。

「そうか、誰も話してくれなかったのか。母さんは思い出すのもつらいんだろうな……」

　クルトは、どこか遠くを見るような目で話し始めた。

「ヒルデン家の長子は、兄さんじゃない。俺たちには五つくらい歳の離れた姉さんがいたんだ。姉さんはしっかりした子供で、父さんや母さんの手伝いをよくしていた。兄さんや俺の面倒もよく見てくれた。俺は姉さんによくなついていた。あれは、姉さんが、そろそろ十五歳になる頃のことだった。この村じゃ、結婚してもおかしくない年頃だったけれど、姉さんと結婚してうちに婿入りするのを快く思う親はいなかったし、何より母さんが、かわいい娘をそんな連中の子供と結婚させようなんて思わなかった。

　ある日、姉さんはずぶ濡れになって家に帰ってきた。みんなびっくりしたけれど、姉さんはなんでもないと笑っていた。その日の夜、熱を出したのを境に、何も話さなくなって、家の手伝いも俺たちの面倒も見なくなった。窓のそばに立って、光を浴びて、微笑んでいるばかりだった。その姉さんの姿は今でも覚えている。この世のものとは思えないほどの美しさだったよ」

　ユルヨは、春の大雨が止んだその時に、光差す窓辺にいた妹と、それを見た時の母の様子を思い出した。

「父さんは都に行って、知り合いの祈祷師を連れてくると言って家を留守にした。母さんは姉さんのそばを離れずに、今まで苦労をかけたからだと言って、姉さんをたっぷり甘やかした。

でも、母さんがちょっと目を離したすきに、姉さんは家を出てしまった。母さんや村の人たちが必死で捜していたら、ランダ川に浮かぶ遺体が見つかった。姉さんは溺れ死んだんだ。父さんが祈祷師を連れて帰ってきたのはその日の夜だった。その祈祷師は、年頃になっても決まった相手のいなかった姉さんを、ランダ川の蛇が呼び寄せたのだと言った。あの、四百年以上も前に死んだバルバラ山脈の大蛇の死骸から、今でも湧き出してくるっていう、毒蛇が。姉さんの足には、蛇に噛まれたような跡があった……」

顔も見たことのない姉の話とはいえ、ユルヨは痛ましい出来事に言葉を失った。

「お前、知っているか？　蛇に噛まれた子は、忌み子と呼ばれるんだ。母さんは、村長さんに目をかけられていた兄さんに障りがないように、姉さんのことは口にしなくなった。村のみんなも、母さんを哀れんで、姉さんのことは忘れることにした。だけど、母さんはずっと姉さんを思い続けてきたんだな。だから、末の娘にもラケルって名付けたんだ」

「なぜ、死んだ姉さんと同じ名前にしたの？」

ユルヨは尋ねた。

「そんなこともわからないのか。姉さんのようにしっかりした子供に育ってほしいから、そして、姉さんの代わりに生き延びてほしいから、だよ」

生き延びてほしいから、というクルトの言葉はユルヨの胸に突き刺さった。生き延びる子供がこんなに少ないのはなぜだろう。やはり、この国が貧しいからだろうか。この国は豊かになったほうがいいのだろうか。

ユルヨが考え込んでいるのを察したのか、クルトはしばらく黙ってから話を続けた。

「母さんは、姉さんが死んでから少しずつおかしくなっていった。夜な夜な家を出て、ランダ川のほとりで泣いていたんだ。そんな母さんを見ているうちに、父さんも参ってしまって、家を留守にすることが増えた。帰ってくればけんかばかりだった。俺も兄さんも途方に暮れていた」

ユルヨはクルトの話を黙って聞いていた。胸が痛くなるような話だったが、それをさえぎってはいけないと思ったのだ。

「俺たちは村長さんの家に厄介になることが多かった。兄さんは一人娘のカスリンさんに勉強を教えていたけど、俺は何もすることがなくて、村長さんの家にやってきたハラルドとけんかばかりしていた」

「ハラルドって？」

ユルヨは尋ねた。どこかで聞いた名前だが、どうしても思い出せなかった。

「リンコラ商店の次男だよ。カスリンさんと、結婚するはずだった……」

ユルヨは、はっとした。蜂蜜を眺めていたユルヨを、不愉快そうに見ていた男、あれがハラルドだった。すると、ユルヨの脳裏に、幼い頃の記憶が浮かんできた。まだ赤ちゃんだったラケルをゆりかごに乗せ、あやしていたユルヨの前に、ふてくされた顔の少年が現れて、いきなりユルヨを殴りつけた。ラケルが火のついたように泣き出したため、ハラルドは片足を引きずりながら逃げていった。ユルヨは恐怖のあまり、ハラルドのことを忘れてしまったのだ。

「あいつ、そんな乱暴なことをしたのか。昔からしょうもない奴で、カスリンさんはあいつと結婚するのを嫌がっていた。あいつもカスリンさんと結婚するのは嫌だって言ってたけどな。でも、あいつがお前を殴ったのは、俺のせいだ。俺が、あいつに大けがをさせたから、だから、俺は……」

「どういうこと？」

　ユルヨは尋ねた。

「あいつはしょっちゅう俺や兄さんのことを馬鹿にしていた。兄さんは気にしていなかったけど、俺はあいつが嫌いだった。姉さんが死んでから、あいつはうちのことを蛇に呪われた一家だと馬鹿にした。それから一年くらいして、お前が母さんのおなかにいた頃、あいつは、おなかの中の子供は普通の子供じゃない、蛇の子だ、と言い出した。俺はかっとなってあいつにつかみかかった。どうして、階段のそばでけんかをしたんだろう……あいつは階段を転げ落ちて、足の骨と腱に大けがを負ってしまった。

　その頃、父さんは遠くに行っていたから、母さんが大きなおなかを抱えてリンコラ家まで謝りに行った。ハラルドの足を診るために、都から医者が来ていた。そのお金を、うちがそっくり支払うことになった……。俺は、馬鹿だよな。母さんたちに捨てられたって泣いていたけど、その原因を作ったのは俺自身だった」

ユルヨはクルトに何か声をかけようと、一生懸命考えたが、どうしても言葉にできなかった。

「そのごたごたのせいで、お前は早く生まれてしまった。何も知らない父さんが帰ってくるまでの間は、途方もなく長く感じた。母さんはお前が無事に育っていくうちに少しは落ち着いてきたよ。お前を手放さずに済んで、ほっとしているだろうな」

クルトの口調はどことなく寂しげで、ユルヨの心は少し痛んだ。と、同時に、自分が家に残り、畑の跡を継ぐことに現実味を感じてきた。

それからまた数日が経った。すっかり秋が深まった、ひんやりと寒い朝、ユルヨは薄い毛布からのっそりと立ち上がった。つがいが壊れた家の戸が風に揺られて開いたり閉じたりしていて、家の中も冷え切っていた。

ユルヨの朝は、家の中の誰より早かった。まずは、火打石を使って、かまどに火をおこすのだ。火打石は金色の鉱石でできていて、バルバラ山脈の蛇の片割れ、火を吹く蛇の瞳に例えられることもあった。そのせいか、ライリは火打石をあまり使いたがらなかった。それから村の共有の井戸まで水を汲むために何往復もするのだ。この貧しい村にも、簡素な用水路と井戸があった。この国が高い税金を取る理由には、用水路と井戸の整備にお金がかかるから、という側面もあるのだ。誰も、わざわざランダ川まで水を汲みに行くことはなかった。

ユルヨは、毎朝置かれている蛇の死骸を捨てに、ランダ川まで行っていた。この村では、蛇は、ランダ川から出てくるものだと思われていたのだ。ユルヨも当然、そう信じていたので、死んだ蛇を故郷に返してやろうと思い、毎朝人目を忍んで、ランダ川まで行っていたのだ。

その日も、ユルヨはまだ薄暗い明け方のうちからランダ川に向かっていた。ランダ川の近くの小高い丘に、村の共有の倉庫があり、その中に、アトロとカスリンの婚礼の儀に使う舟が大事にしまわれていた。舟は、儀式の際に川に流すので、川の近くの倉庫にあるほうが都合がいいのだ。

婚礼の儀は明後日だった。その日は奉公に出た子供たちが帰ってくる日に当たっていて、二人の婚礼の儀は村のお祭りも兼ねていた。学校も、今日から数日はお休みだった。

ユルヨは祭りが好きだった。あかあかと燃えるかがり火のもとで演じられる、アヴェーロ誕生の昔話。なぜか懐かしい気持ちになる、豊年満作を祝う祭りの歌。何より嬉しいのは、普段では食べられないような甘い菓子が食べられることだった。

ユルヨはお祭りの音やにおいを思い浮かべながらランダ川まで歩いて行った。手にぶら下げた袋の中に、おぞましい蛇の死骸が入っていることを、忘れてしまいたかったからだ。

ランダ川までたどり着くと、そこには小さな人影が見えた。子供のようだった。その子供は必死になって、川の中に石を積もうとしていた。その子供は女の子だった。

「ラケル！」

ユルヨは反射的に叫び、河原の小石を跳ね飛ばす勢いで走りながら、川まで入り、必死になって石を積もうとしているラケルを川から引っ張り上げた。それでもなお、川に入ろうとするラケルを必死で押さえつけた。

「馬鹿、やめろ、ランダ川には入るな、危ないだろう！」

ユルヨはラケルの頬を叩いた。あの春の日に、ライリがラケルを叩いたように。ラケルはユルヨの顔をじっと見ながら口を開いた。滅多に口をきかない妹が何か話そうとしている、ユルヨはかっとなった気持ちを抑えて、ラケルにこう言った。

「ラケル、何か言いたいことがあるなら、言ってみろ」

ラケルは喉から絞り出すように声を発した。

「かわ……とめる」

「川を止める？　なんで、川を止める必要があるんだ？」

「かわ……あふれる……むらが……ながれる」

ラケルが言わんとしていることを、ユルヨはだんだん理解してきた。しかし、妹がなぜそんなことを言うのか、ユルヨにはさっぱりわからなかった。

「だから……とめる！」

ラケルはユルヨの手を振り払って川に入ろうとした。ユルヨは慌ててラケルを止めた。その拍子に、ラケルは転んでしまった。ユルヨはラケルを抱き上げて、可能な限り川岸から離れた。ラケルはずぶ濡れになっていたが、体をぬぐうものは何もなかった。

「どうして、川があふれるなんて思うんだ？　ここのところ、ずっと天気が良くて、ランダ川の流れも穏やかなのに。明後日には、兄さんたちの婚礼の儀を行うんだぞ、こんなおめでたい時に、水を差すようなことを言うなよ」

ユルヨは空を見上げた。見事な秋晴れだった。ペッカの家の畑をめちゃめちゃにしたあの大雨の日以来、この村の天気は穏やかそのものだった。

「もし、天気が悪くなって、川があふれるとしたら、予言者様がきっとお伝えしてくれるだろう？　さあ、家に帰って体を拭くんだ」

ユルヨは家に帰ることにした。蛇の死骸を入れた袋は、いつの間にか川に浮かんでいた。袋は川の流れに沿って、ゆっくりと流れていった。

家に帰るとライリはすでに起きていて、台所に立っていた。そして、ずぶ濡れのラケルを見て悲鳴を上げた。

「ラケル！　ラケル！」

ライリはひどくうろたえて、手に持っていた食器を落としてしまった。先ほどの悲鳴を聞いて、アトロもクルトも戸口にやってきた。

「母さん、どうしたんだ！」

クルトがライリに声をかけたが、ライリは声にならない声をあげるばかりだった。アトロは柔らかい布を持って、ずぶ濡れのラケルを拭いてやった。ユルヨはどうしたらいいかわからずに立ち尽くしていた。

「ユルヨ、ラケルはどうしたんだ？　どうしてこんなに濡れている？」

アトロのいつになく強い口調に、ユルヨははっとしたが、ランダ川で起こった出来事を話すのはためらわれた。そんなことを話したら、母さんはますますおかしくなってしまうだろう、ユルヨはそう思ったのだ。ユルヨが黙っていると、ラケルが口を開いた。

「かわ……かわを……とめないと……」

「お前、話せるのかい？」

ライリは驚いて飛び上がると、ラケルの肩に手を置いて懇願した。

「何があったんだい？　話しておくれ。その声を、もっと聴かせておくれ……」

それを聞いたラケルの表情が一瞬、ぱっと明るくなった。そしてその顔は、蜂蜜湯を飲んだあの日のように、真剣なものとなった。

「お……かあさん……お……にいさん……かわが……ランダがわが……あふれる……だから……にげて！」

その場にいる大人三人は顔を見合わせた。三人はそのまま、何も言わなかった。ユルヨはクルトが、

「こんなに天気がいいのに、川があふれるものか。もし、この後急に天気が変わって、大雨でも降るなら、きっと予言者様のお告げがあるはずだろう？　でも、ほんの数日前

には、予言者様は雨のことなんて一言もおっしゃらなかったぞ」

などと言って笑い飛ばしてくれると思っていたのだ。

「同じだ……。姉さんの時と……」

クルトが少し怯えたように言った。アトロは震えているライリを支えようとしたが、ライリはその手をはねのけた。そして、ラケルの手を引っ張って、有無を言わせぬ態度で歩き出した。ラケルはなおも、うわ言のように、「かわが……」とつぶやいていた。

ユルヨがライリのあとを追いかけると、ライリは村長の家の前でせわしなく扉を叩いていた。村長の妻は、自分の家の婿になる、アトロの母ライリの早朝の訪問を、迷惑がるでもなく、丁重に迎えようとしてくれた。それにもかかわらず、ライリは自分の用件だけを手早く伝えたので、ユルヨは気まずくなった。

ライリは村長の妻から、アトロたちの婚礼の儀式の道具一式が収められている、村共有の倉庫の鍵を借りると、ずんずんと倉庫の方へ向かって行った。ユルヨは頭を下げて、村長の家をあとにした。

倉庫に着くと、ライリは扉の鍵を開けた。倉庫の中は整然としていて、中央に婚礼道具が置かれていた。ライリは婚礼の舟から花嫁花婿を模した人形をどかすと、ラケルを抱き上げて、その舟の中に下ろした。

「いいかい、この舟から降りてはいけないよ」

　ライリは重々しい口調でラケルに言い放った。ラケルは頷くと、行儀よく舟の上に座った。ラケルは自分で摘んで干して作った詰草に、すっぽりと埋もれるような様子になった。その一部始終を見ていたユルヨは、母さんが本当におかしくなってしまったと思い、涙が出そうになった。ライリはそんな息子の手をいささか乱暴に引いて、倉庫を出ると、しっかりと扉に鍵をかけた。

「母さん、こんなところにラケルを閉じ込めて、どうするの」

　ユルヨはやっと母親に抗議した。ライリは冷たい顔をしていた。

「あの子は、蛇に取り憑かれた。このままでは、私はまた娘を失ってしまう。蛇から守るには、こうするしかないんだよ。舟に乗っていれば、水の上で、無事にいられるのだから。私たちアヴェーロは、舟を操る川の民の子孫。きっと、ご先祖たちのご加護がある……」

　ユルヨの頬を冷たい風が撫でた。季節は秋、夜風はさらに冷える。こんなところにいたら、ラケルは風邪をひいてしまうだろう。ユルヨはなんとかして母さんを止めなければ、と思ったが、先程の冷たい顔を思い出すと、怖くて言い出せなかった。母さんに逆らえば、自分も暗い倉庫に閉じ込められると思ったのだ。

　ユルヨが自分の臆病さに嫌気をさした頃、アトロとクルトがやっと倉庫にたどり着いた。二人は鍵をぎゅっと握りしめているライリと、うつむいているユルヨを見て、大体のことを察した。

「お前たち、心配いらないよ。ここにいれば、可愛いラケルは、二度も溺れて死ぬことはないんだ！」

　可愛いラケルと呼ばれたのは、今倉庫に閉じ込められている妹ではない、あの大雨の日に、母さんが呼んだのも、死んだ姉さんのことなんだと、ユルヨは悟った。それは、ユルヨが先程感じた母の狂気を決定づけることだった。そして、ユルヨは、妹だけではなく、自分のことも、母さんは必要としていないのではないかと思えてきた。

「母さん、一度家に帰ろう。温かいお茶でも飲んで、落ち着くんだ」

　アトロはライリに優しく声をかけた。どうしてアトロ兄さんはこんなに優しいのだろう。今の母さんは兄さんのことさえ、ちゃんと見ようとしていないのに。母さんが婚礼の儀にあんなに張り切っていたのは、兄さんのためではなく、婿を迎えることなく死んだ姉さんのためだったのかもしれないのに。ユルヨは苦々しい思いでアトロとライリを見た。ユルヨの視線に気づいたアトロは、なおも優しい顔をしたまま、ユルヨに小さな袋を握らせた。袋はずっしりと重かった。

「リンコラ商店に行って、蜂蜜を買ってきておくれ。この時間でも、もう店は開いているだろう。開いていなかったら、ご迷惑だろうけど、店の人を呼んで開けてもらっておくれ」

　アトロは穏やかだが重い口調で言った。そして、今度こそライリを連れて家に帰った。

アトロがどうしてすぐ年下の弟クルトではなくユルヨにお金を渡したのか、ユルヨはわかっていた。明後日からは、ユルヨがヒルデン家の跡取りとなるからだ。その場に残ったクルトは、ユルヨについていく、と言った。

二人が着いた時には、リンコラ商店はすでに開いていた。店番をしていたのは、リンコラ家の婿だった。この婿は、この村ではない、別のアヴェーロの集落の出身で、商才を買われてリンコラ家の跡取り娘の婿となったのだ。数年前の、リンコラ家の結婚式は、それは立派なもので、美しい花とおいしいごちそうに囲まれていた。しかし、ヒルデン家の者は結婚式を遠巻きに眺めるばかりだった。ユルヨは結婚式を見ていないクルトに、今店にいる青年はリンコラ家のお婿さんだと伝えた。

「いらっしゃい、今日は何をお求めです？　明後日のお祭りに品を出してしまったので、今日はずいぶん品ぞろえが悪いですが」

「すみません、蜂蜜の瓶を一つください」

ユルヨは、はっきりと言った。リンコラ家の婿は一瞬、目を丸くしてみせたが、愛想よくユルヨの求めに応じた。そして店の奥から蜂蜜の瓶を取ってくると、ユルヨに蜂蜜を見せた。蜂蜜は黄金色に輝いていた。

「銅貨、十枚です」

蜂蜜の色の虜になっていたユルヨに聞こえたのは、それだけだった。ユルヨは慌てて袋から銅貨十枚をとりだした。クルトがもらえるはずだった月の給金の、半分の値段で買えたのは、小瓶一つ分の蜂蜜だった。これは、アトロの給金の、どれくらいに当たるのだろうか。ユルヨにはわからなかった。

「ヒルデンさん、明後日は結婚式ですね。おめでとうございます。式で振る舞うお菓子にご利用ですか？　いい干しあんずもありますよ」

高値の蜂蜜が売れて気を良くしたのだろう、リンコラ家の娘婿は結婚式という言葉を口にした。

「お菓子は、新婦側が準備しているそうです。実は、母の具合が悪くて、薬代わりに飲ませようと思うのです」

それまで黙っていたクルトが、丁寧な口調で答えた。

「式の準備で疲れたのでしょう。蜂蜜湯を飲めば、きっと、元気になりますよ」

リンコラ家の娘婿は深刻にとらえずに、明るく話した。

「そういえば、ハラルドは今家にいますか？」

クルトは、さりげなく口にした。いや、さりげなく口にしようと努力したが、うまくいかなかったようだ。しかし、リンコラ家の娘婿は気にした様子もなく答えた。

「ハラルドなら、今はいませんよ。親戚の子とつるんで、こそこそと、何をやっているのやら。家の物も持ち出すし、困った義弟ですよ」

親戚の子、と聞いて、ユルヨは嫌な予感がした。確か、ペッカの父親がリンコラ家の大旦那と年の離れた兄弟だと、村人が話しているのを思い出したからだ。ペッカの家は大雨のせいで、親戚からお金を借りたそうだ。この村の民なら誰でも、親戚が困っていれば、持っているわずかなお金を差し出すことをためらわないだろう。しかし、わずかでないお金を貸すことができるのは、数軒の裕福な家だけ……。ペッカの家はリンコラ家からお金を借りたのだろう。それをいいことに、ろくでなしのハラルドがペッカに悪さをさせているのではないか、と、ユルヨは考えた。ユルヨは、リンコラ家の娘婿にお礼を言うと、クルトを押し出すようにして店を出た。

「どうしたんだよ、怖い顔をして」

ユルヨは、思いついたことをクルトに正直に話した。クルトはしばらく考え込んだあと、真剣な顔をして、話し出した。

「お前の考えはわかった。でも、ペッカを責めるのはやめておけ。お前はこれからこの村で、ヒルデン家の跡取りとして暮らすんだ。敵を作るのはよくない。ペッカの家とうちとは親戚同士なんだろう？」

「でも……」

食い下がろうとしたユルヨを、クルトは手で制した。

「ペッカに命令したのは、間違いなくハラルドだ。あいつは、俺がこの村に帰ってくるのが許せなくて、何とか追い出そうとしているんだ。でも、俺は兄さんの婚礼の儀が終わったら、この村を出ていく。二度と、この村には戻らない。あいつに、そう伝える。そうすれば、あいつがヒルデン家に執着する理由はないだろう」

　ユルヨは心底びっくりして、そんな冗談は言わないでほしいと、クルトにすがるように言った。しかし、クルトは首を横に振った。

「クルト兄さんが二度と戻らなかったら、母さんが悲しむよ！　アトロ兄さんが言ってたでしょう。母さんは、本当はクルト兄さんを奉公に出したくなかったって」

　ユルヨは大声で言った。クルトは黙ってしまった。しばらく黙っていたあと、重い口を開いた。

「わかっている！　だけど、奉公に出した時点で、母さんは俺が帰ってくるのを半分は諦めていただろうさ。何しろ、最も過酷な奉公先と言われている、繊維工場に出したんだからさ。工場の奴らは、予言者様の教えを聞いて育ったとは、とても思えない、人でなしばかりだった。そして、俺も、やがてそいつらと変わらない、人でなしになってしまったのさ。そんな俺が、母さんに顔向けできると思うか？

　ユルヨ、俺は、予言者様の志願兵のことがあろうがなかろうが、家督をお前に譲るつもりだった。母さんに、永遠の別れを告げるつもりで、村に帰ってきたんだ」

　寒々しい秋風が吹き抜けていった。都での辛い暮らしが、クルト兄さんをすっかり変えてしまったのだと思うと、ユルヨはもう、何も言えなかった。

「さあ、帰るぞ。母さんを早く落ち着かせないと、兄さんが大変だろう。それに、小さいラケルもかわいそうだ」

　二人は急いで家に帰った。寒々しい風は、ランダ川のほうから、かすかな土の匂いを伴って吹いてきた。

家に着くと、湯が沸いた、温かな湿り気を感じた。ライリは食卓の椅子に腰掛けて呆然としていた。クルトは椅子を引き、ライリのそばに座った。ユルヨは台所まで行き、蜂蜜の瓶をアトロに渡した。アトロは湯の入った器に、蜂蜜をひとさじ入れた。甘い香りが漂ってきた。

「これを母さんに渡したら、すぐに台所まで戻ってきておくれ」

アトロは小声で言った。ユルヨはいぶかしんだが、言われたとおり、蜂蜜入りの湯をライリに渡し、クルトに母さんをよろしくと目配せして、台所まで戻った。

「ユルヨ、急に申し訳ないけど、また都に行ってくれないかい？」

アトロの言葉は思いがけないものだった。驚いているユルヨに、アトロは一枚の紙と、蝋で封緘された封書を渡した。どちらも貴重な品だった。

「都にはいい祈祷師がいるんだ。この紙に住所と、簡単な地図が書いてある。これを見て、祈祷師の家まで行って、すぐにお祓いに来てほしいと頼んでほしい。その時に、この封書を渡しておくれ」

アトロは真剣な眼差しでユルヨを見つめていた。しかしユルヨは状況をつかめずにいた。

「私たちの姉さんのことは、もう知っているのだろう。姉さんがおかしくなった時に、父さんが頼ったのは、都に住む祈祷師のベルマンさんだった」

ベルマンという姓にユルヨは聞き覚えがあった。それに応えるようにアトロが続けた。

「そう、祈祷師のベルマンさんは、父さんの親戚だよ。あの日、父さんはベルマンさんを村に連れてきたけれど、間に合わなかった」

アトロはユルヨの両手をきつく握りしめて、頼んだよ、と言った。手元の紙はしわくちゃになってしまった。

ユルヨは急いで村を出た。本当は妹を倉庫から出してやってほしいと頼みたかった。でも、もし妹が、死んだ姉のように何かに取り憑かれているなら、出さないほうがいいかもしれないと思って何も言わなかった。


ユルヨは、都に着くと、ホルローダ広場とは逆の、さびれた通りに向かって、早足で歩いた。その通りは、町並みも、そこにいる人々も活気がなかった。乳飲み子を抱いて突っ立っている女性、その隣には、空腹そうな子供がいた。目に光を感じない若者もいた。通りを歩くユルヨは、クルトの言葉を思い出し、落ち着かない気持ちで歩いていた。

通りの突き当たりに、祈祷師の家があった。ユルヨは戸口にかかった金具を木戸に叩きつけて、中の人を呼んだ。

戸がきしむ音を立てて開いた。中から出てきたのは、わりと体格のいい、中年の男だった。男はユルヨを見下ろしながら、何の用だ、と言った。体格に見合った、張りのある声だった。

「こちらは、祈祷師のベルマンさんのお宅ですか？」

ユルヨがそう言うと、男は目を見開いた。家を間違えてしまったのだろうかと、ユルヨは心配になった。

「そうだ。私が祈祷師のベルマンだ」

男がそう言うと、今度はユルヨが目を見開いた。祈祷師というものは、ひょろひょろした老人に違いないだろうと思っていたからだ。

「それで、私に何の用だ」

祈祷師は張りのある声で言った。ユルヨは一息入れてから話し出した。

「僕は、サウロ・ベルマンの息子の、ユルヨです。お祓いをお願いしたくて、ここに来ました。どうか、妹を助けてください」

祈祷師は何かを思い出すように上を見て、それからユルヨのほうに向きなおった。

「サウロか。従兄弟かはとこに、そんな名前の奴がいたな。そいつはどうしている」

「五年前、病に倒れて、そのまま亡くなりました」

ユルヨがそう言うと、祈祷師は、そうか、とつぶやいた。

「十年ほど前に、父が、あなたにお願いしたはずです。何かに取り憑かれた、娘を助けてほしいと。その時は間に合わなかった。今度こそ助けてください。お願いです」

ユルヨは深々と頭を下げた。

「話を聞こう。入れ」

祈祷師は家の中に入っていった。ユルヨも続いて家の中に入った。

祈祷師の家の中は、ごちゃごちゃと散らかっていた。一人暮らしで、周囲のことにかまわない様子がうかがわれた。祈祷師は奥の部屋でアトロが書いた封書を読んでから、ユルヨが立っていた玄関先に戻った。祈祷師はユルヨに、そこら辺に座れと手で合図した。

ユルヨは床に直接座ったまま、これまでのいきさつを語った。ほとんど話をすることのない、六歳の妹ラケルのこと。ラケルが、時折、普段と違う、大人びた様子を見せるようになったこと。母親のライリが、普段は娘を疎んでいるような様子を見せること。ライリは、いつまでも、死んだ長女のことにとらわれていること。そして、ラケルを倉庫に閉じ込めたのが、ライリ自身だということ……。

語り続けるうちに、ユルヨは胸が苦しくなっていた。自分も、妹をずっと疎んでいたこと、そして、今は、手のひらを返したように、母が疎ましく思えてくること。そのことを思うと、喉の奥が酸っぱくなった。

祈祷師はユルヨの話を黙って聞いていた。ユルヨが話し終わると、祈祷師は口を開いた。

「お前は、妹が何かに取り憑かれたと、本気で思ってはいないだろう。妹がおかしくなったのは、自分たちのせいだと思っているのではないか」

祈祷師に言われて、ユルヨの顔は火のように熱くなった。

「だが、私の祈祷師としての勘から言わせてもらおう。お前の妹は、やはり、目には見えぬ何かと、語り合っているのだろう。そろそろ、切り離してやらないと、普通の娘としての一生を送ることが難しくなる」

ラケルは何と語り合っているのだろうかと、ユルヨは思いを馳せてみたが、何も浮かばなかった。

「そういう能力を持つ者は、祈祷師には向いている。だが、普通の人間には扱いづらいだろう。どうだ？　お前の妹を、私が引き取ってやる、というのは」

祈祷師の言葉にユルヨは抗議の声を上げた。

「冗談だ。そう怒るな。お前たちがその娘を大切にするなら、そのほうがいいに決まっている。さて、支度をするか」

ユルヨは礼を言って、祈祷師の支度を手伝った。祈祷に使う道具は大量にあるようで、ユルヨは面食らった。これを全て持って行ったら、それこそ行商人のようだ。

「知らないのか？　ベルマン家は代々、祈祷と行商を生業にしているのだ。お前の父のサウロは、祈祷師の才能はからっきしだった。お前もそのようだ。子供の頃の奴にそっくりだからな」

ユルヨは苦笑いをしながら、頭をかいた。

ふと、その時に、外が急に暗くなり、雨と風の音が大きく聞こえてきた。祈祷師の顔色が曇った。ユルヨはラケルの言葉を思い出し、背筋が氷のように冷たくなった。そのまま反射的に、祈祷師の家を飛び出そうとしたが、すんでのところで止められた。

「離せ！　川があふれるんだ！　みんなに知らせないと！　今ならまだ間に合う！」

ユルヨはもがいたが、急に体に力が入らなくなった。祈祷師が何かのまじないでも唱えたのだろうか。そのままへたり込むユルヨに、祈祷師が厳しく言い放った。

「この雨の降り方は、春のあの大雨以上に尋常ではない。お前みたいな小僧に、何ができる？」

ユルヨは悔しくて、握り拳に力を込めた。しかし、足はどうしても動かなかった。

「新しい予言者は、何をしている？　聞こえてくるのは、鎧のこすれる音ばかり……」

祈祷師は独り言のようにつぶやいた。ユルヨは予言者様が何のお言葉もくださらなかったことに気づいて、打ちひしがれた。

「母さん、兄さん、ラケル……どうか、早く逃げてくれ」

ユルヨはただひたすらに願った。これといった信仰を持たぬアウスクルタント国の民である彼が、いったい何に対して祈ったのかは、彼自身にもわからなかった。雨と風の音はますます強くなり、ユルヨは震えながらひたすらに、家族の、村の無事を祈り続けた。

風は、夜更けに止み、雨は、夜明けとともに止んだ。ユルヨは祈祷師を伴って都をあとにし、ぐちゃぐちゃの道を歩いた。ところどころ、かぶった水や、倒れた木に行く手を阻まれた。

「村の方から、人のいる気配を感じない。代わりに感じるのは、蛇か？　小僧、覚悟を決めておけ」

「そんなことあるもんか！」

口任せに否定したものの、ユルヨ自身も胸騒ぎを感じていた。蛇の気配。僕たち一家は、蛇に呪われているのだろうか。いったいどうして？　いや、呪いなんて、そんな馬鹿な話があるか。ラケルは何かに取り憑かれてはいない。僕たちの気を引きたくて、あんなことを言ったに違いない。ユルヨはさまざまな思いを抱きながら村への道を歩いた。行きの三倍はかかって、やっと村の入り口にたどりついた。

そこにはもう、ユルヨが見慣れたものは一つも残っていなかった。ほとんど村全体が、見渡す限りの土砂とがれきに覆われていた。ユルヨは言葉を失った。

「なんと恐ろしいことだ……」

先に口を開いたのは祈祷師だった。

「この村はランダ川に接している。蛇の仕業か。いや、それにしても……」

次の瞬間、ユルヨはラケルのことを思い出した。ラケルは、川のそばの、小高い丘にある倉庫にいるはずだ。ユルヨは川に向かって進みだした。途中で汚水に浸かっても、歩みは止めなかった。

「待て、小僧、一人で行くな！」

祈祷師がユルヨを止めた。

「祈祷師さん、妹を、妹を助けないと！　妹は川のそばの小高い丘の、倉庫に閉じ込められているんだ」

「わかった。だから一人で行くな」

祈祷師は渋々、といった感じでついてきた。

がれきと土砂に埋もれた村をひたすら進んでいくと、何やら人の腕のようなものが見えた。ユルヨは恐ろしさのあまり立ち止まった。誰の腕だろう。祈祷師はソベリーロを二本持っていた。二人で何とかして土砂をかき出すと、出てきたのは肉屋のおじさんだった。

「おい、誰だかわかるか……」

祈祷師が尋ねた。

「肉屋のタピオさんです。いい人でした」

ユルヨは最後に肉を買いに行った日のことを思い出して悲しくなった。

ユルヨは再び川に向かって進みはじめた。肉屋のおじさんを弔いたい気持ちはあった。でも、まずは川のそばの倉庫を見たかった。ユルヨはラケルとの関係をやり直したいと願っていた。これからは妹を理解できる、優しい兄になりたい。苦労をしている母さんの態度に流されてしまったが、これからはラケルを守ってやろう。そして、母さんには、死んだ姉さんの幻を追いかけるのはもうやめてほしい、と言わないと。母さんのことは、今はクルト兄さんが守っているだろう。何せ、クルト兄さんはこれから騎士になろうというような男なのだ。僕は、まだ母さんを守れるほど立派ではない。だからこそ、ラケルを守りたい……。

ユルヨは倉庫にたどり着くと、鍵がかかった扉を一心不乱に叩いた。

「ラケル！　そこにいるんだろう。今、兄ちゃんが出してやるからな！」

しかし、誰の声も返ってこなかった。ユルヨは扉を押したり引いたり、体当たりをくらわせたりして、何とかして扉を開けた。

倉庫の中は、どうやら濡れていないようだったが、その中には誰もいなかった。婚礼の儀で使うはずの人形も、舟もなかった。

「そうか。きっと、母さんたちのところにいるんだな。母さんも、ラケルをかわいそうに思って、ここから出してやったんだろう」

ユルヨは独り言を言った。祈祷師がやっと追いついて、何があったか尋ねた。ユルヨは、ここにいたはずの妹がいないこと、きっと、雨が来る前に、家族がここから出してやったのだろう、と伝えた。

「でも……僕の家が見当たらない。ここにいたほうが、ラケルにとって、よかったのかな」

　ユルヨの口からしぼり出すようなうめき声がこぼれてきた。

「母さん、兄さん、ラケル！　どこにいるの！」

　ユルヨは倉庫から飛び出すと、今更のように、たくさんの人々の遺体に気がついて、吐き気をもよおした。たまたま体の一部が地面から出ていた人たちを、祈祷師の手を借りて掘り起こした。そのうちにソベリーロが壊れてしまい、二人きりでは、とても弔うことはできなかった。

　ユルヨたちは一度、都に戻ることにした。ユルヨはここに残ると抵抗したが、祈祷師に説得されたのだ。家族は誰も見つからなかった。親しい人たちも見つからなかった。しかし、これは村全体の大災害だった。まずは、一人でも多くの人を捜し出し、弔わなくてはならない、ユルヨもそれくらいはわかっていた。この国では、災害が起これば、近隣の村や町で助け合うのが常だった。都に戻ると、祈祷師は、人を集めるために出かけて行った。ユルヨは祈祷師の家で留守番を命じられた。

　夜遅くに祈祷師が戻ってきた。

「悪いが、大した人数は集まらなかった」

　ユルヨは、一人でも手伝ってくれるならありがたい、と答えた。

　夜が明けると、ユルヨは大人たちについていきたいと志願した。集まったのは数名で、今、村に出入りしている行商人と、ユルヨの村出身の都の青年たちだった。

「村のことを知っている人が他にいるのだから、子供にそんなむごいことをさせなくても」

集まった青年の一人がそう言ったが、ユルヨが、自分で家族を見つけたいと言うと、その青年はユルヨの肩を叩いて、同行を許してくれた。

村のことを知っている人が他にいる、といっても、行商人はユルヨが学校に行っている間に来るので、ユルヨのことも、他の子供のこともよく知らなかった。村出身の二、三十代の青年たちは、ユルヨのことすら知らなかった。つまり、幼いラケルのことがわかる人は、ユルヨしかいないのだった。

集まった人々は、何が起こったのか聞かされていて、信じられないといった面持ちの人が半々、何があっても覚悟を決めている人が半々だった。

ユルヨは、祈祷師の隣を歩いた。土を掘ったり、木を切ったりする道具は重いので、大人たちが持っていた。祈祷師は小さな袋を腰に下げているほかに、大きな荷物を背負っていた。まるで行商に出るようだ、と、行商人の男が言った。

「死者をなだめるための道具一式だ。まあ、いくら持っていっても足りんだろうよ」

祈祷師がそう答えると、他の大人たちが怒り出し、行商人は両者の間に立ってなだめていた。

道は相変わらず歩きにくく、道中の足取りは重かった。やっとの思いで村に着くと、この光景を一度見たユルヨは再び言葉を失った。今日やってきた大人たちは、顔が青ざめていた。祈祷師は比較的冷静だった。

　村一面ががれきと土砂まみれで、家の一部でも原形を留めていればいいほうだった。多くの家は、家があった形跡すらなくなっていた。一部が残っている家の中を掘ってくまなく捜したり、祈祷師が「ここだ」と言った場所をソベリーロで掘ったりして、埋もれている人々を救いだしたが、皆すでに息絶えていた。

「やはり蛇の祟りだな。蛇が水と土砂を吐き出したのだろう」

　祈祷師はそう言った。

「どういうことだ」

「なぜそんなことがわかる？」

　大人たちは口々に尋ねた。

「死者の声を聞いただけだ。お前たちにはわかるまい」

　祈祷師はうるさそうに話を打ち切った。それから、死んだ人一人一人に弔いのまじないをかけはじめた。

　ユルヨの役割は、大人たちが知らない人の身元を確認することだった。子供が多く、ユルヨには辛い仕事だった。

　一日目の捜索では、家族は見つからなかった。あと二日で捜索を打ち切ることに決まった。それくらい、村の様子はひどかったからだ。

　二日目、ユルヨはラケルの友達だったニナの一家の遺体を見つけた。遺体の状態がよかったことがせめてもの救いだった。ニナは、今にも目を覚ましそうな綺麗な顔をしていた。

ユルヨはニナの遺体を死体安置のために仮に設けた場所まで運ぶと、また他の村人を捜した。

その後、この日婚礼の儀を行う予定だった、村の広場を捜索した。そこからはたくさんの遺体が見つかり、アトロとカスリンも見つかった。

「兄さん、義姉さん……」

ユルヨは悲しかったのに、涙が出てこなかった。大人たちの中には、ここで家族を見つけたものもいた。しかし、皆、泣いてはいなかった。あまりの惨劇に、涙を失ってしまったようにユルヨは思えた。

その日もユルヨの他の家族は見つからなかった。捜索隊は疲れを隠せなくなっていた。皆黙ったまま夜を明かした。

三日目、これが最後と決めていた日、ユルヨは祈祷師のおかげでクルトとライリを見つけた。二人とも家の外で亡くなっていた。

「このあたりから、何かを助けねばという強い思いを感じたが、そうか、お前の母のものか。おそらく、娘を助けに行ったのだろう」

祈祷師の言葉はユルヨにとって救いとなった。母さんは、娘を助けるために、必死で走ったのだ。険しい表情のまま亡くなった母を見るのは辛かったが、ユルヨは、母さんが気高く優しい女性だとわかって嬉しくも、悲しくもあった。ユルヨは母の泥だらけの顔を拭き、その目をそっと伏せた。

その時、同行した青年の二人組が、少し離れたところにある何かを指差した。人の服のようだった。掘り返すと、そこに男の遺体が埋まっていた。

「こいつ、リンコラ家の悪童の、ハラルドじゃないか！」

青年はハラルドよりもいくつか年上で、何かをぶつぶつ言っていたが、もう一人がたしなめた。ユルヨは、ハラルドの遺体が自分の家の側で見つかったのが気になった。すると、その場で少し休んでいた祈祷師がユルヨに、もう一人いる、と言った。あたりを探すと、見つかったのはペッカだった。

「どうして……」

ユルヨは呟いた。どうして、こんなところで、こんな奴と一緒に見つかったんだ、と言いたかったが、言葉に出なかった。

そんなことより、と、ユルヨは思い直して、クルトの遺体をきれいにした。ユルヨは青年の力を借りて、クルトの遺体を、母ライリの遺体の隣に並べた。そして、家族の遺体が見つからなかったペッカを、せめてニナの一家の側に置いてやってほしいと、もう一人の青年に頼んだ。

ラケルは見つからなかった。その日の午後には、行商人が応援を呼んでくれ、見つかった遺体を仮置き場から広場に埋葬する作業に、皆が明け暮れた。

アトロの婚礼をするはずだった広場は、村の皆の墓となった。日が落ちかけた頃、ユルヨはその現実に耐えかねて、ふらふらと、ただ一つ残された村の倉庫に行った。そこに残されたのは、婚礼の儀に並べる予定だった机や椅子だけだった。ここにあるはずの、婚礼の人形と、舟はどこに行ったのだろう。床には、ラケルが摘んで乾かした詰草が、少しこぼれていた。

「この倉庫から、強い思念を感じる。お前の妹のものだろうが、しかし……」

振り返ると、そこに祈祷師がいた。祈祷師は、ラケルが摘んだ詰草を、五ヶ所に置き直すと、白い粉で線を引き、詰草を頂点にした星を描いた。そして、長いまじないを唱えた。そのうちに、ユルヨは頭がくらくらしてきて、目の前にもやがかかっていくのを感じていた。

もやの中から、二人組の影が浮かび上がった。一人は少年で、もう一人は青年のようだった。

「もうやめよう。こんなことをしたら……」

少年はすがるような声で言った。

「うるさい！　俺は、あいつらが大っ嫌いなんだ。一泡ふかせてやらないと、気がすまねえ」

青年は乱暴な口調で言い放った。少年はたじろぎながらも、大声で言った。

「だからって、婚礼の儀を台無しにするようなことをしたらいけないよ！」

そのあと、短い悲鳴が聞こえた。青年は少年を殴ったようだった。ユルヨは二人がハラルドとペッカだと気づき、殴られたペッカの影に向かって駆け寄った。しかし、影に触れることはできなかった。

「言うことを聞けよ。誰のおかげで、お前の家はこの冬を越せるんだ？　うちが金を貸さなければ、お前が奉公先に売られていくだけだぜ」

ユルヨには、ハラルドの影が下卑た笑いを浮かべたように見えた。

「そんな。そうなったら、ニナは？　誰か、代わりの結婚相手を見つけないと、ニナまで奉公に出されることに……。ニナの従兄は、奉公に出たっきり、帰ってこないんだ。僕の母方の従兄だって、どうしているか、よくわからない。そんな、辛いところに、ニナを……」

力なくつぶやくペッカのことを、ユルヨはかわいそうに思えてきた。

「じゃあ、お前はこれから俺がやることを黙っておけよ。そうすれば、これからもお前の家とうちは仲良くやれるんだ。親戚同士だからな」

なんという、卑怯で、聞くに堪えないやり取りだろう。ユルヨはハラルドに対する怒りを燃やしていた。

床に何かを並べている音がした。どうやら、丸太を均等に並べているようだった。

「これで動くだろう。舟を川に流すぞ。人形は後から川に投げ込んでやれ。これで、婚礼の儀は台無しだ！　生意気なヒルデン家の奴らめ、恨みを晴らしてやる！」

「やめろ！　舟にはラケルがいるんだ！」

ユルヨは叫んだ。何かが水に落ちた音に、叫び声はかき消された。ユルヨは必死の思いでもやの中を走り、無我夢中で川に飛び込んだ。

ユルヨは泳いだことがなかった。水に入ると、息ができなくなることは知っていたので、水面に顔を出そうと必死になってもがいていた。すると、光り輝く帯のようなものが、ユルヨの体をすくい上げた。

それは、魚でもないのに、水の中をすいすいと泳いでいた。ユルヨはその生き物の背に乗っていた。

「頼む、妹のところへ連れて行ってくれ！」

ユルヨは思わず叫んでいた。その生き物はぐんと背伸びをして、水の中で滑るように進んでいった。

その生き物は何度も水の中に潜っては飛び出してを繰り返しながら進んでいった。どこをどう進んだのかわからなくなった頃、ユルヨはどこかの村か町の岸辺にたどり着いた。水の中で、目を傷つけたのだろうか、ユルヨの目には周囲が白黒に見えた。周りには誰もいなかったが、小さな足跡だけがくっきりと残っていた。ユルヨは足跡をたどって歩き出した。やがて、ユルヨは町外れにある一軒屋にたどり着いた。

その家はやけにがらんとしていた。椅子と小さな食卓があり、一人の女性が椅子に腰掛けて微笑んでいた。髪は肩くらいの長さでばっさり切り揃えられていて、手足が折れそうに細い、美しいが儚げな人だった。女性の隣にはラケルがいた。ラケルはその女性に、何かを話しかけているように見えた。

「ラケル、どうしてこんなところに……。さあ、帰ろう！」

ユルヨはラケルのもとに駆け寄り、手を引こうとした。しかし、ラケルの手をつかむことができなかった。ラケルは陽炎のように揺らめいていた。戸惑うユルヨをよそに、ラケルは女性のお腹に手を触れた。ユルヨは、その時はじめて、その女性のお腹に赤ちゃんがいることに気づいた。女性は痩せていて、妊娠しているようには見えなかった。その微笑みは、やはり、どこか儚げだった。窓辺から光が差してきた。ユルヨの視界に色が戻ると同時に、ラケルと女性は、光の中に溶けていった。気がつくと、ユルヨのそばに一人の老人がいた。

「わしは、さっきの光り輝く生き物じゃ。驚いたじゃろう。大地の上では、この姿のほうが都合がいいのでな。これが、お主の妹がお主に見せたかったものじゃよ」

老人はユルヨに優しく声をかけた。

「ラケルと、あの女の人はどこに消えたんだ？」

ユルヨは目の前で起きたことを整理しきれずに、戸惑っていた。

「あれは、この夏の出来事じゃ。あの女はもうこの世にいない。あのあと子を産んで、程なくして死んでしもうた」

ユルヨは、あの儚げな女性がこの世にもういないことに、もちろん心を痛めたが、それよりも妹への思いが勝った。

「妹は？　ラケルは今どこにいるんだ？　連れて行ってくれって、頼んだじゃないか……」

ユルヨがすがるように言うと、老人は首を振って、こう答えた。

「お主の妹は、助けを求めていない。あれは幼い心と身体で、自分の運命を受け入れていた」

「自分の、運命……？」

ユルヨは光り輝く生き物だった老人をまじまじと見つめた。

「そうだ。あの娘もお主も、村を出る運命にあるのじゃ。あの娘にはなすべきことがある……そしてお主は、娘のために騎士になる、そう運命づけられているのじゃ」

「僕が、騎士に？　どうやって？」

ユルヨが尋ねると、老人は、ほっほっほと笑った。

「お主は、その答えをもう知っているはずじゃ」

そこまで言うと、老人は、また光り輝く生き物の姿に戻った。その生き物は、右半分がもげた、大蛇だった。おぞましい蛇のことを、その時ユルヨは敬うような気持ちで見つめていた。すると、不意に、疑問が湧いてきた。

「待ってください！　どうして、妹は、あの女の人と一緒にいたのですか？　あの女の人は、いったい……」

そう言っているうちに、ユルヨの目の前の全てが光に溶けていった。

気がつくと、ユルヨはあの倉庫で横たわっていた。祈祷師が呆然と突っ立っていて、目覚めたユルヨを見て我に返った。祈祷師は怖れの思いがこもった口調で話した。

「あの少年たちの声を、思念としてこの倉庫に残したのは、お前の妹だ。何という力だろうか……」

「祈祷師さん、僕は光り輝く蛇を見ました。蛇は、僕と妹が村を離れる運命にある、そして僕に、騎士になれと言いました」

祈祷師は目を丸くした。

「この水害は蛇の力だと言っていましたが、光り輝く蛇が、僕たちの村をめちゃくちゃにしたのでしょうか」

ユルヨは続けて尋ねた。祈祷師は頭を抱えて、わからん、と呟いた。

「お前が見たという、光り輝く蛇を私は見なかった。私が言うところの蛇は、あのバルバラ山脈にいた双頭の蛇の末裔。ランダ川は呪いの川だ。まるで生きているかのように、人の命を求める……。お前の姉は、ランダ川の呪いの犠牲者の一人だ。しかし、お前は知っているか？　都の地下にはランダ川の水がめぐる水路がある。都の、どんな貧しい者でも、ランダ川の水の恵みを受けて生きている。ランダ川だけではない、すべての川は、水は、人を生かす恵みであり、人を殺す呪いでもあるのだ」

その時のユルヨは祈祷師の言いたいことが、わかるような、わからないような、複雑な思いを抱いていたが、何よりもひどく疲れていて、考え込むうちに、今度こそ本当に眠ってしまった。


翌朝、ユルヨたちは都に戻る道を歩いていた。みな無口だった。救助に携わった人の中には、やはり、村に残った家族が一人も見つからなかった人もいた。ユルヨは、その人の前で悲しい顔を見せてはいけないと思っていた。しかし、ユルヨはまだ十歳だった。年明けには奉公に出る予定だったとはいえ、まだ子供なのだ。そんな子供が肉親を一度に亡くし、どう生きればいいか戸惑うのも無理はなかった。

都に着いたユルヨたちは、都の人々が沸き立っているのに気がついた。見知らぬおばさんが一行に声をかけた。

「おや、皆さん方、なんて辛気臭い顔をしているんだい。しかもそんな泥だらけときた。さあ、今日は一日お祝いだ。早くその泥だらけの体を洗って、広場に集まんなさい」

おばさんは昼間から酒を飲んでいるように浮かれていた。

「いったい何があったんです」

青年の一人が少しあきれたように聞いた。

「何がって……知らないのかい？　勝ったんだよ。予言者様と、新しい兵たちがね」

おばさんはまるで自分の手柄のように言った。

「戦をしていたんですか？」

ユルヨは、つい口をはさんだ。

女性は泥だらけのユルヨを少し不愉快そうに見てから、話を続けた。

「いいかい、ぼうや。この国は隣国と戦をして、七日とかからずにその国の都まで攻め込んだのさ。何やら天気の悪いところを、一気に攻め込んだらしいよ。さすが予言者様。よその国の天気までわかるなんてね。さあ、あんたも体を洗って広場に行くんだよ。お祭りをやっているからね」

その言葉を聞いて、ユルヨは足元がふらつくような感覚を覚えた。それが本当に、予言者様のなさることなのか？　予言者様のお役目は、自分の国の災いを予言して、民を助けることではないのか？　それをしないで、よその国の災いを予言して戦を挑むなんて、おかしい。ユルヨは強い憤りを感じて、唇を噛みしめた。


祈祷師は、お祭り騒ぎに目もくれずに、家に戻った。ユルヨは祈祷師についていって、お礼と、ラケルのお祓いのために支払う代金の相談をしようと思ったが、村の救助に参加したアヴェーロの若者たちに引き止められた。アヴェーロの若者たちは、ユルヨを公衆浴場に連れて行き、体を洗うように言った。公衆浴場の主人はアヴェーロのようだった。体を洗ったあと、ユルヨに一番親切だった青年が言った。

「君は、これからどうするんだ？　もともと行くはずだった、奉公先に世話になるか？」

ユルヨはこの先のことを考えようとしたが、何も考えられなかった。

「まあ、ゆっくり考えるといい。どうも、しばらくはお祭り騒ぎのようだから」

親切な青年は、少し悔しそうに言った。


体をきれいにしたユルヨは、アヴェーロの若者たちや行商人、他にも手伝いに来てくれた人たちに、深々と頭を下げて礼をした。ユルヨに一番親切にしてくれた青年が言った。

「君こそ、私の従弟を見つけてくれてありがとう」

その青年は、人の良さそうな顔をした。その時、ユルヨは青年が、行方知れずのペッカの従兄だとわかった。ユルヨは皆に別れを告げた。

それからユルヨは祈祷師の住む裏通りに行った。裏通りでは、やせた子供らが、美味しそうなストーコを飲んでいた。

「この戦に買ったお祝いで、ストーコをいただけたんだ。本当にありがたいことだよ、今の予言者様は。あんたもずいぶんやつれているね。さあ、どうぞ、お食べ」

最初にこの道を通った時に見かけた、虚ろな目をして乳飲み子を抱えて突っ立っていた女性は、今は微笑みながらユルヨにストーコを渡そうとしてくれた。ユルヨは戸惑ったが、遠慮はいらないと言われたので、ストーコを飲んだ。都に着いてから何も食べていなかったので、ストーコはとてもおいしかった。

ユルヨは心底、戦を憎んでいたが、戦で得たものを、ありがたいと受け取る人々を憎むことはできないと思った。女性に礼を言うと、ユルヨは祈祷師の家に向かった。案の定、祈祷師は家の中にいた。

「お前も誘いに来たのか。馬鹿騒ぎは嫌いだ。ストーコもいらん。さっさと帰れ」

祈祷師は毒づいた。

「違います。妹のお祓いの代金の相談と、何よりも、お礼が言いたくて」

「お前の妹のお祓いなぞ、していない。だから、金も礼もいらん」

祈祷師はぶっきらぼうに言った。

「でも、村のことで、たくさんお世話になりました。だから……」

「お前は村の捜索につきあった連中全員に、金を払ったわけじゃあるまい？　わしだけもらったとあれば、あの行商人あたりがひどく恨めしがるだろうよ」

たしかに、ユルヨは彼らに一文たりともお金を払っていなかった。

「さあ、帰れ。祈祷がどれほどくたびれるものだか、お前らにはわかるまい」

祈祷師は床に布団を敷いて寝そべってしまった。

「あの……」

ユルヨが声をかけようとすると、祈祷師は不意にこう言った。

「お前の妹は不思議な力を持っていた。そのために、自ら村を、いや、この国を離れたのだろう。妹のことは、みだりに口にするな」

「どうして」

ユルヨが反論しようとすると、祈祷師はまたまじないを使って、ユルヨの口を塞いだ。

「どうしても、だ。信用できる者にしか話すな。お前は立派な騎士になる。あのむごい仕事を泣き言ひとつ言わずにやり遂げたお前なら。

さあ、もうここに用はないだろう。二度と来るんじゃないぞ。騎士になるような男が、祈祷師なんかと関わるもんじゃない。祈祷師なんかろくでなしだ。みんなそう思っているし、だいたいそのとおりだからな」

そっぽを向いて布団にくるまった祈祷師に別れの言葉を言うと、ユルヨは祈祷師の家を出た。彼と会うことは、二度となかった。

四　騎士への道

一夜にして、家族も故郷も失った、十歳のユルヨは、お祭り騒ぎが終わった都の片隅で座っていた。戦勝の宴の最中は、ユルヨは宴の食事を食べ、戦の様子を高らかに歌う吟遊詩人の歌を聴きながら、物陰で眠っていた。それが終わり、飢えと寒さに直面し、ユルヨは悩んでいた。騎士見習いになれるのは、最低でも十一歳からだった。それまでどこでどう暮らせばいいだろうか。家のない子供は、学校に通えないだろう。どこかで住み込みで働かせてもらえないだろうか……。ユルヨは、もともと奉公に出る予定だった織物問屋を探すことにした。ユルヨはまず、アヴェーロの主人がいる公衆浴場に行った。そこにいた、見知らぬアヴェーロの若者に、織物問屋のことを尋ねた。

若者は、あそこに行くのはやめておいたほうがいい、繊維工場の次に酷いところだ、と引き止めた。しかし、他に働けそうなところはあるか、お給金はいらないから、春までおいてほしい、とユルヨが尋ねると、若者はこう言った。

「お前の噂は聞いているよ。一の村の生き残りだって。でも、みんな、自分の税を払うので手一杯だ。働くところだって、お前の食事を用意するのが大変だ。俺たちアヴェーロが働けるのは、都の連中に払う賃金を準備できない、あるいはしたくない、そんなところばかりだ」

一の村とは、都に一番近いアヴェーロの集落である、ユルヨの村のことだ。都で働くアヴェーロの奉公人は、ほとんどは一の村の生まれだった。他のアヴェーロの村の子供たちは、村の近くの町で働き、奉公があけてから、都に出る者が多少いる程度だった。つまり、一の村の壊滅は、都にとって少なからず損害であった。ユルヨは覚悟を決めて、若者にもう一度織物問屋の場所を尋ね、織物問屋に向かった。そこは、問屋と小売店を兼ねていた。主人はユルヨを見るなりこう言った。

「お前、噂の、一の村の生き残りだな。捜す手間が省けたぜ。今日から休みなく働いてもらうからな。ご覧のとおり、この店には奉公人は一人もいない。みんな死んじまったからな。帰すんじゃなかった。せっかくの労働力がぱあになっちまった」

死んだみんなのことをただの「労働力」としかみなしていないのかと思うと、ユルヨは怒りと悲しみが込み上げてきたが、必死でこらえた。

「あの、僕は騎士見習いになりたいと思っています」

ユルヨは勇気を振り絞って、しかもなるべく冷静につづけた。

「十一歳になったら、この店を出たいので、それまでおいてもらえるでしょうか？　もちろん、お給金はいりません」

店主は一瞬、驚いた顔をした。そのあとで、下品に笑った。あのハラルドそっくりだった。

「お前らアヴェーロは、何年働いたって、ただ働きも同然だ！」

こうしてユルヨは朝から晩まで、ただで働くことになった。休み時間さえほとんどなく、寝ている時だけが唯一安らぐ時間だった。食べるものも、大して与えてもらえなかった。

ユルヨの仕事は、掃除、洗濯、店の雑用、そして食事の支度だった。掃除や洗濯は家で手伝いをしたことがあるが、食事の支度は今までやったことがなかった。最初のうちは、店主や、アヴェーロではない店員に、まずいと怒鳴られ、食べ物を投げつけられた。

そのうち美味しく作れるようになったが、何かとけちをつけられた。

ユルヨは食事を作りながら、野菜の切れ端などをつまみ食いしたり、皆の食べ残しを食べたりして食いつないだ。最初にくぎを刺されたからだ。食事代は給金から差し引かれる。給金なしのお前が食べる分はない、と。

ただ働きの生活がひと月過ぎた頃、ユルヨは日中に、お得意先を回って、織物を届けがてら、次の注文を取ってくることを命じられた。織物を載せた荷車はとても重く、十歳のユルヨが引くには辛かった。はじめは、ユルヨは大事な仕事を任されたことを誇らしく思っていたが、荷車の重さを感じるたび、誇らしい気持ちは失せてきた。注文を取ってこられないと、ユルヨは店主からたたかれた。お得意様は、あまりにも幼いユルヨがやってくるのは、織物問屋の主人から馬鹿にされているからだと思って注文を渋ったのだ。

しかし、ユルヨにとって、店主よりも、お得意様よりも、一番やっかいだったのは、荷車を引いて帰る途中に通る、裏通りの子供たちだった。

裏通りの子供たちに囲まれたのは、ユルヨが荷車を引きはじめた最初の日だった。

「また、茶色い目の奴が来たのか」

背の高い、ひょろひょろした少年が言った。

「しばらく見ねえと思ったのに」

さっきの少年と対照的に背の低い少年が言った。

「みんな死んだって聞いたぞ。せいせいしたと思ってたのに、生き残りがいたのか」

顔つきの悪い少年が言った。ユルヨは怒りで眉を上げた。

「おい、お前ら、いい加減にしておけ。まだちびじゃないか。放っておけよ」

がっしりした体つきの少年が言った。生まれつき、体格に恵まれていたと思わせる少年だった。この少年が、ここの悪童たちの頭だと、ユルヨはすぐにわかったので、頭の少年に丁寧に話しかけた。

「仕事中なので、通してもらえませんか」

ユルヨのこの言葉に、頭以外の悪童たちは笑い出した。

「仕事中、だって」

背の低い少年が笑いながら言った。

「こんなちびが大した仕事をしているもんか。見ろよ、足ががたがたいっているじゃないか。こんなんで荷車を引けるもんか」

背の高い、ひょろひょろした少年が馬鹿にするように言った。

「仕事をしているんだったら、あれを持っているはずだよな。渡せよ。そうしたら通してやる」

顔つきの悪い少年が、指でお金の形を作り、ユルヨに迫った。

「やめろと言っただろう。こいつは金なんて持ってねえよ。絡んでも時間の無駄だ」

頭の少年がきっぱりと言うと、一度は他の子供らも黙った。

「さっきから、誰かに似ていると思ったんだが、こいつ、クルトの弟じゃねえか？」

背の高い少年がユルヨをなめるように見てからこう言った。

「クルトの弟……？　そう言われれば似ているな。お前、繊維工場のがきの元締めの、クルトの弟か。正直に答えたら帰してやる」

顔つきの悪い少年がそう言った。

「そうです。僕はクルトの弟です。だけど、僕の兄さんは……」

ユルヨが言いかけると、顔つきの悪い少年が、僕、だってさ、と笑った。

「エスコ。こいつを一発殴っていいか？」

背の低い少年が言った。

「なんでだ」

エスコと呼ばれた少年、つまりここのお頭が言った。

「うちの兄貴の仕返し、だよ！」

背の低い少年は、エスコの承認を得ないまま、ユルヨをいきなり殴った。ユルヨは腹を殴られ、荷車を取る手を離してしまった。荷車がばたんと倒れた。

「殴っていいとは言ってないぞ」

エスコが言った。

「殴るなとも言わなかっただろう」

背の低い少年は、意外にも二番格のようだった。これほど強く殴られたのは初めてで、ユルヨはしばらく動けなかった。

「気が済んだだろう。こいつのことはもう放っておけ。金にならないんじゃ、時間の無駄だ。さあ、帰るぞ。お前もとっとと帰りな。なるべくこの道を通るんじゃねえよ」

少年たちはどこかに行ってしまった。ユルヨもできればこの道を二度と通りたくなかったが、この道の出口にある店が最後の納品先だったので、通らないわけにはいかなかった。

殴られた衝撃から回復したユルヨは、倒れた荷車を見て、商品をお客様に渡したあとでよかった、と安堵した。そして、痛む腹を押さえながら荷車を引いて裏通りをあとにした。

そんなユルヨの様子を、陰からうかがっている人間がいるとは、その時のユルヨは全く気づかなかった。

春が来て、ユルヨは十一歳になったが、問屋を出ることは許されなかった。

お客様から注文を取れるようになり、仕事の上でも成長したユルヨだったが、重い荷車を引いた帰りには、しょっちゅう、例の子供らに絡まれた。彼らはエスコがいない時だけ、ユルヨに石を投げたり、殴ったりして、ユルヨから金を巻き上げようとした。ユルヨは店の金を守るために、ひたすら耐え抜いた。彼らはユルヨを「腰抜け」と笑った。

仕事場に戻ったところで、ぼろぼろのユルヨに何があったか声をかけてくれる者はいなかった。お得意様から預かった豪華な織物に土埃をつけたと、殴られることもあった。その織物は、騎士が式典の際に着る軍服の生地だった。

ユルヨは、食事の支度中、中心がだめになっている芋をよく見かけた。ユルヨには、そんな芋が、まるでこの都のように思えた。国の中心である都のほうが、よほど予言者の教えを守っていない。この頃のユルヨは、奴隷という言葉の意味が身に染みてわかっていた。人を奴隷のように扱うなんて、予言者がお許しになるはずはないのに。けちな店主。意地悪な店員。生活のために他人を襲う少年たち。自分が育った村でも、けちな人も、意地悪な人も、生活に困った人もいたが、誰かを積極的に傷つけようとはしなかった。そんな者は、あのハラルドくらいだった。

ユルヨはクルトがどうして変わってしまったのかを、身に染みて感じていた。そして、今の自分を、家族の誰にも見せたくないと思った。ユルヨは、どこかで生きているはずのラケルが、自分のようにならないことを祈っていた。

そうしているうちに、短い夏が過ぎ、秋がやってきた。あの水害から一年が経過した。ユルヨは、みじめな毎日を、とうとう我慢できなくなった。その日の夕方、いつものように石を投げられると、ユルヨは落ちた石を取り上げ、投げてきた背の高い少年に向かって、わざと軽く投げ返した。

「こいつ、投げ返してきたぞ。でも、そんなへなちょこの投げ方じゃ、痛くもかゆくもねえ」

背の高い少年が馬鹿にして駆け寄ってきたので、ユルヨは相手の両腕をつかんで、思い切りこちら側に引き寄せてから、前方に突き飛ばした。背の高い少年は、不意を突かれて尻餅をついた。

「腰抜けのくせに、やるじゃないか。おい、お前、行ってこい」

背の低い少年が顔つきの悪い少年に言った。しかし、この少年は、武術が得意なユルヨの相手にはならなかった。繰り出してくる攻撃をよけて、腹に一発食らわせてやった。

「よくもやりやがったな！」

背の低い少年は怒って、背の高い少年と一緒に襲いかかってきた。ユルヨの頭の中で何かが弾け、体がひとりでに動き出した。二人の攻撃を腕で受け流すと、背の低い少年の腕をつかんで自分の方に引き寄せ、襲いかかってきた背の高い少年が怯んだ隙に、その足を思いっきり蹴りあげた。そして、ユルヨから逃れようともがく背の低い少年の腕をねじりあげて、壁に向かって押し出した。

三人の少年のうち、二人は痛みに倒れ、もう一人は怯えて戦意を喪失していた。ユルヨはこの三人をどうしようか、束の間考えた。この一年近く、自分が受けた痛みはこんなものではない。その時、エスコがどこからか現れた。

「ちび、お前がやったのか」

倒れている仲間を見渡して少年が言った。

「俺の名前はユルヨだ。確かに俺がやった。でも、あんたがいない時、こいつらはいつも襲いかかってくるんだ。今日という今日こそは仕返しをしてやろうと思っただけだ」

ユルヨはいつの間にか、自分のことを「俺」と呼ぶようになっていた。

「そうか、ユルヨ、俺は頭として、子分がやられたのを黙って見過ごすわけにはいかないんだ。一対一で勝負するぞ」

言い終わるや否や、エスコはユルヨに殴りかかってきた。その攻撃は今までで一番強力で、ユルヨはふらふらになったが、二度目の攻撃はかろうじてよけた。だんだん彼の大振りな動きが読めてきて、ユルヨはついに少年の腹を殴った。

「先代の頭から、お前の兄貴の話を聞いていたけど、お前も負けず劣らずってところだな」

エスコはそう言うと、ユルヨの足を蹴った。あまりの痛みに驚きながら、殴り返し、蹴り返し、噛みつき返して、二人は長いこと戦っていたが、ついにエスコが動かなくなった。

「大丈夫か？」

ユルヨはとっさに手を差し伸べた。

「こんなちびに負けるなんてな……。お前、強いな、参ったよ」

エスコは恥ずかしそうに言った。

「ろくに食べてないからだよ。食べてたら、年上のあんたたちに俺がかなうはずがないよ」

ユルヨはなぐさめるように言った。

「それはお前もそうだろう。あの店の主人のけちさは有名さ」

エスコは笑った。ユルヨも笑った。都に来て、初めて心が通った友達ができたような気がした。

ユルヨはふと、背後から何かを感じた。さっきあえなくやられた背の低い少年が、棒を持って殴りかかろうとしていた。自分がよければエスコに当たる、そう思ったユルヨはエスコをかばうように突き飛ばした。棒が肩に当たり、痛みが走った。かあっとなったユルヨは、卑怯者！　と叫んで、背の低い少年を思い切り殴った。背の低い少年は倒れた。

「何をするんだ、この卑怯者」

エスコも吐き捨てるように言った。

「こんな、茶色いガキと仲良くしようとするやつなんか頭でも何でもねえよ」

背の低い少年は切れ切れの声で言った。他の少年たちも同意しているようだった。

「じゃあ、今から勝負して決めるか。もちろんさしでだ」

エスコが言うと、残りの二人が背の低い少年をかつぐようにして逃げていった。

「悪かったな」

頭から血を流しているユルヨに対してエスコは言った。

「いや、いいんだ」

ユルヨはそう言って、散らかった荷物を片付けた。

「約束する。もう二度とお前の店の荷物を襲ったりしない」

エスコはそう言うと、ふらふら歩いて去っていった。一人残ったユルヨは、荷車を引いて帰ろうとした。また、あの店に帰ると思うと気が重かった。

「ずいぶんと暴れたもんだな。おとなしいと見えて、意外なもんだ」

突然、背後から声がしたのでユルヨは驚いた。後ろには、二十代前半くらいの若い男が立っていた。その男には右腕がなかった。ユルヨはたじろいだが、男は愛想よく話しかけてきた。

「なあ、騎士見習いになってみる気はないか？」

片腕の若い男は唐突にそう言った。ユルヨはさらに驚いた。そして、忘れかけていたことを思い出した。

「そうだ、俺は騎士にならなきゃいけないんだ。でも、あなたは？」

いきなりこんなことを言うこの若い男は誰なのだろう？　ユルヨは気になっていた。

「俺はカイだ。こうやって都を回って、見どころのある少年を探しているんだ。俺の、文字通り右腕となってくれる奴を、な」

カイの話し方は軽妙だが、どこか底が見えないものを感じさせるものだった。しかし、舞い上がったユルヨはすぐにそのことには気づかなかった。

「俺に見どころがある？　俺でも騎士見習いになれると思いますか？」

ユルヨは興奮してカイに尋ねた。こんな生活にもううんざりしていたからだ。

「なれるさ。俺が紹介すれば、選抜試験は免除でな。ただ、見習いになってから騎士になれるかは、お前次第だな」

カイは片目をつぶってみせた。

「お願いです、俺はどうしても騎士になりたいんです。カイさん、紹介してください」

ユルヨはカイにすがるように頼んだが、ふと、店主がこの仕事をやめさせてくれるか考え、表情を曇らせた。

「ああ、店のことは気にするな。お前の身代を、店主から買い取ってある」

ユルヨは思わず後ずさりした。カイの底知れなさに気づきつつあったのだ。この男は、人買いと同じことをしている。それに、片腕がないというのもいかにも怪しい。単なるやくざ者ではないのか。信用して、いいのだろうか……。考え込むユルヨにカイが口を挟んだ。

「俺のことを疑っているだろう？　わかりやすいなあ、お前。でも、いいか？　俺が善人であれ、悪人であれ、お前を地の底から救い出そうとしているのは事実だ。このままずっと、あの店でただ働きをしたいなら別だが、騎士見習いになりたいなら、ついてくるんだ。お前にいろいろ教えてやるよ。まずは、感情を顔に出さないようにする方法からだな」

カイのこの言葉を聞いて、この軽妙さが彼の本当の姿なのか、それとも仮の姿なのか、ユルヨはわからなくなった。

「それより、お前は、予言者を憎んでいないか？　お前の村のことを見捨てた、あのお方を」

カイは唐突に言った。ユルヨは眉をあげた。カイはユルヨがまた表情を変えたのを見て、ひとしきり笑ったあと、真面目な顔をした。

「君たちは、幸せだったんだよ。他の国では、災害に巻き込まれて死ぬ人間なんて、それこそごまんといる。俺も、家族を災害で失ったうちの一人さ」

カイの少し寂し気な、そして少し責めるような口調に、ユルヨは胸が痛んだ。

「俺たちは、それが当たり前だったんです。当たり前を奪われて、悲しんだり、怒ったりすることのどこがいけませんか？」

ユルヨは感情を顔に出さぬよう努力したが、うまくいかなかった。

「当たり前を奪われるなんて、それこそ当たり前のことだよ。俺たちは、戦に駆り出され、道具のように使われ、挙げ句の果てには名前すら奪われ、罪を背負わされた。それでも、俺たちは、川に生きてきた」

それまで薄暗くてよくわからなかったが、月明かりに照らされたカイの整った顔は、髪の色も、目の色も、ユルヨより少し濃かった。

「あなたは、リヴェーロの生き残りですか？」

ユルヨは尋ねた。

「そうだ。リヴェーロは、今もどの国にも属さず、血縁だけの小さな集団で暮らしている。でも俺は、お前くらいの年頃に、災害で家族をなくして以来、川にも戻れずに、カステグレン国で迫害を受けながら、一人で暮らしてきた。ここよりずっとひどい迫害だ。でも俺は、顔がよかったから、カステグレン王の第三王妃に拾われた。そして第三王妃付きの密偵になった。宮中でいろいろあって、俺は右腕を奪われた。だから、カステグレンとこの国の戦の前に、ヴァネッサ様に情報を提供したのさ」

一年前のお祭り騒ぎの中で、ユルヨは吟遊詩人がカステグレン王の秘密を歌うのを聞いた。老いた王は、バルバラ山脈の蛇が雨に打たれて蘇り、自分を襲いにくるという妄想に取り憑かれ、雨が降るたびに精鋭の軍をバルバラ山脈に派遣していた、と。カステグレン王家は、数百年前に、バルバラ山脈の蛇退治に行って亡くなった騎士の一人娘を妃に迎えていたため、常に蛇の呪いを怖れていたそうだ。カイはその情報を流し、故郷を売ったのだ。でも、カイにとっては自分たちを迫害する国は故郷とは思えなかったようだ。何があったか知らないが、右腕まで奪われたので、カステグレン国をひどく恨んでいたのだろう。ユルヨはあれこれ考えた。

「もう一度聞くけど、お前の村を見捨てた予言者のために、騎士になるつもりがあるのか？」

カイの問いに、ユルヨはこう答えた。

「俺は強くならなきゃいけないんです。生き別れた妹と再び巡り合うために。そして、死んでしまった人たちの、無念を晴らすために。予言者様のため、ではありません」

カイは、茶色い眼でユルヨをじっと見つめた。ユルヨもカイのことをじっと見つめた。

祈祷師から妹のことを軽々しく話すなと言われていたことはうっすら覚えていたが、ユルヨはカイに妹のことを隠そうとは思わなかった。あとで、そのことが、カイの信頼を得ることにつながったと、ユルヨは知ることになった。

「お前は正直だな。気に入った。ついてこいよ。店のこと？　ああ、荷車は返さないとな。でも、今日じゃなくてもいいだろう。俺の部下に頼むさ。売り上げ金も持っているのか？　それはお前の今までの給金として、もらっておけ」

カイはまた片目をつぶった。

「ありがとうございます。でも、こんな格好で行っても大丈夫でしょうか？」

ユルヨはまだ血がついている頭を触りながら言った。

「さすがに血は拭いといたほうがいいか。よし、今日は遅いし、どこかに泊まろう」

次の日、ユルヨは城門をくぐった。通されたのは、予言者の執務室だった。執務室には予言者がいた。部屋にいるのは彼女だけだった。大きな机に、大量の書類が置いてあり、予言者は一枚ずつ目を通していた。左右の壁に一つずつ、扉がついていた。おそらく、何かの時のために、近衛兵が控えているのだろう。

予言者に会えると聞いた時、ユルヨは二つのことを注意するようにした。一つは、自分の呼び名を「私」に変えること、もう一つは、自分の気持ちを顔に出さないことだった。

「ヴァネッサ様、ご機嫌麗しゅうございます。本日は、私、カイめが、あなた様のお役に立てるよう……」

「芝居がかった言い方はおやめなさい。回りくどいのは嫌いです。それに、お前が目をかけた子供をいちいち連れてこなくていいと、以前言ったはずです」

美しい予言者ヴァネッサは、書類に目を通したまま、ぴしゃりと言い放った。あの日聞いた、可憐な話し方とは違うなとユルヨは思った。

「申し訳ありません、ヴァネッサ様。こちらのユルヨは、あの、一の村の生き残りのアヴェーロです」

カイは、予言者の苦言をあまり気にした風もなく続けた。一の村の生き残り、という言葉に対して、予言者ヴァネッサは顔をあげ、ユルヨを見た。その青い目は、美しいが、氷のように冷たかった。

ユルヨは、その目を見つめたまま黙り込んでしまった。緊張と、怒りが込み上げてきて、それを抑えることに必死になって、カイが教えてくれた長い口上を忘れてしまったのだ。

執務室が気まずい雰囲気に包まれた。カイは、せめて名を名乗れとユルヨをつついたが、ユルヨは無言のまま、美しい予言者の前で突っ立っていた。その目には、怒りの炎がちらちらと揺らめいていた。予言者ヴァネッサは、手元の書類をよけると、すっと背筋を伸ばして、ユルヨの顔をじっと見つめた。

「ユルヨといいましたね。騎士になりたくて、ここに来たのでしょう。よくお聞きなさい。私はお前たちの村を見捨てました。村人の命より、戦に勝つことを選んだのです。そのために、お前たちの村で起ころうとしていることを見ようとはしませんでした。予言者は、この先に起こる出来事のうち、何を見て、何を見ないか、何を伝えて、何を伝えないか、すべて決めることができるのです。お前たちの村で何か災いが起ころうとしているのがわかった瞬間、私はそれを見ないことを選びました。それでも、私に仕えるというのですか？」

予言者の口調は落ち着いていたが、とても厳しかった。

ユルヨはしばし考えたのちに、こう言った。

「俺……いいえ、私は自分の村が見捨てられたことが悲しいし、悔しいです。あなたを、許せないとも思います。でも、同じくらい、何も守れなかった自分のことを許せません。私は強くなりたい。強くなって、誰かを守ることができる人になりたい。死んだ人の無念を晴らしたい。騎士見習いに志願したのは、そのためです」

予言者ヴァネッサはしばらくユルヨの目を見つめていた。そしてこう言った。

「わかりました。今日からこの城で働きながら、剣の腕を磨きなさい。騎士見習いに採用するかは、働きぶりを見て考えましょう」

ユルヨは頬が紅潮するのを感じた。

「ありがとうございます。申し遅れましたが、私はユルヨ・ヒルデンです。一生懸命働きます！」

後ろでカイがほっと一息をついた。その時、ユルヨから向かって右側の扉が開いた。茶色い髪の男が、扉の部屋から出てきた。男の顔を見てユルヨは動揺した。ホルローダ広場で予言者を待っていた、死んだ赤子を連れてきた男がそこにいたからだ。

「カステグレンの密偵よ、話はもう済んだか」

男は相変わらず、底知れぬ暗さを感じさせる話し方をした。カイにも通じるものがあるが、カイのそれが人との関わりで身についたと思わせることに対して、男のそれは人を介して生じたものではないように感じさせた。男の立ち居振る舞いには、生まれながらの高貴さを感じさせるものがあったのだ。

「ベルンハード卿。私の名前はカイと申します。カステグレン国はもう存在いたしませんし、私はとうにカステグレン国を捨てた身でございます」

「すなわち、カステグレンの密偵には当たらぬというわけか。なればお主は、ただのぺてん師だろうな」

男の失礼な言葉にユルヨは少しむっとした。それを察したのか、男は扉を開けてから初めてユルヨのほうを見た。男の瞳は青いのに、見つめていると深い井戸の底を見た時のように真っ暗で、ユルヨはぞっとした。それでもユルヨは目をそらさなかった。

「生意気盛りの子供か。あの頃のヴァルマによく似ている」

「姉さんによく似ている？　そうかしら」

予言者はふふ、と笑った。

「だから、城においてやることにしたのだろう。話は聞いていた」

ベルンハードはそれきり、ユルヨを見なかった。あの日、ユルヨと会ったことなど、覚えていないし、思い出しもしなかったのだろう。

予言者は手元の鈴を鳴らして、ユルヨから向かって左側の部屋から、近習を呼び寄せた。近習の男に予言者はこう告げた。

「アンナリーサを呼んできなさい」

アンナリーサを待つ間、ユルヨとカイは、別室に通された。

「あまりはらはらさせるなよ、予言者様に楯突く奴がいるか？」

ユルヨはカイに謝罪した。自分のせいで、カイの顔をつぶすことになったかもしれないからだ。

「でも、よかったな、お前」

カイはまた片目をつぶった。

「カイさん、あなたはどうして、予言者様に仕えることにしたのですか？」

ユルヨは予言者に会った時の、カイの様子が気になっていた。

「それは、あのお方を一目見て、この女性こそ、俺の理想を形にできると思ったからさ」

それは、カイはあの美しい予言者に、恋をしているということだろうか。ユルヨはそう考えるうちに、幼い頃聞いた、リヴェーロの恋の歌を思い出した。歌っていたのは、父と母だった。アヴェーロの村に残る祭りの歌は、豊年満作を喜ぶ素朴な歌だったが、元は舟から舟へ移るかのごとく、移り気な男と、それに振り回されているように見えてしたたかに振る舞う女を歌ったものだった。ユルヨの父サウロは、異国の地でリヴェーロに出会い、元の歌詞を教わったのだろう。母がぼそぼそと、祭りの歌を口ずさむと、父が大きな声で、元の歌を歌うのだ。その高らかな歌声を聞くうちに、沈んでいた母の顔が明るくなり、二人で歌い踊るのだった。確か、妹が生まれる頃、いや、もっと前だったか。村で暮らしていた頃でさえ思い出さなかったその光景は、ユルヨにとって唯一、恋とはどんなものか想起させるものだった。

「お前、何を考えている？　うわの空もいいところだぜ」

カイの言葉に、ユルヨは我に返った。

「カイさんは、あの日見た予言者様に一目惚れしたのかなぁって考えていたら、つい、別のことを思い出して……」

それを聞いたカイは盛大に笑った。

「なんだよ、それ。俺はそんなうぶな奴じゃないぜ。俺には、理想とする国の像がある。あの方を見た時に、あの方のもとでなら、俺は理想の国を目指せると思ったのさ。

俺は、カステグレンという国の古い体質に嫌気がさしていた。数年前に、アウスクルタント国に来た時、俺は衝撃を受けた。どんな貧しい者でもきれいな水を飲み、読み書きができるなんて、考えたこともなかった。だが、程なくして思い知った。この国もまた、数百年もの間、一つの理想にしがみついて生きながらえたのだと。俺の理想を目指す場所がどこにもないことに絶望した俺は、諸国の様子を探る密偵の立場もわきまえず、ノールタ各地で酒と女に明け暮れた。金は、女がいくらでも貢いでくれたけれど、心は満たされなかった。そんなことばかりやっていたら、宮中ではめられて、右腕を切り落とされ、カステグレン国を追われることになった。

そんな時に、あの方を見た。ただの町娘だったというのに、あの燃えるような野心に心が動いた。俺は、あのお方に賭けてみたくなった」

カイが抱いた気持ちを、ユルヨはなんとなくわかる気がした。

「だから、俺は、あのお方の気を引こうと、あれこれ頑張っているわけさ。でも、残念ながら、あのお方が目下のところ頼りにしているのは、俺をぺてん師呼ばわりした、あのベルンハード卿さ」

カイは、肩をすくめて、やれやれとしてみせた。

「予言者の演説前のあの茶番は、あいつが仕組んだに違いない。予言者は妹や姪が亡くなったのをひどく悲しんで、詳しい経緯を聞きたいと言ってあいつを城に招いた。予言者様も人がいい、あんな茶番にころっと騙されて。だが、あいつも予言者に取り入ることができるだけの、何か重大なことを知っていたんだろうな」

カイはぶつぶつと言った。ユルヨはあの出来事を、茶番だとは思いたくなかった。

「まあ、これから先、俺が連れてきた、お前みたいな連中が、新しい国づくりの為に活躍してくれれば、推薦した俺の株も上がって、いい役職につけるだろう。もし、そうならなかったら、俺自身が立ち上がって、何か新しいことをはじめるさ」

「カイさんが理想とする国って、どんな国なんですか？」

ユルヨは思い切って尋ねた。カイは、南の方を指差して言った。

「川の向こうの、スータの国には、民の代表が国の行く末を決める、そんなところがあるんだと。今もこっそり川に出るリヴェーロから聞いたのさ。ノールタの国々も、いつかは……。そのためには、まず、ノールタの国をまとめないとな」

カイはユルヨの肩に、両手を置いて、真剣な顔をしてこう続けた。

「予言者様が助けてくれなかったと、恨むのはもうやめろ。お前が本当は戦を嫌っていることもわかっている。だけど、今は、誰もが何かを得るために、戦わなくてはいけない時代なんだ。お前は戦って強くなれ。そして、いつか、お前が目指す理想を見つけるんだ」

ユルヨは、絞り出すように、わかりました、と言った。

ユルヨたちが通された部屋に、女官長の遣いだという女性が現れた。おしとやか、という言葉がぴったりの女性は、ユルヨだけを女官長のもとへ案内した。カイは呼ばれなくてほっとしたようだった。

女官長のアンナリーサは、大きな窓のある部屋で、窓を影にして立っていた。あの日見たとおり、厳粛さながらの彼女は、ある意味では予言者ヴァネッサ以上にユルヨを緊張させた。

「ユルヨ・ヒルデンといいましたね。一の村のことは気の毒に思います。戦勝の祭りのあと、我々も村を捜索しましたが、行方不明者が多く、被害の大きさを感じさせました」

女官長が村のことを心から気の毒に思っているかどうかは、ユルヨにはわからなかった。それでも、その言葉は、ユルヨの頑なな心を慰めた。

「あなたの兄、アトロ・ヒルデンのことを覚えています。師範学校で卒業証書を授与した時の、素朴で誠実そうな様子からは、よき教師になることがうかがわれました。あなたの兄の死を残念に思います。あなたも、兄のように誠実に働くことを期待します」

女官長は、師範学校の校長も兼任していた。もちろん、名誉職であったが。ユルヨは教鞭を振るう兄アトロのことを思い浮かべると、涙がこぼれそうになったが、必死でこらえた。

それから、アンナリーサは、この城で女中や侍従たちの仕事を管理しているという、文官のロベルトという男を呼んできた。

ロベルトは、真面目で実直、という言葉をそのまま人の形にしたような男だった。カイとはまったく違う性質の男だと、ユルヨは思った。

「ユルヨ、君には、この城の下働きをしてもらおうと考えていますが、君は何ができますか？」

ユルヨは掃除でも洗濯でも、料理でもなんでもできます、と答えた。

「若い女性のいない場所で働かせなさい。妙な男が、しょっちゅうまとわりついては困りますから」

アンナリーサが何を言わんとしているのかは、鈍いユルヨでもわかった。自分とカイを、遠ざけようとしているのだ。アンナリーサ様は、僕を、騎士見習いにふさわしいとは思っていないのかもしれない、そう思うと、ユルヨは少し悔しくなった。

「ユルヨ。まずは働くことです。働くことで、あなたは食事にありつけるのです。よく食べて、規則正しく生活し、傷つき乱れた心身を整えなさい。剣術の稽古は、それからです」

アンナリーサは厳しく言い放った。ユルヨは自分の甘さが見透かされたと知って、顔まで真っ赤になって、わかりました、と答えた。

ユルヨはアンナリーサの元を離れ、ロベルトに連れられて、お城の地下に案内された。

途中、カイがお城の侍女たちと楽しそうに語らっているのを目にしたが、ロベルトが咳払いすると、侍女たちは逃げるように去っていった。

ユルヨが働くことになったのは、お城の厨房だった。ここで、料理人の手伝いをするよう言い付けられた。ユルヨは、あの織物問屋の下働きよりははるかに楽で、快適な仕事に就くこととなった。

ユルヨは、自分ではまったく気づいていないが、どこか、人を引きつける顔をしていて、おばさん女中たちにいたく可愛がられた。ここの女中たちの大抵は訳ありの過去を持っていた。ユルヨのように、家族を一度に亡くした女中もいたし、夫の暴力から逃げてきた女中もいた。女中たちはユルヨを我が子のように可愛がったし、ユルヨも本当の息子のように肩を叩いてやったり、話を聞いてやったりした。

そんなユルヨであったが、夜にはうなされることも多かった。ユルヨがまだ幼い頃に亡くなった父親が、他の家族を連れて行ってしまう夢も見た。そして、ユルヨが一番ぞっとしたのは、舟に乗せられて流されていく妹ラケルの顔を、全く思い出せなくなる夢だった。

ある夜、眠れなくなって城の裏庭を歩いていたユルヨは、夫の暴力から逃げてきた、という女中が、裏庭にある小さな石碑にすがって泣いているのを見た。その石碑は、予言者が即位したあの日、連れてこられた赤子の墓だった。

その女中は女の子の名前を呼びながら泣いていた。涙声で、はっきりとした名前はわからないが、響きからして、女の子の名前だと、ユルヨは思ったのだ。女中は、暴力的な夫の元に、女の子を置いてきたことを詫びているようだった。

「ああ、ひどい母さんのことを許しておくれ……」

あの赤子に、この女中だけではなく、いろいろな人が、さまざまな思いを寄せているようだった。ユルヨも、この石碑を見るたびに、妹のことを思い出した。僕はひどい兄さんだった。だから、その償いに、いつか必ずお前を見つけ出す。お前のことは、決して忘れない、ユルヨは強く胸に刻んだ。


ユルヨが城で働くようになって一年が経った。ユルヨはやっと、騎士見習いの稽古場に呼ばれるようになった。

稽古場ではカイが乗馬用の鞭を振りながら、剣術について指南していた。カイは、ユルヨの後には子供を連れてきていないようだった。しかし、カイはユルヨを特別扱いはせずに、他の志願者とまったく同じように扱った。

見習いの中には、都の裏通りでユルヨに悪さをした、あの連中もいた。彼らはもうユルヨをからかいはしなかったが、ユルヨが稽古用の革鎧と細身の剣を身につけて戦っても、まったく勝てなくなった。彼らは一年近く前、つまり、あのあとすぐに、食事にありつくために見習い騎士に志願したのだ。

特に、お頭のエスコの強さは目を見張るものがあった。ユルヨはエスコのようになりたいと思っていた。

稽古場でユルヨは、あのベルンハードの噂を聞いた。彼は、身分を隠してアウスクルタント国に忍び込んだ、オラヴィストの貴族で、宿敵カステグレン国を滅ぼしたアウスクルタント国と同盟を結ぶのに多大なる役目を果たした、というのだ。

その同盟により、このノールタの地に、二つの帝国ができた。オラヴィスト帝国と、アウスクルタント帝国だ。美しい予言者は、今では赤いベスティータを纏う女帝となった。両帝国は、カステグレン国を南北に分断し、オラヴィスト帝国が北側を、アウスクルタント帝国が南側を統治することとなった。その上で、さらに西のハルメトヤ国をオラヴィスト帝国が、マルヤランタ国をアウスクルタント国が攻めるという密約まで結んだというのだ。

ユルヨが剣術の稽古をするようになって一年経った頃、ついにマルヤランタ国との戦がはじまった。今度の戦は、アウスクルタント帝国側から宣戦布告を出してはじめたものだった。

裏通りにいた子供たちのうち、一番年上のお頭エスコが、正式な騎士となり、この戦いに赴くことになった。ユルヨは、他の子供らやカイとともに、戦に向かう騎士たちを見送った。

戦は半年続いた。その間に、ユルヨはすっかり声変わりし、細い体にも肉がついてきた。ユルヨは少しずつ、年長の騎士見習いたちに引けをとらなくなっていった。

戦は、アウスクルタント帝国の辛勝だと、戻ってきた騎士たちが言った。エスコは帰ってこなかった。裏通りの少年たちは、悔し泣きをした。ユルヨは少年たちと一緒になって泣くことはできず、一人、裏庭に行った。

季節はいつの間にか、春になっていたようだ。裏庭には、白い花がちらほらと咲いていた。幼い頃、摘んで乾かしたあの詰草だった。ユルヨは詰草を摘んで、裏庭の小さな石碑の下にそっと置いた。ユルヨは死んでしまったエスコを弔おうと、水害の時にあの祈祷師が唱えていたまじないをつぶやいた。ユルヨにその才能がないことは、本人もよく知っていたが、何かせずにはいられなかったのだ。

「なんかあると、いつもここにいるな、お前」

ユルヨが振り返ると、そこにはカイが立っていた。

「師範、すみません、すぐに戻ります」

師範とはもちろんカイのことだ。カイは、右腕がないとは思えないほどの、優れた剣士であった。ユルヨはまだカイから一本取ったことはなかった。

「まあ、いいさ。仲間が死んだんだから、悲しむ気持ちもわかるさ。あいつらは、まだ泣いているぜ。アウスクルタントの人間は、人前で泣いたりしないと聞いたことがあるが、でたらめだったのか」

ユルヨは何と言ったらいいかわからずに、黙っていた。口下手なのは、何年経っても治らなかった。

「これからはもっと稽古を厳しくする。残されたお前らが、死なないように」

ユルヨはカイの厳しさと優しさが嬉しかった。

「師範、私は、立派な騎士になってみせます。いつか、師範のことも超えてみせます。だから……」

カイは、ユルヨの頭をくしゃっと撫でた。

「口下手なお前にしては、上出来な宣言だ。成長したな、お前」

ユルヨは、大きな声でカイに礼を言った。


月日は流れ、ユルヨは十七歳になった。すっかり背が伸び、体つきもたくましくなったユルヨだが、カイによると、心と技はまだ未熟、だそうだ。

ユルヨは、ついに、初陣に出ることが決まった。この間、やっと、カイから一本取れたばかりだった。それも、おそらく偶然が手伝ったに違いない、とユルヨは思っていた。まだ未熟、ということは、これからまだまだ強くなれるということだ。だとしたら、何としても、自分は生きて帰らないといけない。いつか、妹を捜し出すために。

ユルヨは上等な織物で作られた軍服を着ていた。幼い頃、この服に憧れていたような気がする。それは、軍服ではなくて、教師だったアトロ兄さんが着ていた制服だったか。

目の前には、赤いベスティータを着た女帝ヴァネッサがいた。はじめて城に通された日に、会って以来のことだった。予言者は今では皇帝と呼ばれているが、時折は民に予言を授けていた。しかし、今日、この玉座の間でユルヨが授かるのは、予言ではなく、鋭く、そして重たい剣だった。女性であるヴァネッサには持つことができないため、赤い毛氈が敷かれた台に置いてある剣を、ユルヨ自身が持ち上げるのだ。

「騎士ユルヨよ。そなたに剣を授けます。この国のため、民のため、その腕を存分に奮いなさい」

女帝は錫杖を振った。これが、騎士の位を授けるための短い祝福だった。ユルヨは剣を手にとった。剣は、ずっしりと重かった。

ユルヨは、重たい剣を胸の前に掲げて、高らかに宣言した。

「私は騎士ユルヨ！　この刃にかけて、戦うことを、ここに誓う！」

周囲が歓喜の声をあげた。

こうして、貧しい村の少年ユルヨは、一人の騎士となった。

彼は、師匠のカイを超える剣の使い手となり、やがてアウスクルタント帝国で知らぬ者のいない騎士となるのだが、それは、あと数年の後のことだった。

二章　ウィル

一．蛇と魔女

ランダ川の南側の地、スータでは、主だった宗教のないノールタとは異なり、アカリタート教が広く信仰の対象になっていた。

アカリタートとは、古い言葉で「水を愛する者」を意味していた。アカリタート教の信者は、水のもたらす恵みに感謝し、水のごとく清らかな心を持ち、人を慈しむように教えられてきた。四百年前の大戦で、ノールタ軍と戦った大国イシャーウッド国はアカリタート教を国教と定め、長きにわたり栄えた。

しかし、アカリタート教は、内外との対立を繰り広げ、世俗的なものとなっていった。商魂たくましいリヴェーロが、四百年前の大戦以降も商人層と公然の秘密として関わり続けたスータにおいて、宗教と王権と商人の三つ巴の関係は、対立と協力を繰り返し、時には国のありようにまで影響をもたらした。宗教的弾圧から逃れた者が、南東部にナルディエーロという国を興した。やがて、宗教は王権に破れ、バルバラ山脈のふもとのティレット国に聖地を遷し、素朴な信仰へ回帰した。奢れる王は商人の怒りを買うことになった。商人は知識人の間で起こった革命運動にたくさんの資金を投じた。革命は成功し、王は形だけの存在となった。

ランダ川のほとりにあるフロリオの町は、リヴェーロが興したイシャーウッド国にありながら、もともとこの地に住んでいた、黒髪にこげ茶色の瞳を持つ人々が暮らし続けている町だった。

旧王都にほど近いこの町には、四百年前の大戦の時に掘られた、ノールタの地下通路の跡があった。地下通路からノールタ軍が出てきた時の話は、フロリオの町で語り継がれていた。

この町に暮らす、八歳の少年ウィルは、近所に住む年寄りなどからたくさんの昔話や伝説を聞いて育った。なかでも、どこから来たのかもわからない、風変わりな老人が聞かせてくれた、「ノールタの蛇」の話が大好きだった。女の子が悲鳴をあげるような、おどろおどろしい話だったが、男の子というものは、大抵そういう話が好きなものだ。ウィルにとっては、幼い頃に起きた革命のことなど全く関心がなかった。教会のお祈りにも関心を示さなかった。彼にとって、毎日とは、三歳年上の兄トビアスや、近所の子供らと、食う寝る遊ぶの繰り返しだった。

その日はよく晴れた日だった。ノールタとの戦が終わった記念日であるその日は、家族とともに教会に赴き、礼拝をするのがしきたりとなっていた。教会には、青い石の玉が飾られていた。それはアカリタート教の信仰の象徴たる水と、それの守護者たる大蛇の瞳を模したものと言われていた。ウィルは司祭の退屈なお説教にしばらくは耐えていたが、こらえきれずに教会を飛び出してしまった。あとで叱られるのはわかっていたが、ウィルはどうしても外に出たかったのだ。

教会から飛び出したウィルは、広い街道を走り抜け、ランダ川のほうへ向かっていった。ランダ川は神聖な川で、むやみに立ち入ってはいけないと、この町の子供たちは親や町の長老衆からきつく言い聞かせられていた。ランダ川に立ち入った子供は、罰が当たって流されて、二度と帰ってこられなくなるのだそうだ。確かに、数年前に町の悪童の一人がランダ川に入って、それっきり戻ってこなかったことを、ウィルもよく覚えていた。その子供の遺体は上がらなかった。

川の流れる音がかすかに聞こえてきた。そこはもうランダ川の堤防の下だった。この堤防はずいぶん古いもので、四百年前の大戦の前から存在するらしかった。フロリオの町の祖先が造ったらしいが、詳しいことはよくわかっていなかった。

その古い堤防に、頑丈な石の扉がついていた。これこそが、四百年前にノールタ軍が川の真下を掘って造った地下道の出口、スータ側から見れば入口であった。

そんなことがどうやったらできるのだろうか。ウィルは大きな子供たちと土を掘っていろいろと試したが、結局うまくいかなかった。

石の上の前で、ウィルは草笛を吹いた。冴えない音が鳴ると、堤防のそばにあるほうき草の茂みの中から、ぬっと人影が現れた。その老人もまた草笛を吹いた。澄んだ高い音が鳴った。

「相変わらず下手くそじゃな」

老人は、ほっほっと笑った。

「じいさんが教えてくれたとおりにやってんだぞ。なんでそんなに音が違うんだよ」

ウィルは少しふてくされたように言った。老人は、またほっほっと笑った。

「それより、また話を聞かせてくれよ。ノールタの蛇の話をさ」

ウィルは、人懐っこい、くりくりした焦げ茶の瞳を真ん丸く開いて老人に迫った。老人は草笛をもう一度吹いてから、ゆっくりと話し始めた。

「四百年近く前のある日、フロリオの町に、岸辺にたまたま流れ着いたという、リヴェーロの一団がやってきた。リヴェーロの一団は、上流で降った大雨のせいで、船の自由がきかなくなったと言った。他のリヴェーロが必ず迎えに来て、手厚くお礼をするからと言って、一団は町においてもらうことになった。彼らは不思議な石でできた首飾りを持っていた。金のように光る不思議な石だった。これは、ランダ川の向こう、ノールタで取れたものだと言った。彼らは町の皆にその石を一粒ずつ配って回った。町の皆は喜んで受け取った。ある者は思いがけない贈り物を喜び、ある者はそれを金だと偽ってよそ者に売りつける算段を立ててにやけていた」

　ウィルの手の平に何かがこぼれ落ちた。金色の石かと思って手の中を見ると、それはただの小石だった。老人がからかうように笑ったので、ウィルは小石をひゅん、と投げ捨てた。

「町の皆は、しばらくの間、その石を眺めては喜んだ。しかし、だんだんと気味が悪くなってきた。その石が、何かの目玉のように、こちらを見ていると感じたからだ。町の者は塞ぎ込むようになった」

　ウィルも気味が悪くなり、先程投げ捨てた石をちらちら眺めた。やはりそれはただの小石だった。去年のこの日もこの話をこの風変わりな老人から聞いたのだ。その時はさほど怖いとは思わなかった。小石という小道具があるだけで、こんなにも違うのか。

「リヴェーロの一団は、塞ぎ込む町の者を心配して、笛を吹き鳴らした。それはリヴェーロの恋の歌だった。しかし、町の者の気持ちは休まらなかった。それと裏腹に、リヴェーロの笛の音は、高らかに続いていた」

　老人は草笛を吹いた。美しい旋律を奏でているはずなのに、ウィルにはひどく不気味に聞こえてきた。

「大人たちが塞ぎ込む一方で、石をもらわなかった子供たちは、最初のうちは笛の音を喜んで、通りに出て踊り出した。しかし、夜になっても笛の音が鳴り止まないのをいぶかしんだ子供たちは、親の目を盗み、トルチョを持って家を出た。笛の音を辿ってランダ川の古い堤防に向かうと、そこには大きな穴が開いていて、中から、黄金色の体と青い瞳を持った、大きな蛇が這い出してきた。子供たちは、一人残らず、気を失って倒れてしまった……」

ウィルはぞっとして、言葉を失った。老人はまたほっほっと笑った。

「気を失って、よかったのじゃよ。だから子供たちは殺されずに済んだ。町の大人たちもじゃ。朝になって大人たちが目覚めた頃には、通りにたくさんの軍靴の跡が残されていた。大人たちが軍靴の跡を辿ると、ランダ川の堤防に開いた大きな穴と、そのそばで倒れている子供たちを見つけた。万が一の敵襲に備え、ランダ川を見張る役目を担わされていた町の者は、イシャーウッド王からの報復を怖れ、また、家に閉じこもってしまったのじゃ……」

老人はまた草笛を吹いた。今度は低い音が鳴った。どうしてこんなに上手に吹けるのだろう、ウィルは感心しつつ、一年間練習して全く上手くならなかった自分に腹が立ってきた。

「それから先の話は、今日の礼拝で聞いたじゃろう。わしはそろそろ帰ろうかのう」

もちろん、今日の礼拝を抜け出したウィルはその話を聞いていなかった。去年も聞いていなかった。去年の礼拝の日は大雨がやっと止んだ日で、今よりもっと落ち着きのなかったウィルは、すぐに礼拝を飛び出したのだ。その日出会ったのが、この老人だったのだ。ウィルは老人を引き止めて、続きを聞かせるようにせがんだ。

「その頃、イシャーウッド国中で、屯田兵の脱走が相次いだ。脱走を手引きしたのは、アカリタート教の母体となった、アカミスートの一団だったのじゃ。アカミスートの人々は、各地で水にまつわる奇跡を起こしていた。乾いた土地では、恵みをもたらす水脈を掘り当て、川辺の町では、洪水を言い当てて多くの人々を救った。その奇跡の中心には、書物を携え、眼鏡をかけた黒髪の青年がおった。青年は世にも珍しい、金色の瞳をしておったが、瓶底のように分厚い眼鏡をかけていたので、それに気づくものは少なかった。

イシャーウッド王は、迫り来るノールタ軍を見て、これを手引きしたのはアカミスートたちだと信じて疑わなかった。王は、アカミスートの首長である、黒髪の青年を捕らえ、王城のすぐそばの処刑場で磔の刑に処した。

王は自ら青年にとどめを刺そうとした。青年が槍に貫かれんとしたその時に、処刑場に毒蛇が現れて、王の足に噛み付いた。王は毒蛇を槍で刺し殺したが、全身に毒がまわり、そのまま亡くなった。処刑場は混乱し、青年はその最中に救出された。

この混乱に乗じて、ノールタ軍が攻めてくると、誰もが思ったが、ノールタ軍は一向に攻めてこなかった。ノールタ軍を率いるオラヴィスト王は、スータに親征した途端に、病にかかってしまい、イシャーウッド王と同じく亡くなってしまったのじゃ。

力ある指導者を失った両国の間で和睦を結び、ノールタ軍は帰って行った。イシャーウッド国の新しい王は、屯田兵の脱走で荒れた国土を元に戻すために、アカリタートと名を変えたその宗教を、国教に定め、脱走した屯田兵がもとの地を耕すよう説得にあたらせた。こうして、スータとノールタの長い戦は終わり、イシャーウッド国は再び栄えたのじゃ」

老人は、ふーっと息を吐いた。ウィルは、自分で話をせがんでおきながら、あとの方の話はつまらなかったと、勝手なことを思っていた。

「しかし、フロリオの町の子供たちが見た、大きな蛇とは、なんだったのじゃろうか？　処刑場に現れた毒蛇と、関係があるのかのう」

老人は自分で語っておきながら、実に不思議そうに言った。

「寝ぼけてて、見間違えたんじゃないのか？　敵兵の中に、蛇みたいにひょろ長い奴でもいたんだろう」

ウィルは適当に答えた。子供がお化けを見た時に、親が答える言い方そのものだった。

「ほっほっほっ、人か。そうかもしれんな。フロリオの町には、目敏い者がいての、たくさんの軍靴の跡の中に、女の足跡を見つけたのじゃ。しかも、身分の高い女が履く靴の跡じゃった」

「身分の高い女の……？」

ウィルは奇妙に思った。スータには、女戦士や女騎士がいることにはいるのだが、男と寸分違わぬ出で立ちをしているのだ。戦場に赴く女性が、豪奢な格好をしているなど、あり得ないことだ。

「そうじゃ。足跡を見つけた男は、王宮の元官吏だったので、フロリオの町で起こったことを報告しに王都へ向かった。男は王都にたどり着くと、王都の人間から処刑場で騒動が起きたと聞かされた。男は処刑場へ行ったが、着いた時には、処刑場はすでにもぬけの殻だった。男は処刑場の足跡を見てぎょっとしたそうじゃ。何しろ、そこにも、町で見かけたのと同じ、女の足跡があったのじゃから……」

「つまり、どういうことなんだ？」

ウィルは俄然興味が出てきた。蛇と、身分の高い女。この二つに何のつながりがあるのだろう。

「フロリオの町の子供たちが見かけたのも、イシャーウッド王を死に追いやったのも、その足跡の持ち主だったのじゃろう。男は人々の証言を集め、処刑場に乱入した女がいたという事実を突き止めた。女は、自分はバルバラ山脈に棲む双頭の蛇の生まれ変わりで、王を呪い殺しにきたのだと叫んだらしい。そして、激昂した王に槍で貫かれた、と。しかし、女に対する人々の証言はまちまちで、ある者は美しい女だったと言い、ある者は醜い女だったと言ったそうじゃ」

自らを双頭の蛇の生まれ変わりと名乗り、美しくも、醜くも見える女。ウィルは訳がわからなかったが、みんなに面白おかしく語って聞かせるには、訳がわからないくらいでちょうどいいと思い直した。

「この女のために、アカリタート教の教祖となる青年は救われた。じゃが、アカリタート教も、イシャーウッド王家も、女の存在を認めていない。四百年前のイシャーウッド王は、毒蛇に噛まれて亡くなったと伝えておる。そして、両者とも、蛇を神聖視し、象徴の一つとするようになったのじゃ。何故、両者共に、その女の存在をなかったことにしたんじゃろうか」

老人は、しばらく目を伏せて考えこんでいた。

「女に守られたり、呪い殺されたりしたって知られたら、格好悪いからだろう？」

ウィルはさも当然のように言い放った。老人は目を真ん丸に見開いて、それから大声で笑った。

「格好悪いか、そうか、そうじゃな。そんな単純なことか」

「格好悪いだろう。女を守るのは男の役目だ。おれは、将来、絶対に女を守ってやるんだ」

ウィルは格好つけるように言った。老人はまた大声で笑った。そして、ウィルの手のひらに、金色に輝く、短刀のようなものを握らせた。

「お主に、本当にその覚悟があるなら、これをやろう。これは投げて使う短刀じゃ。よく練習するんじゃよ。草笛のように、諦めてはならんぞ」

老人は厳しい顔をして言った。ウィルは素直にうんと頷いた。老人はウィルの様子にほっとしたのか、また穏やかな笑みを浮かべ、ウィルの身体を寄せ、頭を撫でた。ウィルは気恥ずかしい思いがしたが、嬉しくも思えてきた。

「いつか、この短刀が、お主の……」

老人の胸の中で、ウィルは急な眠気に襲われて、老人の言うことを最後まで聞くことはできなかった。

気づいた時には、ウィルは家で寝ていた。母親のジニーが心配そうな顔で覗きこんでいた。

「気がついたかい。お前は、ランダ川の堤防のそばで倒れていたんだよ。礼拝を抜け出して、どうしてそんなところに……」

ジニーに問われても、ウィルは何も覚えていなかった。老人のことも、その話も、全て忘れていた。ぽかんとしているウィルに、ジニーはそれ以上何も聞かなかった。ウィルはずっと手のひらを見つめていた。ひやりとする、鋭い何かを、この手に握りしめた感触だけが残っていた。

「かあちゃん、おれ、倒れていた時に、何か握ってなかったかい」

ジニーは言った。

「いいえ、何にも持ってなかったよ」

ウィルは、気のせいだと思うことにした。でも、手のひらに残る感触は、どうしても消えなかった。

ウィルは、手のひらを見つめるたびに、何かを失ったような、空疎な思いにかられた。そんな時には草笛を吹いた。調子外れの音しか鳴らせなかったが、草笛を吹くと落ち着いた。大きくなるにつれて、この手に何かをつかみたいと思うようになった。

しかし、ウィルは不器用でしかも努力が嫌いなところがあった。「口先ばかりのウィル」と、口の悪い兄トビアスにからかわれた。そのたびに、ウィルは家の戸口の前にしゃがみ込んで小石を投げていた。小石は向かいの家の石壁にあたり、いつしか壁に小さなくぼみを作った。向かいの住人は老婆一人だけで、ウィルの母ジニーがあれこれ面倒を見ているためか、ウィルの行為をとがめることはなかった。

十五歳になった時、ウィルは焦りと苛立ちから、父や兄と大げんかをした。ウィルは、どうしても、この手に何かを掴みたかった。この町にいては、いつまでたっても空疎なままだ。だけど、口先ばかりの俺に、何ができるだろうか。そんなことを考えている最中に、父や、近くの石工に弟子入りした兄から、「口先ばかりのウィル。いい加減にどこかの職人に弟子入りしろ」と責められたのだ。

ウィルは、父や兄を殴り、殴り返され、かっとなって家を飛び出した。そして、遥か西の都市マクタガート行きの荷車に忍び込んだ。この国には乗馬に適した馬はほとんどおらず、牛が車を引くのだ。のんびりとした旅の途中、もちろんウィルの存在は荷主にばれてしまった。しかし、荷主はウィルをとがめずに、都会で男をあげろと言って、ひと月以上をかけ、旅のいろいろを仕込みながらマクタガートまで連れていってくれた。

ウィルがあとになって後悔したのは、向かいの老婆の家に石をぶつけたことを謝らなかったことと、母親にさよならを言わなかったことだった。

町を出たばかりの頃は、むしろせいせいしていた。暗く沈んだフロリオの町から、早く抜け出すことができて、ウィルは喜んだ。ウィルが八つか九つの頃から、フロリオの町では不穏な噂話がまことしやかにささやかれていたのだ。

ノールタに、女帝の国ができた。美しく気丈な女帝は、さまざまな災いを予知する力を持っていて、自国どころか他国の民をも惹きつけた。しかし、それは全てまやかし。女帝は数百年の時を生き、天地を操る魔女なのだ。ノールタの全ての国が魔女のものになったら、魔女は、イシャーウッド国にやってくるだろう。四百年前に、処刑場で殺された蛇は、魔女の祖なのだ。魔女が復讐にやってくる。地下通路を通って、こちらにやってくる……。

その話をはじめて聞いた時、ウィルは、大人たちがおかしくなった、と心配した。蛇が魔女を産む、なんてことがあるだろうか。同時に、その話のおどろおどろしさに、子供らしいわくわくした思いも湧いてきた。同じ頃、ウィルは向かいの家に住む、一人暮らしの老婆から、不思議な話を聞かされた。

その老婆は、昔、ティレット国の聖地まで神学を学びに行ったという、敬虔なアカリタート教徒だった。その頃はまだ元気だった老婆は、ウィルの母親ジニーと井戸端会議をしている時に、唐突にこう語り出した。

「知ってのとおり、アカリタート教は蛇にゆかりのある宗教なんじゃ。アカリタート教の教祖である、祝福されし子、ベニータ様は、蛇に救われた。ベニータ様がお育ちになった町では、古来から蛇を祀っていた。ベニータ様も蛇を水の神さまだと敬ってらっしゃった。だから、蛇はベニータ様をお救いになった。

それだけではない、ベニータ様が各地で起こした水の奇跡は、蛇からもたらされたものじゃ。だから、我々アカリタート教徒は、蛇を畏れ敬うのじゃ。だのに、何故、魔女を恐れる。魔女は蛇から生まれたというのに」

ジニーは、老婆が言っていることを、にわかには信じなかった。アカリタート教は、まやかしの類をきつく禁止していたのだ。祈祷師や霊媒師、そして、魔女は、激しく弾圧された。町の人が魔女を恐れるのは、百年くらい前まで、魔女がアカリタート教の弾圧の対象だったからであり、激しい弾圧をしたアカリタート教に、そして、その弾圧に加わった祖先たちへの復讐として、魔女がやってくると考えていたからだった。

魔女の復讐が単なる蛇殺しの敵討ちだと考えるのは、アカリタート教を信じない、リヴェーロたちくらいだった。だから、この噂を流したのは、リヴェーロなのだろう。四百年前の対戦のあと、不可侵の民と呼ばれていたリヴェーロたちも、商業が盛んになったこの百年で、ずいぶんと陸の人々の前に現れるようになった。しかし、彼らはアカリタート教にも、王権にも、裏で手を引く商人にもなびかなかった。

「おばあちゃん、あまりおかしなことを言わないほうがいいわ。ちょっと前までは、教会の教えと違うことを言うと、ねぇ……」

ジニーは老婆をたしなめた。アカリタート教徒の間でも、異端の考えを持つ者を弾圧する動きはあったからだ。

「ジニーは、連中が言っていることを正しいと思うのかい？　教祖様の御心を、正しく伝えていると思うのかい？

　蛇は……バルバラ山脈の双頭の蛇は、野蛮な男どもに殺された時、いけにえの乙女の腹に二つの命を宿らせた。一つは、自然を操るとされる魔女。もう一つは、人を導く若者……つまり、アカリタート教祖のベニータ様じゃ。ベニータ様は、人々に自然の恵みを与え、自然の災いから避け、平穏に生きることを教えようとした。さすれば、人々は……」

　ジニーは目を丸くして、老婆の話を聞いていたが、やがて心底呆れたように言った。

「おばあちゃん、魔女とベニータ様が、同じものから生まれるわけがありますか。おばあちゃんは疲れて、悪い夢でも見たのでしょう。町のつまらない噂、しかも、リヴェーロなんていう連中から流れてきた噂なんて、まともに聞いてはだめですよ」

　ジニーの言葉に、今度は老婆が目を丸くした。老婆は口を震わせて言った。

「お前さんも信じないのかい。我が身の全てを教典や文献を読み解くことに捧げた、このわしの言うことを。

　わかったよ、ジニー。わしはもう何も言わない。そのかわり、わしはお前さんのために祈る。わしの言うことを、信じないお前さんが、救われるように。アカリタートの聖職者は、その教えを信じぬ者が、神の救いの手からこぼれ落ちぬように祈るのじゃよ」

老婆は真剣に祈りを捧げた。当惑したジニーは、なんとか老婆を家に連れて帰った。ジニーは陰でこっそりと話を聞いていたウィルに、きっぱりと言った。

「おばあさんが言ったことは、全てでたらめだから、忘れなさい」

しかし、ウィルは、老婆の突飛な話を、いつまでも覚えていた。そういう、どこか気味が悪いような話が好きだったからだ。昔話や与太話は、退屈を感じていたウィルにとって、一服の清涼剤のようなものだった。

老婆は、というと、ジニーにたしなめられて以来、家にこもるようになった。ジニーは責任を感じたのか、老婆の面倒を見るようになった。

ノールタから魔女が復讐にやってくる、という噂は町中にはびこり、ついには町から逃げ出す者まで現れた。

ウィルも早く町を出たかった。早く町から逃げ出してしまいたかった。そうしているうちに数年が経ち、父や兄と喧嘩をして家を飛び出し、町から出ることになったのだ。

二．セシリアとの出会い

家を飛び出して五年近く経った。荷物に紛れ込んで故郷を出たウィルは、今もマクタガートで暮らしていた。黒い髪に、焦げ茶色の目をした青年は、この町では珍しかった。

他の人々は大抵、栗毛か赤毛に焦げ茶色の目だった。

　ウィルは、最初の一年ほどは、煙突掃除の仕事を手伝った。過酷な仕事ではあったが、親方がいい人だったのは救いだった。というのも、この煙突掃除の親方は、マクタガートまで連れていってくれた、親切な男だったからだ。

　しかし、その親方が肺を悪くして煙突掃除夫を辞めることになり、親方の紹介で酒場で働くことになった。

　それから数年、ウィルは、厨房の仕事も、給仕の仕事も両方ともこなせるようになった。だが、ウィルはもう十七を過ぎたというのに、定まったところのない、根無し草のようなところがあった。昼から夜遅くまで開いているこの酒場は、町の人の憩いの場であるだけではなく、さまざまな仕事のあっせん場でもあった。昼間は、お酒を飲むよりも、仕事を探しに来る客のほうが多かった。よくやってくるのは、用心棒や傭兵たちだった。酒場で用心棒の話を耳にすると、恐ろしくなった。山賊や盗賊、ごろつきの類は、未だに山野に潜んでいた。

　ウィルにとって、酒場での仕事の楽しみは、下働きの少年たちとちょっとした賭け事をすることだった。ウィルは投擲が得意だった。故郷にいた頃、向かいの家の壁に石を投げているうちに、上達したのだ。酒場で働いて間もない頃、じゃがいもの皮さえろくに剥けず、「ぶきっちょのウィル」とからかわれていたウィルに、面白半分で短刀投げの賭けをやらせた給仕係がいた。ウィルは、短刀を握った時、何かしっくりくるものがあった。ウィルの投げた短刀は、的のど真ん中に突き刺さった。それからは、短刀を投げて的当てをすれば大抵勝って、賭け金を得ることができた。しかし、そのほかの賭け事はからきしだった。酒場の連中は、「短刀だけのウィル」と呼ぶようになった。

その日は夏の終わりの、涼しい一日だった。給仕の男が一人休んだとかで、ウィルは昼間から給仕の仕事を頼まれた。まずは、とある用心棒が座っている席まで食事を運べ、と厨房係に言われた。その席に座る、顔に傷のある男を見て、ウィルは少し怖いと思ったが、愛想よく笑って料理を置いた。

その時、酒場の入り口が、からんからんと音を立てて開いた。ウィルが入り口に目をやると、そこには女の聖職者が立っていた。体をすっぽりと包む黒い法衣を着こみ、透かし布のついた黒い頭巾をかぶっていた。どう考えても、酒場にはふさわしくない人物だった。ウィルは、いらっしゃい、と声をかけることをためらった。

「おい、ここは尼さんの来るところじゃないぞ。帰んな」

酒場にいた誰かがそう言った。ほぼ例外なく、酔っぱらいは聖職者を嫌っていた。酔いがさめてしまう、というのが彼らの意見だった。しかし、女は気にする様子もなく、ずんずん進んでいった。

「帰れって言ってるだろう」

声をかけた男の手を払いのけ、女はさらにずんずん進んでいった。

女は、ウィルを目指して歩いてきた。その歩みには何ら迷いがなかった。ウィルはたじろいだが、女はついにウィルの目の前にやってきた。

女は、ほんの一瞬だけ、何かをためらった様子を見せた。しかし、ウィルの前で透かし布をかきあげて顔を見せると、きっぱりとこう言った。

「私を、ノールタまで連れていってください」

その女は若く美しい娘だった。ウィルとだいたい同じ、十八、九というところだろう。この国では娘の盛りと言われる年頃だ。

「尼さん、世間知らずもいいところだぜ。子供の頃からずっと僧院で過ごして、世の中のことを、何も教わらなかったのかい。ノールタには行けやしないよ。スータとノールタは大昔から川に隔たれて、リヴェーロ以外行き来していないだろう。まさか、あんた、聖職者のくせに、ランダ川を渡る気かい？」

席にいた用心棒が笑った。他の客も暇だったのか、この珍しいお客に興味を持った。

「ノールタには魔女がいるらしいぜ。昔はノールタにもいくつか国があったのに、今は魔女の国ただ一つだけになったってさ。おっかねえ。そんな所に行ってどうするんだよ」

「へん、お前は、相変わらず腰抜けだな。魔女なんか、この俺様がやっつけてやるさ」

酒場の客は口々にいろいろなことを言い、聞き取れないほどだった。

「静かにしろ。依頼者と受注者が会話できないだろう」

そう言ったのは、酒場兼あっせん場の支配人だった。

「依頼者はともかく、受注者って誰だ？」

客の誰かがそう言った。

「そいつだ」

支配人はウィルを指さした。ウィルはやっと口を開いた。

「なんでノールタに行きたいんだ？　それに、なんで俺に頼むんだ？　俺は……」

ウィルがそこまで言いかけたところで、女は口をはさんだ。

「ある目的のために、どうしてもノールタに行きたいのです。ノールタの入り口まででかまいません、連れていってください。地図なら私が持っています。ですが、私を連れていくのは、あなたでないといけないのです」

あなたでないといけない、その言葉にウィルは胸を打たれた。その女は誰の目から見ても惚れてしまいそうな美人であったが、ウィルは何よりもその瞳の強い光に目を奪われた。見ていると吸い込まれそうな、木の実のように美しい茶色の瞳だった。こんな女と旅ができるなんて、こんな幸運はないぞ。ウィルは、その女に、すっかりのぼせあがってしまった。

「よし、わかった。川の向こうの秘境でも、地の果てにある楽園でも、どこにでも連れてってやるよ！」

女はほっとした様子で、ありがとうございます、と言った。そして、法衣の内側に隠していた小袋を取り出した。

「こいつ一人じゃ心もとないだろう。俺も雇うか？」

用心棒がにやにや笑いながら声をかけたが、女は首を横に振った。

「馬鹿だなあ、安請け合いして。美人の頼みに気をよくしたんだろうけど、どうせ、大したお金を持ってないぞ。そんな小さい袋の中身じゃ、たかが知れているぜ」

誰かが言った。

「ウィル相手なら、袋の中身でも十分だろう。さあ、契約成立だ。誓約書を書いたら早く旅立つといいぞ」

支配人は開いている席にウィルと女を座らせた。そして、ウィルの前に筆記具と羊皮紙を乱暴に置き、早く書けと目配せした。それは、この酒場で仕事の契約を結んだ者たちが書く誓約書だった。ウィルたちをせかしているのは、あっせん料が欲しいからだ。

ウィルは女に言った。

「その袋の中からいくらか……一割くらいかな、ここにいる支配人に支払ってくれ。残りは俺の分だ」

女はウィルの言ったとおり、支配人に幾ばくかのお金を渡した。支配人は何かをつぶやいたが、ウィルは聞こえないふりをした。

「さて、準備できたか？……そういえば、あんた、名前は？」

ウィルは女の顔を、少しのぞき込むようにして尋ねた。

「名前も名乗らず、失礼しました。私はセシリアと申します」

セシリアは深々と頭を下げた。ウィルは、その清楚な立ち居振る舞いにますます心を奪われた。ウィルは育ちの良さを感じさせる娘が好みなのだ。

「セシリアか、俺のことはウィルって呼んでくれ。よろしくな」

このまま手でも握りたい気持ちを必死に抑えてウィルは言った。こんな美人と旅ができると考えるだけで、ウィルは嬉しくてたまらなかった。遅ればせながら契約書を渡し、セシリアに署名してもらった。

ノールタの入り口までなら、ウィルの故郷であるフロリオの町まで案内すればいいだけだった。街道がしっかり整備されているし、楽な旅になるだろうとウィルは思った。ただ、街道も夜遅くの移動は危険だと考えた。街道にも夜盗が出ることがあった。脇道などは、昼間でも盗賊や山賊が出ることがあった。女連れだし、日中、街道を行けばいいとウィルは思った。

どうしてこの不思議な女性は、長年民の行き来のないノールタに行きたがるのか。行って何をしようというのか。そして、なぜ迷わずにただの下働きのウィルを選んだのか。ノールタへの入り口が、フロリオの町にあることも、ウィルがフロリオの町の出身だということも、今まで一度だってこの酒場にやってきたことのないセシリアが知っているはずもないことを。

ウィルは、少しも疑問に思っていなかった。ただ、セシリアと自分に運命めいたものを感じていただけだった。

ウィルとセシリアは酒場をあとにした。町を歩くセシリアの姿は人々の視線を集めていた。聖職者がこうして町を歩いていることは珍しかったからだ。もちろん、その美しい顔に目を奪われている者も幾人かいた。

「旅程の相談をする間もなく、店を出されちゃって、悪かったな。あの支配人は、けちで有名なんだよ」

あの時、支配人は、はした金じゃないか、と悪態をついたのだ。ウィルたちの為に空席がなくなるのが嫌で、二人を半ば追い出したのだ。

「私は構いません。でも、ウィル様、いいえ、ウィルは皆さんに暇を告げるまもなく店を出されてしまい、よかったのでしょうか」

セシリアが心配そうにウィルの顔を見つめていた。木の実のような瞳に、野ばらのように赤い頬。なんてしおらしくて、可愛いのだろう。ウィルは再びのぼせあがっていた。

マクタガートの中心地に差し掛かった。ウィルは噴水の縁に腰掛け、旅の行程についてセシリアに相談した。この先のいくつかの町は、仕入れの手伝いなどで行ったことがあるからだ。セシリアが地図を開いたので、ウィルは次の宿場町であるモスの町を指さして説明した。

「この町まで、女性の足で日中にたどりつくのは難しいと思うぜ。今日は旅支度を整えて、宿を取るのがいいと思う」

セシリアは、地図をたどりながら、こう答えた。

「この距離なら、夜になるまでにはたどり着くでしょう」

「無理しなくていい」

ウィルはセシリアを思いやってそう言ったが、セシリアはきっぱりと答えた。

「先を急いでいるのです」

その様子を見て、セシリアはその強い輝きを持つ瞳に相応しい心の持ち主だとウィルは感じた。

町を出て街道を歩くうちに、ウィルは女性のセシリアに歩調を合わせる必要がないことに気づいて、少し驚いた。

「セシリアは意外と足が速いな」

「そうですか。聖職者は巡礼で歩き慣れているから、普通の女性より足が速いのでしょう」

セシリアはすたすた歩きながら答えた。アカリタート教の聖職者は巡礼の旅が常だと聞いていたが、それにしたって速いなあとウィルは思った。

そして、日が沈む前にはモスの町に着いた。ウィルはセシリアからもらったお金で、安い宿に泊まった。こんなきれいな女性には、きれいな宿に泊まってほしかったが、セシリアがくれたお金は、ウィルの賃金としてもずいぶん安いものだった。酒場で働いた今月の給金ももらい損ねてしまった。しかし、ウィルはそれでも少しも後悔していなかった。

次の日も、セシリアはモスの町を出てから疲れを見せずにしばらく歩いていた。昼休憩を取った後に、セシリアはウィルに尋ねた。

「このあたりに、近道はありますか」

ウィルは近道を知っていたが、そこを通るのをためらった。柄の悪い連中が出るという噂があったからだ。

一度、ウィルは、酒場の主人に請われて野道を通って仕入れの手伝いをしたことがあった。その時は用心棒付きの牛車に乗って旅をしたが、それでも肝を冷やしたものだった。

セシリアに近道は危険なことを伝えたが、セシリアは臆する様子もなかった。ウィルはしぶしぶ彼女に従い、少し後悔し始めた。大人しそうに見えて気が強く、一筋縄ではいかない女性のようだ。柄の悪い連中のことは、うまいこと巻いて進もうと、ウィルは腹をくくった。酒場で聞いた用心棒の話をあれこれと思いだしながら歩いていた。ウィルは、幼い頃から、退屈なお説教以外なら人の話をよく聞いていて、それを生かしながら暮らしてきたのだ。

近道を行くと、やはり、出会いたくない人物と出会ってしまった。山賊くずれの男のようだった。

「女連れの軟弱野郎。大人しく金を置いていけばここを通してやる」

男はすごんでみせた。ウィルは懐に隠してある袋を触った。言われたとおり、金品を渡して見逃してもらおうと思ったが、貨幣の数がやはり少なすぎる。手持ちの金では相手は満足しないだろう。

ウィルが戸惑っていると、セシリアがきっぱりと言った。

「あなたに差し出すお金はありません。立ち去りなさい」

ウィルは青ざめた。男は笑い出した。

「ずいぶん気の強い尼さんだな。よし、ちょっとからかってやろうか」

そう言うと、セシリアに襲いかかろうとした。

次の瞬間だった。セシリアは黒い法衣と透かし布のついた頭巾を投げ捨てた。セシリアは、鎖帷子を身に着けていた。薄茶色の髪は邪魔にならないように、一筋の乱れもなくきっちりと結ってあった。腰には、細身の剣が下がっていた。

ウィルも、男も、驚いた。男は尻込みしながら言った。

「こいつ、教会の女騎士か……」

「そうです。あなたの敵う相手ではありません。立ち去りなさい」

セシリアが男をひと睨みすると、男は走って逃げてしまった。口をぽかんと開けて驚くウィルに、セシリアが言った。

「隠していて申し訳ありません。女騎士だとわかれば、同行は無用だと断られると思ったのです」

アカリタート教では、女の聖職者の巡礼には女騎士が護衛につく慣わしだった。彼女たちに、男の連れが必要だとは、誰も思わないだろう。

「あんたみたいな美人が女騎士だとは思わなかった。女騎士は男と全く変わらない格好をしているって聞いたし、鉄球を振り回すような大女だって噂もあるんだぜ」

ウィルはセシリアを怒らせやしないかと思ったが、率直に言ってみた。

「そのようですね……。確かに私は普通の男性よりずっと強いです。ですが、女の一人旅は何かと面倒なこともあるので、誰か男の人がついていたほうがいいと、私が過ごした教会の仲間に言われました。お願いです。どうか私をノールタの入り口まで連れていってください。急ぎの旅なので、これからも危険な道を通りますが、あなたを必ず守ります。どうか連れていってください」

女性のセシリアから守ると言われて、ウィルは無性に恥ずかしくなった。女に守られるなんて格好悪いと、昔、誰かに大見得を切った気がしたからだ。ウィルは答えた。

「俺だって、あんたを守って、ノールタの入り口まで連れていってやるぜ。ほら、見てみろよ」

ウィルは、外套の内側に忍ばせていた、賭け事用の短刀を、そこに生えていたすももの木に向かって投げた。短刀はすももに刺さって、すももがその重みで地面に落ちた。

「いかがですか、お嬢さん」

ウィルは格好つけて、すももをセシリアに渡した。セシリアはすももをかじった。

「美味しいです。ありがとう、ウィル」

ウィルにとってその笑顔はまさしく天からの贈り物で、その振る舞いは手の届かないような身分の生まれを思わせた。革命の影響もあり、教会に預けられた元貴族の姫は多いのだ。ウィルは自分の弱さを棚に上げて、ただ彼女を守りたいと思った。


旅をするうちに、セシリアは町に泊まるより、野宿を好むようになった。どうやら路銀が残り少ないようだった。夕暮れ時に旅をしていると、物騒なことも多かった。しかし、襲いかかってくる山賊や盗賊は、ほとんど彼女の相手にならなかった。戦う彼女は美しいとウィルは思った。男の戦い方とは違い、セシリアの戦い方は舞を舞っているように見えた。セシリアは逃げていく山賊や盗賊に追い打ちをかけたりはしなかった。

旅立ちから十日ほど過ぎたある日、珍しくセシリアから休憩を求める声が上がった。ウィルは二つ返事で承諾した。木陰に座ると、少しひんやりして、季節が秋に移り変わるのを実感した。汗で体が冷えないように、布で拭いながら休んでいると、どこからか蝶がひらひらと二人の近くまで飛んできた。ウィルは蝶が好きでも嫌いでもなかったので、さして気にもとめず、傍らのセシリアをちらちら見ながら荷物の整理をしていた。

セシリアは、蝶の動きを目で追いながら、柔らかな微笑みを浮かべていた。その笑みは、マクタガートの教会で一度見たことのある、天使の像のような微笑みだった。こんなに清らかな笑みを浮かべる女性が、なぜ剣を持って戦わなければならないのか、ウィルはたまらなく不思議に思った。

「なあ、なんでわざわざ女のお前が、聖職者を守るために戦わなければならないんだ？　並の盗賊じゃお前の相手にならなくても、男の騎士のほうが強いだろう？」

ひょっとして、セシリアは男の騎士よりも強いのではないかという不安が、ウィルの胸をよぎった。と、同時に、彼の目の前を、二匹の蝶がよぎっていった。

「確かに、男性の騎士には後れをとります。ですが……」

セシリアは、二匹でもつれるように飛んでいる蝶から、あからさまに目を離していた。二匹の蝶は、産卵の時期を迎えたのだろう。くっついたり、離れたりして、やがて二匹一緒に二人の前から飛び去っていった。

「女の身だからこそ、男には守れぬものを守ることができるのです」

「つまり、乙女の純潔とやらを守るために、戦っているってわけか」

からかうようにウィルは言った。セシリアの顔に、わずかな赤みがさした。


そのあと、セシリアは気まずそうにどこかに行ってしまった。ウィルはしばらくの間、草笛を作って遊んでいた。子供の頃もこうして遊んでいた気がするが、彼の草笛の音は冴えなかった。ウィルはつまらなくなって草笛を投げ捨てた。

「草笛は諦めてもいい、だけど……」

ウィルは独り言ちた。そんなことを誰に言われたのだろう。何を諦めてはいけないのだろう。思い出せずにいると、ウィルは、セシリアがまだ戻ってこないことに気がついた。ウィルはセシリアが行ったほうへ足を運んだ。

どこからか水が流れ落ちる音が聞こえた。ウィルはセシリアがどこにいて、何をしているのか見当がついた。今日は、月に二日ほどある神聖な日で、聖職者たちはその身を水にさらして清めるのだ。セシリアも聖職者の端くれ、きっと身を清めているに違いない……。

ウィルはそっと歩いて水の流れるほうに向かった。木や岩の陰に隠れながら進んでいくと、やがて湧き水が滝のようにそそぐ小さな泉が見つかった。泉には、白くて薄い衣をまとった女性がいた。遠目にも、そのなだらかな曲線が確認できた。髪は低い位置で結ってあった。泉のすぐそばに、黒い衣と透かし布と、白くて細長い布と、鎖帷子が置いてあった。セシリアのものだ。普段は、この白い布でぐるぐる巻きにして、そのうえ鎖帷子で固めているからわからないが、細身で筋肉質の体にしては、女らしい体つきをしている……。

舞い上がったウィルの気持ちを一瞬でさましたのは、鋭く飛んできた小石だった。驚いて大声を出さなければ、次の一撃はウィルの皮膚を切り裂いただろう。セシリアが守るべき乙女の純潔の中には、彼女のそれもまた含まれていたのだ。

心臓が飛び上がりそうになりながら岩陰でしゃがんでいると、やがて人影がウィルの頭上を覆った。恐る恐る顔をあげると、そこには感情の読めない表情をしたセシリアがいた。鎖帷子をまとい、黒い衣を抱えていた。

「その、決して、やましいことを考えていたわけではなくて……。だ、黙って一人でどこかに行って、戻ってこないから……」

冷や汗をたらし、しどろもどろになりながらウィルは答えた。セシリアはふと申し訳なさそうな顔をした。

「ご心配をおかけしました。今日は清めの儀式を行う日なので、私たち女騎士も水を浴びる決まりなのです。儀式について、殿方に話してはいけないと言い聞かせられていましたから、その通りにしました。ですが、これからは声をかけることにします。敵襲と誤解して、あなたを傷つけたくはありませんから」

汗がひいて、鼓動がおさまってきた。自分の下心に気づかないセシリアは、世俗から離れた清らかな存在なのだとウィルは改めて思った。

三. 非情さと

昨日までは、ウィルはセシリアのことを世間ずれしていない、純粋な女だと思っていた。それだけに、今日の戦いを思い出すと、ウィルは恐ろしくなった。セシリアは、命乞いした盗賊を切り捨てたのだ。血しぶきをぬぐう彼女の目は、冷たく、鋭かった。

　老木の立ち並ぶ森に、商人が好んで通る抜け道があった。ウィルは、この抜け道を通った先にある、カーニーの町までは道のりを知っていた。セシリアにこの道を勧めたのはウィルだった。この森は老木ばかりで餌がないから獣も少なく、カーニーの町の自警団が巡回するため盗賊が出る恐れもあまりなかった。しかし、ウィルたちは盗賊風の流れ者に出会ってしまった。盗賊はいきり立って襲ってきた。セシリアは盗賊を造作なく倒した。盗賊は命乞いをしたが、セシリアは盗賊を斬り殺したのだ。

　その後、急な雷雨が起こった。セシリアは小さなほら穴を見つけ、死んだ盗賊を前に呆然とするウィルを引きずるように連れて行った。雨止みを待つうちに夜がきて、今はトルチョの明かりが、ウィルの心と同じように揺れていた。明かりの向こうに、平然としているセシリアの横顔が見えた。あんな恐ろしいことをして、後悔はないのか。彼女は、神に仕える者の端くれであるはずなのに。

　ウィルはその疑問を正直にぶつけてみた。

「お前、あんなことして、なんとも思わないのかよ」

「彼に情けをかける必要はありませんでした。だから殺しました。私は今まで、そうして生きてきたのです」

　セシリアは静かに、でもきっぱりと言い切った。

「命乞いしていただろう！　それでも情けをかける必要はないと言えるのかよ！」

ウィルは語気を荒らげた。

「もし、彼を許して立ち去ろうとしたら、こちらが斬り殺されたでしょう。それくらいのことは、わかります」

セシリアは、なおも冷静だった。

ウィルは盗賊の様子を思い出してみたが、地を這いつくばるように頭を下げたその男が、セシリアの言うとおり自分たちをだまして斬り殺すつもりだったとは思えなかった。

「そんなこと、なんで言い切れるんだよ」

セシリアは怒り出すウィルを少しの間黙って見つめてから話し始めた。

「あなたはその短刀で、人を殺めたことはありませんね」

「今までさんざん嫌な奴に会ったし、殺してやりたいと思ったことも数知れないぜ。だけど、好きこのんで人を殺すなんて、そんな恐ろしいこと、するわけないだろう！」

ウィルは思わず叫んだ。しかし、セシリアはたじろぐことなく続けた。

「あなたは、人を守るということが、どういうことなのか、わかっていないのです。あなたは私を守るとおっしゃいました。それはあなたの優しさから出た言葉でしょう。ですが、一つ忠告します。優しさは時として甘さにつながります。旅をする者は、いざという時には非情にならざるを得ないのです」

日々をのんきに送ることが好きなウィルに、甘いという言葉が突き刺さった。ウィルは、他人にも、自分にも、甘い青年だった。その性格ゆえに、何をしても一人前にならずに、ぶらぶらと暮らす人生を送っていた。それでいいと思って過ごしてきた。マクタガートの下町には、そんな気楽な連中がたくさんいた。

それが、ある日突然、使命感めいたものを持つ女性に惚れてしまったばかりに、ががらと崩れてきたのだ。毎日ひやひやしながら旅をする日々に、ウィルは疲れてきて、思わずため息が出た。

「もう寝ましょう、明日も早いですよ」

セシリアは地面に横たわり目を閉じた。旅をする者の習性か、彼女が寝入るのは早かった。一方ウィルは、血に染まった草むらを思い出して眠れなかった。死者の顔は、恐ろしくて見ることができなかった。埋葬してやることなど、とてもできなかった。ウィルは、殺された盗賊に同情はしていたが、それよりも、セシリアに対する不満のほうが心を占めていた。まるで天使のように清らかな心を持っていると思っていたのに、悪魔のようにためらわず人を殺した。悪魔というより、魔女だろうか。幼い日、故郷で聞いた噂話をうっすらと思いだした。

セシリアは可憐なお姫様ではなさそうだ。俺はなぜこんなに恐ろしい女のために、こんなに面倒な仕事をする必要があるのだろうか。賃金の割にはやっていられない。この仕事を引き受けたのは、セシリアに惚れたから、ただそれだけだった。セシリアがノールタに行きたい理由も、興味はあるが聞く気はなかった。とんでもないことを言われそうで怖かった。

時には非情になれ、というのなら、賃金以上の仕事をさせる依頼主に、契約破棄を言い渡してもいいだろう。ウィルは、荷物の中から誓約書と、炭を固めた棒を取り出し、『賃金に見合わぬ契約のためこれを破棄する』と書いてセシリアの枕元にそっと置いた。そして、気づかれないように細心の注意をはらい、ほら穴をあとにした。

月のない夜だった。ウィルは老木が立ち並ぶ森を、トルチョの明かり一つを頼りに歩いていた。

「この森には盗賊はもう出てこないだろう。明かりと獣除けの鈴があるから獣も出てこないだろう。ぬかるんだ足元には気をつけろ。ただでさえ暗い森は足を取られそうで危険だからな……」

この時のウィルは恐怖と罪悪感を押しつぶすことに必死で、ぶつぶつ独り言を言いながらがむしゃらに歩いていた。

「あいつなら、一人でも大丈夫だろう。旅慣れているって言ってたし。解約金も払わなくていいだろう。元々そんなにもらっていないんだし。ああ、あんなおっかない女と関わったのが間違いだった。美人には気をつけろって、母ちゃんが言ってたな。その通りだ」

ふと、セシリアの天使のような微笑みが脳裏に浮かんだ。ウィルは立ち止まった。それを打ち消そうと、ウィルは首を振って歩きだそうとした。

その時だった。

「待って！　それ以上進んではいけない！」

声がした方向、つまり後ろを振り返ると、そこにはセシリアがいた。ウィルがぎょっとして、思わず立ちすくむと、ウィルの数歩前にあった大きな老木がめきめきと音を立てて倒れだした。

どしんと木が倒れたあとは、しばらくの間静かだった。二人はどちらから口を開いたらいいか迷っているようだった。

「もしかして、これも、わかったのか……」

沈黙に耐え切れず、ウィルが先に口を開いた。

「はい、そうです。あなたがいなくなったことは、すぐに気がつきました。追いかけるかどうか迷っていました。私のような、世間知らずで、そのうえためらいなく人を殺すような恐ろしい女と旅をしたくないと思われても仕方ないと感じたからです。でも、そのあと、あなたが木に押しつぶされる危険を察知したのです。私はあなたを助けようと思い、ここまで来ました」

セシリアの口調はいつもより上ずっていた。呼吸も乱れていた。

「自分を置いていった男を助けるために、明かりも持たずに夜の森を駆けまわったのかよ」

ウィルは呆れていた。こんな危険を冒したセシリアに、そして自分自身に。

「心配いりません。ある程度は夜目がききますし、どちらに行けばいいのか、すべてわかりましたから」

　セシリアはそう言ったあと、深く頭を下げた。

「私が愚かでした。世間のことをわきまえず、自分の物差しで賃金を決めてしまいました。私はこれ以上お金を持っていません。私が支払った額にふさわしい道のりで旅を続けたいと思っています」

　セシリアが折れたので、ウィルはこれからは日中の街道を歩くだけにする、と提案した。

「ありがとうございます。私には、どうしても、あなたが必要なのです」

　セシリアが口にした、「あなたが必要」という言葉はやはりウィルの心を甘いもので満たした。でも、その甘さに負けず、ウィルは言い返した。

「お前に必要なのは、俺じゃない。男なら誰でもいいんだろう」

　ぶっきらぼうなウィルの口調に対して、セシリアは穏やかにこう言った。

「いえ、あなたでないといけないのです。あなたは、生まれ故郷の町にある、ノールタへの抜け道を知っているはずです」

　ウィルは驚いた。今まで、自分がフロリオの町の出身であることを、セシリアに話したことはなかった。

「お前がなんでいろいろなことがわかるのか気になるけど、今日のところは休もうぜ。さっきのほら穴に戻ろう」

セシリアはうなずき、今度はウィルに案内されて道を戻った。

翌朝、ウィルとセシリアは森を抜けて、街道に出た。その直前に、セシリアは出会った日のように、黒い法衣をまとい、透かし布のついた黒い頭巾をかぶった。鎖帷子をすっぽりと覆い隠し、大人しそうな聖職者の姿に戻った。

なぜ、女騎士の姿で街道を歩くのをためらうのか、ウィルは尋ねてみた。セシリアは一言、私たちは疎まれているからです、と答えた。

その意味を詳しく聞きたかったが、一歩さがるように歩くセシリアの様子を見ると、ウィルは今は何も聞かないほうがいいと感じた。

こうして、夕方までにカーニーの町にたどりついたウィルたちは、食事の出ない粗末な宿に泊まることにした。そして、これまた粗末な食堂で食事をすることにした。

食堂には数組の客がいた。そのうちの一組が、酒に酔って大声で怒鳴っていた。

「結局よお、あの革命は何だったんだよ。いばり散らす領主がいなくなった。何かとうるさい教会の連中もいなくなった。なのに、何にも変わらねえじゃないか。どっかの誰かさんが勝手にいろいろ決めやがって、俺たちの仕事がやりづらくなっただけじゃねえか」

武装した男が怒鳴るたびに、連れの痩せ型の男が、そうだそうだと合いの手を入れていた。

周りの客はだまっていた。男たちをうるさいと思いつつ、男たちの言い分に共感するところがあるようだ。

ウィルたちの国ではしばらく前、革命が起きた。この国では古くから議会があったが、王が権利を強めようと、議会を弾圧した。それから、王権強化のための戦で取り立てられる税金が増えると、身分の低い貴族と有力な商人とが結託して、王家に反逆した。戦いには庶民も加わった。王は捕らえられ、命こそ奪われなかったが、王城に永久に閉じ込められることになった。王に味方した貴族や領主たちは財産を没収された。庶民たちは、新しい国ができると皆喜んだ。

しかし、喜びは束の間だった。革命の首謀者はやがて独裁制を執った。為政者が変わっただけで、庶民の暮らし向きはほとんど変わらなかった。しかし、大抵の庶民は革命の意味もわからず、どうせこんなものだと諦めて暮らしていた。ウィルもその一人だった。

だが、一部には革命後の国に不満を持つ者もいた。革命前に甘い蜜を吸っていた貴族や領主、それにかかわる人々はもちろん、革命後の制度によって仕事がやりづらくなった、さっきから怒鳴っている連中のような人々だ。

「あいつら、傭兵だろうな。今じゃごろつきとそう変わりないけど、革命の前は貴族や領主の間を渡り歩いてきたんだろう。元貴族付きの傭兵たちは、商人の護衛なんかやりたがらないらしい。貴族様に仕えていたっていう、誇りが邪魔するんだよ。まあ、いずれにせよ、この町じゃ、ろくな仕事はないだろうな」

ウィルは肉より骨のほうが多い鳥の手羽先の煮込みをかじりながら、小声で言った。

「いろいろ大変なのですね」

セシリアは同情したように言うと、水を取りに席を立った。

盛んにしゃべっていた男たちは、セシリアに気づくと、毒づいた。

「こんなところに尼さんか。酒がまずくなるから、出ていけよ」

傭兵たちも、酔っぱらいと同様に、聖職者があまり好きではないらしかった。

「この食堂には聖職者お断りなんて看板はかかってなかったぜ」

ウィルはセシリアにいいところを見せようと、勇気を出して口答えした。

「なんだよお前、女の前でいいところを見せようってか。文句は自分の力をわきまえてから言うんだな」

男はウィルを殴った。ウィルは殴られた拍子に倒れて、床に頭をぶつけた。少し切ったらしく、血が流れていた。

「何するんだよ、いきなり！」

そう叫びながらウィルは男につかみかかったが、造作なくあしらわれ、今度は食堂の壁まで投げ飛ばされてしまった。セシリアが駆け寄り、ウィルの体を支えた。

「なんだよ、面白くない」

男はセシリアをちらっと見ると、またウィルに視線を戻して、馬鹿にするような声で言い放った。

「教会の雌犬が、男を連れてお散歩中か。いい気なもんだ」

男が笑うと、連れの痩せ型の男も笑った。やっかいごとに巻き込まれまいとしていた他の客も、ウィルたちのほうを見て笑っていた。

ウィルは頭に血が上った。セシリアのことを犬扱いするなんて。何とか体を起こすと、セシリアがささやいた。

「私のことはいいのです。さあ、ここから出ましょう」

恐る恐る近寄ってきた店の主人に食事の代金を渡すと、ウィルはセシリアに手を引かれながら店をあとにした。臆病者、教会の犬などとあざ笑う声は、しばらくの間静かな街並みに響いていた。

二人は宿に戻った。部屋が布一枚で区切られているだけの粗末な宿だ。普段のウィルなら、布の向こうのセシリアのことを想像して胸が高鳴っただろう。しかし、この日のウィルは自分が情けなくて、そんな気分にはならなかった。

「ウィル、聞こえますか」

布の向こうからセシリアの声がした。ああ、とウィルは低い声で答えた。

「私のせいで、またやっかいごとに巻き込んでしまい、申し訳ありません」

布の向こうでセシリアが頭を下げているのがわかった。

「別に、謝ることじゃないさ。仕事のない連中が絡んでくることなんて、酒場や食堂ではしょっちゅうだ」

でも、あそこまで乱暴にからまれたことはないな、と思いながらウィルは答えた。

「こういうことがあるので、教会の仲間たちは、旅の連れが必要だと、私に教えたのだと思います。武装して歩いていては余計にからまれてしまいます。それに、このあたりの人々が聖職者を疎んじているのにはそれなりの理由があります」

「理由って何だ？」

ウィルは尋ねた。

「本当は、とても長い話なのですが、ウィルの体に障るといけないから、簡単に話しますね。このあたりは異端狩りや魔女狩りの酷かった地域です。アカリタート教の開祖ベニータ様が、処刑場でノールタから来た女に救われた、という民間伝承が広まっていたこの地域は、聖騎士たちによる虐殺があった地域です。数百年前のことですが、今でも教会への疎ましい感情は残っているのです。それは……仕方のないことでしょう」

セシリアの声は冷静だったが、ウィルにはその声が少し震えているように思えた。しばらくの間二人はだまっていた。ウィルには昔のことはぴんと来なかった。ただセシリアが、数百年前の罪を背負っているように感じられ、悲しくなった。しかし、セシリアには関係ないことだと伝えても、無駄だということも何となくわかっていた。

「私も、同じなのです」

セシリアのかすかなつぶやきが聞こえてきた。

「虐殺を行った連中と、って言いたいのか？　それは違う。お前は誰かの命を守るためにしか殺しは行わないだろう」

　ウィルは必死になって否定しようとした。

「私は、神の名のもとに戦っています。神の御言葉を受けて女騎士となり、神の御言葉にしたがって、人を殺めるのです」

　ウィルは、セシリアの言うことを、聖職者がよく使う表現だと受け止めた。

「しかし、神が、私に人殺しを命じているとは思えなくなる時もあるのです。アカリタート教の神は全ての命を潤す水そのもの。恩寵と慈愛の神が、悪人とはいえ人の命を奪ってもいいとおっしゃるでしょうか」

　ウィルは今まで聞いた神話や物語や伝説を必死になって思い出していた。水の神のお慈悲に逆らっていると苦悩しているセシリアの心を、少しでも楽にしたかったのだ。水は、恐ろしいものでもある、でも、それでいいのだと、そして、セシリア自身もそれでいいのではないかと伝えたかったのだ。ほんの昨日に、セシリアのことを恐ろしいと思ったばかりだが、そんな自分を救おうとしたセシリアは、たしかに慈愛の心をもつ美しい女性だと改めて思ったのだ。しかし、ウィルの拙い語彙力では、セシリアをなぐさめる言葉は見つからなかった。

「私は女騎士としての仕事に誇りを持っています。神が与えたもうたこの役目を、命に代えても全うするつもりです。ですが、私に呼びかけるものは、本当に神なのでしょうか……」

セシリアの瞳には、使命感と、悲しみが宿っていた。その静かに、でも強く輝く瞳にウィルは惚れたのだ。どこか緑がかっている、茶色の瞳。ウィルはどうにか彼女の心から重苦しい使命感と悲しみを取り除いてやりたかったが、そこに惚れたという、相反する気持ちで頭がこんがらがっていた。

セシリアはウィルに話が長くなったとわびると、そのまま床に就いた。

早朝、ウィルとセシリアはこの町をあとにした。昨晩話を終えたあと、ウィルは、ノールタから来た女の伝承をどこかで聞いた気がしてきたが、そんなことはどうでもよかった。それよりは、セシリアの心の内を垣間見ることができた喜びと、セシリアの苦悩への同情心が、ウィルの頭の中を占めていた。

四．別れの時

街道の旅は二十日ほど続いた。昨日は旧王都の宿に泊まり、いよいよ路銀が尽きかけてきた。ウィルは路銀を稼ぐために、山に入ってきのこを採った。きのこはどっさり取れて、セシリアは喜んだ。

「このようなお恵みを与えてくださったウィルと神に感謝します」

恭しく祈りを捧げるセシリアを見て、ウィルはしみじみ彼女のことを美しいと思った。

ウィルは、近くにあるジンデルの町まで行って、町の商人にきのこを売った。思いがけず、ちょっとしたお金が稼げた。この金で、セシリアに何か贈り物がしたい、とウィルは思った。

「なあ、セシリア。いつも、同じ法衣を着ているけど、別の服もいるか？」

ウィルはできるだけさりげなく言った。

「そのお金はウィルのものです。ウィルのために使ってください」

セシリアは、やんわりと断った。

「その格好で旅をしているといろいろあるから、他の服を買ってやるよ」

ウィルは引き下がらずに、セシリアに伝えたが、セシリアはしばらく黙り込んだ後にこう言った。

「お話ししたとおり、私は、神に仕える者として誇りを持っています。今は旅人の身とはいえ、他の姿で旅する訳にはまいりません。あなたにまた迷惑をかけてしまうこともあるかもしれませんが、許してください」

セシリアが言い出したら聞かないことはよくわかっていたので、ウィルは諦めた。代わりに、今日は風呂付きの宿に泊まることにした。ウィルたちの国では毎日風呂につかる習慣はないが、時々は風呂につかって疲れを癒したかった。セシリアは喜んで、ウィルに礼を言った。ふとのぞかせたセシリアの女らしさを、ウィルは好ましく思った。

宿は宿泊客が多く、一部屋しか空きがなかった。最近、ノールタが攻め込んでくるという噂が流れ、フロリオの町から移動する人々が増えている。そのため、この町の宿は商売繁盛している、と宿の主人が話していた。

ウィルは、万が一故郷の知り合いに会ったら困る、と思い、頭に布を巻いて、黒い髪の毛を隠した。これは、国中を旅する行商人の格好だった。どこか遠くからやってきたように見せかけたかったのだ。食事も食堂でとらず、部屋に持ってこさせることにした。

セシリアはそんなウィルをけげんそうに見ながら、一緒に夕食をとった。そしてウィルが誰もいない頃を見計らって宿の風呂に向かおうとすると、セシリアもついてきた。

他の宿泊客が一斉に食事をとる時間なので、風呂には誰もいなかった。壁一つ隔ててセシリアが生まれたままの姿でいると思うとウィルの胸は高鳴った。セシリアが風呂をあがる気配を感じたら、自分も風呂からあがろうと思っていたが、いつまでもその気配はなく、のぼせそうになったウィルは先に風呂をあがることにした。

部屋に戻って水を飲んで涼んでいると、セシリアが戻ってきた。さすがに宿では用意された部屋着を着ていたが、風呂上がりだというのに、きっちり髪を結ってあった。

「風呂上がりくらい、髪を結うのはやめたらどうだ？　髪が乾かないだろ」

ウィルはセシリアの頭を見る振りをしながら、ちらちら他のところに目を泳がせていた。

「私たち聖職者は、いかなる時でもきちんと髪を整えているものです」

セシリアは相変わらず、ウィルの下心に気づかずに、真面目に答えた。確かに、寝ている時でも、あの水浴びの日も、セシリアは髪を結ったままだった。聖職者は面倒くさい決まり事ばかりで、セシリアはそれに雁字搦めになっていると、ウィルは思った。

「明日には、あなたの故郷に……ノールタへの地下通路のある町に着きますね」

セシリアの唐突な発言に、ウィルははっと現実に戻った。

「ああ、そうだな。辛気臭い町だから、見て回るようなものはない。着いたらすぐに地下道に案内するぜ」

しかしそれはセシリアとの別れを意味していた。ウィルは辛かった。ウィルの言葉に、セシリアは別の感情を抱いたらしい。とがめるようにこう言った。

「自分の故郷のことを、そんなふうに言うのはよくありません。あなたを育ててくれたご家族や、知り合いの方が今でもいらっしゃるのでしょう？」

ウィルは家族のことを思い出した。町を出ると言った時、父には殴られ、兄には、お前がよその町で一人でやっていけるもんか、と笑われた。その日のうちに町をあとにした。マクタガートで暮らしはじめてから、家に手紙を送ると、隣人から、お前の家族は町を出ていって、今どこにいるかはわからないと返事があった。それきり、家族がどうなったかはわからないままだ。母親に別れの言葉さえ言えなかったことが心残りだった。

黙りこくってしまったウィルに、セシリアは言った。

「すみません。何か辛い思い出でもあるのですか……？」

「別に、何もない」

ウィルはそっぽを向いたまま答えた。

「すみません。うらやましくて、つい、余計なことを言いました」

セシリアは、小さな声で詫びた。気まずい雰囲気になった。

「今日はもう寝ましょう。明日も早いですよ」

セシリアは優しく声をかけたが、ウィルはそっぽを向いたままだった。その時セシリアの瞳に浮かんでいた深い悲しみの色に、ウィルは気づかなかった。


ウィルは何となく、眠る気分になれなかった。お金があるからどこかに遊びに行こうとも思ったが、故郷の人間と顔を合わせるのが嫌で、諦めた。正直なところ、自分がどうして故郷を嫌悪するのか、ウィルにはわからなかった。わけもなく、故郷を避けてきたのだ。家族がどうなったのか、知るのも怖かった。

ウィルは鏡で自分の顔に変なものがついていないか確かめると、セシリアの寝顔をそっと覗き見るようにした。ウィルの髪は黒いが、セシリアの髪は茶色い。今までは、セシリアは貴族の生まれではと勝手に思っていたが、きっと、商家のお嬢さん育ちなのだろうと思いなおした。裕福な商人たちは子女を教会に預けて育てさせ、年頃になったら、結婚させるために引き取るらしい。こんなに美しいセシリアを、家族はどうして引き取らず、教会の騎士などにさせたのだろう。それとも、やはり没落貴族の姫で、家族から捨てられるように教会に預けられたのだろうか。さっき、セシリアは、家族のいる自分をうらやましいと言ったのだ。どちらにしても、こんなに綺麗なセシリアを放っておくなんて……。

旅の間、何度もかられた衝動に、ウィルはまた突き動かされようとしていた。セシリアの美しい髪に触れたい。その美しい肌に触れたい。その美しい唇に……。しかし、セシリアの眠りは浅く、少しでも近づけば目を覚ます。そしてほんの一瞬、とても恐ろしい目でウィルをにらむのだ。

しかし、この夜は、セシリアはウィルが近づいても目を覚まさなかった。どうやら深く眠っているようだ。衝動が勝った。ウィルはセシリアの髪に手を伸ばし、そっと触れようとした。

その時、ウィルは触れずとも感じるはずの肌の温もりを、セシリアから全く感じなかったので、思わず息を飲んだ。寝台に横たわるセシリアは、石像のように動かなかった。息をしているだろうか。顔を近づけると、わずかながらセシリアの息が自分の肌に触れるのを感じ取った。

ウィルの衝動はどこかへ飛んで行ってしまった。セシリアが生きているのは確かだが、まるで体だけをここに置いて、魂はどこかに行ってしまったように感じた。眠っている時に、魂が体から離れ、幾日も目覚めなかった乙女の話を、ウィルは聞かされたことがあった。ウィルはその話で乙女が目覚めた時のように、セシリアの手を握りしめた。握られた手の温もりを感じると、魂は体に戻ってくるらしいのだ。ウィルはセシリアの手をずっと握っていた。そしていつの間にか眠りについてしまった。

翌朝、ウィルは寝台にもたれかかって寝ていたところをセシリアに起こされた。セシリアは何事も無かったように、旅支度を整えていた。女騎士の姿だった。ウィルは昨晩の話をする気にはなれなかった。


その日の昼すぎに、ウィルの故郷のフロリオの町に着いた。数年前と変わらぬ町の風景に、ウィルは懐かしさが込み上げてきたが、町中の人々の暗い表情に、ウィルの心まで暗い気持ちになった。

「美しい町並みですね。歴史を感じます」

セシリアの言葉も、本心から出たのか、単なるなぐさめなのか、ウィルにはわからなかった。

ウィルは、故郷の人に自分の素性を悟られないようにするため、昨日と同じように頭に布を巻いていた。商人の格好をしたウィルから何かを買おうとする町人はいなかった。それだけ活気がないのだろうと思うと切なくなった。

さっさと町並みを通り過ぎたい気持ちと、辛く、切なくてもこの通りをいつまでも歩いていたいという思いがウィルの心に入り混じっていた。それは、故郷への思いからではなく、隣にいるセシリアへの思いからだった。

「ウィル、地下通路の入り口はどこですか」

セシリアのその言葉は残酷な事実をウィルに突き付けた。セシリアは二人の旅を一刻も早く終わらせたいのだろうか。別れの時が迫っているというのに、セシリアの声は冷静だった。ウィルには冷たくさえ感じられた。

「この通りを抜ければすぐだ」

ウィルは渋々といった感じで、通りの向こうを指さした。セシリアの足取りが速くなった。こんなに早足で歩くのは久しぶりだった。

地下通路の入り口へは、あっという間に着いた。小さい町なので大した距離もないからだ。セシリアはウィルの顔を見つめた。その表情は何か強い決意に満ちていた。対するウィルの顔は暗かった。

「わずかな賃金で、ここまで連れてきてくださって、本当にありがとうございました。この賃金は、私が巡礼者の護衛をする時にいただくお金と同じ額なのです。世間知らずのせいで、ずいぶんあなたを困らせてしまいましたね」

そんなわずかなお金で、たくさんの巡礼者を連れて野の道や山道を命がけで歩いてきたのかと思うと、ウィルにはセシリアの苦労が身に染みるようだった。

「いいんだ。それより、ノールタでは、誰か雇うあてはあるのか？」

そんなものあるわけないのに、ウィルは聞いてしまった。少しでも、セシリアとの時間が欲しかった。

「ありません。お金も持っていませんし……持っていたとしても使えるでしょうか？」

セシリアの言うとおりだった。ノールタでどんな通貨を使っているのかなんて、誰も知らなかった。こっそりと、ランダ川を渡って商売をしているリヴェーロ以外は。

「あっちで、変な連中にだまされるんじゃないぞ」

ウィルは自分の意気地のなさが嫌になった。そんなことを言いたいわけではないのに。

セシリアは、気をつけますと答えてから、話を続けた。

「最後まで心配してくださって、ありがとうございます。一つ、お願いがあるのですが、聞いてくださいますか？」

ウィルがうなずくと、セシリアはしまい込んでいた黒い法衣と透かし布のついた黒い頭巾を出した。前の町を出て以来、鎖帷子のまま歩いていた。

「おい、これは……」

ウィルは驚いた。

「これを、マクタガートにある、アグネス教会に届けてほしいのです。セシリアはノールタに旅立った。聖職者の衣は脱いでも、その心は聖職者のままだと伝えてください」

セシリアは深々と頭を下げて、法衣と頭巾をウィルに渡そうとした。

「お前、ノールタに行って、戻ってこないつもりかよ！　いったい何のためにノールタに行くんだ？」

ウィルはセシリアの肩を掴んでゆすった。セシリアはウィルの腕を引きはがしもせずに、真っ直ぐウィルを見つめたままこう言った。

「ノールタを統べる、女帝に会うためです」

そのきっぱりとした物言いに、ウィルはたじろいだ。

「一介の旅人が女帝に会えるわけがないだろう……？」

ウィルは呆れたように言った。

「私がノールタに行けば、ノールタの女帝は、必ず私に会いたいと望むでしょう。彼女は、私と同じように、神の声を聞くことができるのです」

セシリアの発言は、ウィルにとって、いや、スータの民なら誰にとっても、意外なものだった。

「どういうことだ？　ノールタの女帝は、天候を操ることができる魔女なんだろう？　神様とはほど遠い存在じゃないか」

ノールタにあったいくつかの国は、ここ十年ほどで、女帝が治める国一つに統一された。そして、その女帝は、天候を操ることができる魔女なのだ、という噂は、ウィルもこの旅の道中でよく耳にした。そして魔女は、水の恩寵を民に与える神に仇なす存在であった。

「今、ノールタを統べるアウスクルタント国は、元々は予言者と呼ばれる女性を崇めていた小国でした。予言者は、天候や災害を言い当てる力があった。どこからか声が聞こえ、やがて起こる何かが見える……。あまり詳しく話をしませんでしたが、私も同じように、声が聞こえ、何かが見えるのです」

ウィルは絶句した。セシリアは神の声を、本当に聞いていたというのだ。ウィルは、この時、セシリアを遠い存在に感じた。しかし、セシリアの次の言葉は、ウィルをますます困惑させた。

「私は、ノールタに行って女帝ヴァネッサに会うというお告げを授かったのです。ノールタでは、我らの神を信じていない。なぜ、神は、神を信じぬ者たちにお告げを授けたのか、私にはわかりません。私は、女帝ヴァネッサが、正しき行いをしているのか見定めに行きます。旅の間聞いたとおり、ノールタは、女帝が起こした戦により、すべてアウスクルタント国の領土となりました。私は、女帝の心を確かめに行かなくてはなりません。もし、女帝が、スータまで手にしようと望むのであれば……」

「それなら、どうするんだ……」

ウィルの背中に冷たい汗が流れた。

「私は、彼女を殺します」

セシリアの声は冷厳な響きを帯びていた。ウィルの体から力が抜けていった。いくらセシリアが強くても、一人で何になるというのだろう。それを、セシリアが理解していないはずはなかった。

「……行かないでくれ」

ウィルはしぼり出すように言った。

「これは、神のご意志でもあるのです。私は、それに従わなくてはなりません」

セシリアの声はゆるぎない決意を示していた。

「神がなんだっていうんだ。お前は神に死ねって言われたら死ぬのかよ……」

「そのとおりです」

セシリアはたった一言、そう言った。その一言は、摘み取った花のように萎えてしまったウィルの怒りに火をつけた。ウィルはセシリアをひっぱたいた。セシリアは赤くなった頬を押さえることもなくこう言った。

「あなたは、どうして、私を止めようとするのですか？」

セシリアは鋭い目つきでウィルを見据えた。

「お前のことが、好きだからだよ！」

思わず叫んでしまい、ウィルの頬も熱くなった。その叫びに、セシリアの目つきが変わった。彼女はあからさまに戸惑っていた。少しの間のあと、セシリアは、普段の静かな口調でこう言った。

「ウィル、私は聖職者です。誰かのものにはなれないさだめです。わかって下さい」

「そんなこと、認めたくねえ……」

ウィルはセシリアにすがろうとした。

「さようなら、ウィル」

セシリアは悲しそうに微笑んだ。次の瞬間、ウィルのみぞおちに強力な一撃を与えた。

ウィルはそのまま、声も出せずに地面に崩れ落ちた。

ウィルが意識を取り戻したのは、日が暮れかけた頃だった。まばゆい夕焼け空がうっすら開けた目に飛び込み、もう一度目を閉じた。

「まったく……なんという女だよ」

目を閉じたままウィルはつぶやいた。

「あんな女に惚れるなんて、俺も物好きだよな……」

目を開けると、そばにセシリアの黒い法衣と頭巾が置いてあった。ウィルはたたんである法衣と頭巾を広げてみた。残念なことに、置手紙も何も残されていなかった。

「冷たいな、あいつ。今まで俺がどれだけ親切にしてやったと思っているんだよ」

ウィルはため息をついた。長いため息ののちに、のっそりと立ち上がった。今日の宿を探そうと思ったが、マクタガートに帰ることを考えると、宿代が惜しくなった。ウィルはこっそりと自分の生家に忍び込むことにした。

ウィルの家には誰も住んでいなかった。家族がこの町を捨ててから、そのまま空き家になっていたようだ。家具もそのままだった。ウィルは、自分の部屋に入った。部屋は小綺麗になっていた。母親のジニーが片付けたのだろう。ウィルは懐かしいような、気恥ずかしいような気持ちがして、まずは自分の机の引き出しを開けてみた。中には、金色に輝く石でできた短刀と、一枚の手紙が入っていた。

親愛なるウィルへ
母さんたちはお金がなくなり、遠くの町へ逃げることにしました。どこへ逃げるのか書けなくてごめんなさい。お前の幸せを、遠くの町から祈っています。

この、石の短刀は、いつだったかお前が堤防のそばで倒れていた時に、握っていたものです。これを渡したら、いつか冒険の旅に出てしまうのではないかと思うと、怖くて渡せなかったのです。

でも、お前は、何も持たずとも旅立ってしまった。あれからどれほど経ったでしょう。旅立つ時に、渡してやりたかったと、心から後悔しています。ですが、私は、お前が口先だけの男ではないとわかって、とても誇らしく思います。

ジニー

金色に輝く石の短刀を握った時、ウィルは、幼い日に出会った老人のことを思い出した。そして、その時自分が何を約束したのか思い出した。

「俺は、女を守れる男になるって、約束した。守ってやるって、俺はあいつに言ったんだ！」

ウィルは手紙と短刀を握りしめたまま、弾かれたように家を飛び出した。町並みに戻り、運搬屋にセシリアの黒い法衣と頭巾を預けた。

「頼むから、確実に、マクタガートのアグネス教会に届けてくれよ」

ウィルは運搬屋に報酬をはずんでおいた。

そうしているうちに日が暮れた。早くセシリアを追いかけたかったが、これからは全く知らない土地に行くのだ。それなりに準備をしなければならない。

ウィルは店じまいの支度を始めた商店をいくつか回り、木の実などの携帯食や服の下につける防具、いざという時のための懐剣などいろいろ買いこんだ。

きのこで稼いだお金はほとんどなくなった。自分が暮らしてきたスータに、セシリアを連れて必ず戻ると誓った。夜も更けてきた。明日の朝は早い。ウィルは自分の部屋に戻り、頭に巻いた布をはずして、眠りについた。

五．地下通路を越えて

まだ薄暗い明け方、ウィルは旅支度を整え、頭に布を巻いて商人風の格好をすると、そっと家を出た。

ランダ川の真下をくり抜いて作ったとされる、地下通路の入り口の石扉には、古くなった錠前がついていたはずだが、ウィルが着いた時にはもうなくなっていた。セシリアが持ち去ったのだろう。ウィルは重い扉を押し開けて、中に入ってトルチョをつけると、扉を内側から閉めた。鍵は内側にはついていなかった。

地下通路はじめじめしているかと思ったが、不思議と乾いていた。ウィルは、セシリアが歩いた痕跡を見つけた。埃が足跡を残してくれたからだ。舞い上がった埃を吸わないように、ウィルは頭に巻き付けた布を少し緩めて余裕を作り、それを口に当てて歩き出した。地下通路は、はじめのうちは坂道だった。下りきってしばらく歩いた頃、トルチョの明かりが何かに反射して、まばゆい光を放った。思わず目をこすると、そこには金色の塊が鎮座していた。

「まさか、これは……金か？」

ウィルは足を止めて、金色の塊をまじまじと見つめた。どこかで見かけた気がしたので、荷物の中から、金色の石でできた短刀を取り出して、金色の塊の近くにかざしてみた。石の短刀と金色の塊は、同じような輝きを放っていた。

「なんだ、金じゃないのかよ。でも、これはいったい何だろうな……？」

ウィルは独り言を言った。すると、どこからか、返ってくるはずのない、誰かの返答が響いてきた。

「それは、『蛇の瞳』と呼ばれる鉱石の塊ですよ」

「誰だ！」

ウィルはびっくりして大声を出した。前を見ると、明かりが一つ見えた。ウィルは短刀を握りしめて身構えた。頭巾をかぶり、外套を羽織った男の影が、ゆっくりと近づいてきた。

「驚かせてしまい、すみません。私は鉱物採集が趣味の、ただの旅人です」

男は、ウィルより三つ四つ年上の青年のようだった。ウィルは、この青年にはじめから警戒心を抱いていた。

『蛇の瞳』が、こんな金色の石のはずはない。『蛇の瞳』とは、教会に飾ってある青い石のことだろう。鉱物採集が趣味の人間が、いや、石に何の興味もない人間でさえ間違えるわけがない、スータの人間なら。この男は、ノールタの人間に違いない。

ウィルは心のなかでそんなことを思いながら、石の短刀をさらに強く握りしめた。

ウィルが持つトルチョの光が、青年の顔を照らし出した。青年は頭巾をかぶっていても疑いなくわかるくらいの美男だった。ノールタの人間は、金色の髪に青い瞳を持っていると、ウィルは聞いていたが、青年の目の色は青には見えなかった。

「あなたも、『蛇の瞳』を探しにここへ……?」

「ああ、そうだ」

ウィルはとっさに答えた。青年はウィルを黙って見つめていた。その目は穏やかそうだが、有無を言わせぬ強い光をたたえていた。

「妙ですね。あなたはこの鉱石が何だかわからないようでした」

青年は静かに話したが、ウィルはなぜか冷や汗が出てきた。

「俺は、ただこの通路に金目の物があるって噂を聞いて来ただけだ。それが、あんたの言う、蛇の瞳ってやつだと思っただけだ」

ウィルは口から出まかせを言った。

「ますます、妙な人ですね。『蛇の瞳』は、火打石に使うくらいで、大したお金にはならないでしょう」

青年の目は鋭くウィルを見据えた。まるでこの青年が蛇で、ウィルはそれににらまれた蛙のようだった。

「お前こそ、何しにここに来たんだ。ここが、どこにつながっているのか、お前だってわかるだろう」

ウィルは恐怖を感じると饒舌になる性質のようだ。自分でも初めて気づいたのだ。ウィルは青年から、ただならぬ気配を感じていた。この旅の間、戦う者たちを見て感じた、ウィルの語彙では殺気としか表せないものだ。

「私は、この水路の果てには興味がありません。本当に、『蛇の瞳』を取りに来たのです。妹が、どうしても、と望むので。昔から変わった子でした。望むなら、ルージャでも、なんでもあげようと思っているのですが……」

青年の言葉を聞いて、ウィルは、青年は裕福な家の跡取りで、可愛い妹の婚礼の祝いでも探しにきたのだろうと考えた。

「へぇ、ルージャを贈ろうだなんて、旦那は妹想いですな」

ウィルが愛想よく答えると、青年はなぜか寂しそうな顔をした。

「いいえ、私は、いい兄などではないのです」

あたりは気まずい雰囲気に包まれた。ウィルは青年の殺気が薄らいだのを感じて、後ろ手に隠した石の短刀を青年に見せた。石の短刀は、原石の塊よりも、純金に近い輝きをしていた。

「どうだい、旦那。これはあんたの言う、『蛇の瞳』だ。違うか？　どうせあんたは気づいているんだろう、俺がスータからノールタに行こうとしているって。あんたが見逃してくれるなら、これをくれてやる。ノールタの、人目につかない森か山まで案内してくれたらな」

ウィルは石の短刀に賭けることにした。短刀はウィルにとっては幸運のお守りだからだ。ウィルは、短刀投げのちょっとした名人であった。しかし、この時ばかりは、短刀はウィルに幸運も何ももたらさなかった。青年は眉一つ動かさずに、ウィルから短刀を奪ってみせ、それをウィルの眉間すれすれに突き立てて、冷たく言い放ったのだ。

「見逃すわけにはいかぬ。お前の身柄は、この通路の管理者たる私が預かろう」

ウィルの体は冷や汗でぐっしょりとなっていた。こうしてウィルはノールタの地を踏む前に、囚われの身となった。

石造りの城塞の一室に、ウィルは監禁された。食卓と寝台のある部屋だった。今は使われていないが、暖炉もあり、囚われの身としては、いい処遇といえた。ウィルは先ほどの青年とは別の男から尋問を受けることになった。男には右腕がなく、茶色の髪と目をしていた。そろそろ中年を迎える年頃だろうが、女が好みそうな、整った顔立ちをしていた。ノールタには色男しかいないのだろうか。ウィルは舌打ちをしたくなったが、男の怒りを買いたくなかったのでおとなしくしていた。

「お前さんは、スータからノールタへ密入国しようとした罪で、これからここで取り調べを受けてもらう。だけど安心しな。部屋の中ではお前さんの無事は確約されている。もし、部屋を抜け出したら、どうなるか俺には保証できない」

男はにやりと笑った。ウィルは何となく、小ばかにされたような気がして落ち着かなかった。

「頼む、ここから出してくれ。家で母ちゃんが待っているんだよ。スータへの通路には、蛇の瞳っていう石がある。ノールタでは大した価値がなくても、スータでは金になるんだ。それを売って、金を持って帰らないと。医者に診せる必要があるんだ」

ウィルは男に頭を下げつつ、口から出まかせを言ってごまかそうとした。

「へぇ、そうか。お前のお母さんは病気なのか。大変だな」

男は口でこそそう言ったが、ウィルの言葉を全く信じていないようだった。男の口調が少し険しくなった。

「でも悪いが、領主の命令には逆らえない。お前を捕らえたのは、このケスキタロ城塞の領主ユルヨだ」

ウィルは面食らって、思わず話し出した。

「領主自ら、あんな暗い水路に入って行ったのか！　変わり者の領主様だな。変わり者の妹がいるらしいけど」

　男の表情が変わった。ウィルは誰からその話を聞いたと問い詰められ、本人から聞いた、と答えた。

「妹か……。あいつは、まだ妹が生きていると思っているのか。そんなわけないだろう」

　男がつぶやいた。

「生き別れたとは言っていなかったな」

　ウィルは青年の様子を思い出した。

「あいつの村は水害で全滅した。都にお使いに出ていたあいつだけ生き延びた。五つか六つの女の子が一人で生き延びられるわけがない」

　男は断言した。

「そうなのか……」

「おっと、余計な話をした。お前の素性を聞きだす予定だったんだけどな。まあいい。明日ゆっくり聞こうか。抜け出そうなんて考えないほうがいいぜ。言い忘れたけど、俺の名前はカイだ。昔からユルヨのお目付け役をしている。今では、領主の第一補佐官だ」

　カイは軽妙な口調で言うと、突然怖い顔をして一言付け加えた。

「ユルヨの妹の話は、誰にもするな」

　そう言うと、カイは部屋を出た。がちゃりと鍵のかかった音がした。

ウィルは、あの日のうちにノールタに来ていればよかったと後悔した。ウィルは窓を割って脱出しようかと考えた。しかし、窓の下には見張りがいた。窓を割って脱出するのは不可能そうだった。そのうちに誰かが戸の下の差し出し口越しに食事を持ってきた。遅い昼食だった。ウィルは最初は警戒したが、匂いにつられて食べはじめ、残らず平らげると、寝台に横たわった。

少し休むと、窓の外から何やら声がした。ウィルがそっと窓を覗くと、向かいの棟の屋根の上に、少年が立っているのが見えた。少年は生まれたての子鹿のように震えていた。ウィルの耳に聞こえてきた声は、この少年に向かって、周りの大人たちが、大丈夫だ、とか、落ちるなよ、などと言っている声だった。

ウィルは思わず、手を叩きそうになった。煙突だ。まだ寒くない初秋のうちに、煙突の掃除や修繕をしているのだろう。屋根にも、建物の周りにも、たくさんの煙突掃除夫がいた。ウィルは、煙突掃除夫に紛れて逃げ出す算段を立てた。

ウィルは、家出してから一年ほど煙突掃除の仕事をしていた。民家の煙突はすぐに屋根の上に出られる。しかし、城塞の煙突はどうなっているだろうか。

考えている暇は、ウィルに残されていなかった。ウィルは意を決して、暖炉に入り、煙突に飛びついた。その煙突を登りきると、通気口に繋がっていた。ウィルははいつくばりながら、手探りで通気口をたどった。時折、外の声が漏れ聞こえた。ウィルは明るいほうを目指した。単純に、明るいほうが外に近いと思ったからだ。通気口は行き止まりになり、また別の部屋の煙突に繋がった。どうも、この煙突は屋根に繋がっているらしい。ウィルは経験からそう感じた。ウィルは手足を突っ張ってよじ登り、何とか煙突から脱出した。

ウィルは屋根の上に立った。民家の屋根とは比べ物にならない高さで、ウィルの足も、がたがた震えてきた。

「親方！　あんなところに、誰かいますよ！」

ウィルは声がしたほうを見た。先ほど向かいの棟の屋根の上でがたがた震えていた少年が、ウィルを指差して叫んでいた。ウィルは、まずい、と思った。

「おい！　そっちの棟は今日はやらねえって言っただろう！」

「すみません、親方、間違えました！」

ウィルはとっさに嘘をついた。

「とっとと降りてきやがれ！」

親方の怒鳴り声に気づいた他の煙突掃除夫が、さっと梯子を持ってきて、ウィルのそばの屋根にかけた。ウィルは、どうやらうまく下に降りられそうだと、ほっと胸を撫で下ろした。

その親方はウィルを一発殴っただけで、あとは何事もなかったように元の仕事場に戻った。ウィルは自分の顔や体を触り、煤だらけなことを確認した。煤まみれなら、ぱっと見て自分が誰だか、判別はつかないだろう。他の煙突掃除夫も頭と顔に布を巻いていて、どんな顔をしているかうかがい知れなかった。

親方は点呼もしない、いい加減な男だった。夕方が近づいた頃、ウィルは仕事を終えて城塞を出た煙突掃除夫に紛れて、まんまと逃げ出した。

しかし、ウィルには人のことをいい加減だと言う資格はなかった。煙突掃除夫の一団の中に、自分を見つけた少年がいないことに、気がついていなかったからだ。

ウィルはしばらくの間は煙突掃除夫の一団に紛れて町並みを歩いていたが、一人二人と家へ帰り着いたのを見届けると、さりげなく、一団を後にした。

狭い煙突を抜けるために、ウィルは荷物の大半をあの部屋に置いてきてしまった。持っているのは、腰にぶら下げた水筒代わりの革袋と、懐剣と、服の中に隠した携帯食と固形油と、幾らかのお金だけだった。ウィルはこのお金で、服を買おうかどうか少し迷ったが、セシリアとも話したとおり、同じ通貨が流通しているのかわからないため、諦めた。

日が暮れかけていた。ウィルは西を目指すことにした。人々の噂や昔話から、魔女の国は、地理的にはフロリオの町の北西にあったと記憶していたからだ。

町を外れると、すぐに森があった。セシリアは人目のつかない森を移動しているだろう、と見当をつけたウィルは、頭に巻いた、煤だらけの布を取って固形油を擦り付け、丸太の上部に巻き、そこらの木を集めて火を起こし、油を塗った布を巻いて作ったトルチョイに火をつけた。

「明日には服を破って火をつけなきゃいけなくなるだろうな。みっともない」

ウィルはぶつぶつ呟いた。


街道のそばの森を西に歩いているうちに、夜は明けた。日が少し高くなった頃、ウィルはすっかり疲れてきた。昨日の晩から全く眠っていないのだ。

大きな木にもたれかかり、ウィルは水筒がわりの革袋の水を飲んだ。そして携帯食を食べ、すこしばかり昼寝した。

目を覚ますとまた西に歩き出した。ウィルはなるべく早くセシリアを連れて帰りたかった。武装しているセシリアが見つかれば大変なことになってしまう。

ウィルが、息を切らしながら歩いていると、遠くに馬のいななきが響いた。馬に乗れる人間なんて、限られている。あの、ユルヨっていう変わり者の領主が、セシリアの噂を聞きつけたのだろうか。それとも、逃げ出した自分を捜しているのだろうか。どちらにしても、早く進むしかないとウィルは思った。

疲れ切った体で森を歩くうちに、ウィルは足を滑らせた。そこは崖だった。ウィルはなすすべもなく崖を転がり落ちた。

「うう……」

ウィルは何とか体を起こした。幸い、崖は低く、骨は折っていなかったが、全身が痛み、血も出ていた。ウィルは、景色がかすんで見えるなかよろよろと歩き、小さなほら穴を見つけた。そして、ほっとしたと同時に、そのまま倒れこんでしまった。

ぱちぱちと火がはぜる音を聞いて、ウィルは目を覚ました。血が出た個所に、包帯が巻かれていた。煤と泥だらけの体も、綺麗になっていた。服だけは、そのままだった。

ウィルは、鎖帷子を着こんだ女性を見た。女性はこちらを振り向いて、静かな声でこう言った。

「やはり、来ましたね」

「セシリア……」

ウィルは体を起こそうとしたが、やはり体は痛んだ。

「まだ横になっていてください。体に障ります」

セシリアは優しく言った。

「どうも街道沿いが騒がしくて。騒ぎが落ち着くまで森に潜んでいようと思いました。幸い、いい住処を見つけたので。川があるから水と食料には困りません」

ストーコをかき混ぜながら、セシリアは言った。

「釣りでもしたのか……。食べられる魚かどうかもわかるのかよ」

ウィルはここまでくるとすごいと思うより呆れてきた。騒ぎが落ち着くまで、セシリアはここに居座るつもりなのだろうか。川があるから、体を清めることもできるだろう。その川がランダ川でなければ、だが。神聖なランダ川の下を、セシリアはどんな気持ちで進んだのだろうか。

ストーコはセシリアが口元まで運んでくれた。そのストーコを飲むと、ウィルは何だか元気が出てきた。

「セシリアの手料理を食べられると思うだけで元気が出るよ」

ウィルがそう言うとセシリアは少し照れたように笑った。スータでの旅の間は、案内人であるウィルが食事当番だった。

「お口に合ったようで何よりです。ウィルの料理のほうがおいしいですから」

セシリアは謙遜して言った。

食事を済ませると、セシリアは焚き火を細くした。ウィルはノールタに着くまでの話と、ついた後の話をした。ユルヨという、変わり者の領主と出会ったこと。取引をしようとしたが、力ずくで捕らえられたこと。ここまでは情けなくて、あまり話したいとは思わなかったが、自分を狙っている男がいることを、伝えないわけにはいかなかった。そして、ウィルは、まんまと煙突から逃げおおせたことを、面白おかしく言って聞かせた。セシリアは、楽しそうに話を聞いていた。

「ウィルが、煙突掃除の仕事をしていたことも、こんなにお話が上手なことも知りませんでした」

夏の終わりから、今まで、ひと月あまりを一緒に旅したが、お互いに、知らないことばかりだと、ウィルは改めて思った。

セシリアの横顔を見つめていると、つい、勢い余って、彼女のことを好きだと言ってしまったことを思い出した。ウィルは弁解しようと口を開きかけたが、セシリアが先に話し始めた。

「ウィル、体に障らない程度で構いませんので、すこし私の話を聞いてもらえますか」

セシリアの突然の申し出には驚いたが、去り際のよそよそしさがなくなったのが嬉しかった。

「いいぜ。でも、お前、話し出すと、長いよな」

セシリアは口元に手をやって恥ずかしそうな顔をした。

「……やめておきましょうか」

「いや、話したいだけ話してくれ」

ウィルがそう言うと、セシリアはほっとした顔をした。

「私は、幼い頃、とある教会に保護されました。ランダ川のほとりにある小さな村で倒れているところを発見されたそうです」

セシリアが始めたのは身の上話だった。ひょっとしたら、自分への思いが聞けるかと思ったウィルは、少しがっかりしたが、それを聞くのも怖かったので、ほっとした。それと同時に、嬉しいとも思った。セシリアが自分に心を開いているのがわかったからだ。

「お前の家族は……？」

そういえば、すべての家族を失った男の話を聞いたな、と思いながら、ウィルはセシリアに尋ねた。

「わかりません。……覚えていないのです。家族のことも、どこで生まれ育ったのかも。自分の名前すらわからないのです。セシリアという名前は、教会でつけてもらいました」

セシリアの口調はどこか悲しげであった。ウィルはセシリアの瞳が、うっすらと緑色に光っているのを目の当たりにした。

「教会には同じくらいの年頃の子供が暮らしていて、神の教えを学んでいました。彼らの多くは良家の子女で、教育や花嫁修業のために家を離れていました。もちろん、聖職者になるために暮らしている子供もいましたが、その教会ではごくわずかでした。

ろくに話もせず、どこの誰とも知れない私は、よくいじめられました。親元から引き離され、寂しい思いをしている子供たちが多かったので、寂しさを紛らわすために最も弱い者をいじめたのでしょう」

「お前、やり返さなかったのか？」

言ってから、ウィルは後悔した。慰めるとか、何とかできないのか。俺はなんて馬鹿な男だろう、と。

「いいえ、されるがままでした。何故、抵抗しなかったのかは、自分でもわかりません。泥だらけにされても抵抗しない私を見かねた、その教会の女騎士が、私に護身術を教えてくれました。その女騎士は、まるで私が相手の攻撃を読んでいるようだと感じたそうです。私は才能を見込まれて、ティレット国の僧院に入って剣術や武術の修行を受けることになりました。教会に引き取られて、一年ほど経った頃でした。修行は厳しいものでしたが、私は、それ以外の生き方を知らなかったため、耐えることができました」

幼い頃から苦労しているセシリアを、ウィルはかわいそうに思った。

「修行の後に、イシャーウッド国に戻り、マクタガートのアグネス教会の正式な女騎士になり、しばらくした頃のことです。ある日、私は神の前で祈るうちに、一人の女性と対峙しているのに気がつきました。赤いベスティータをまとった女帝にして予言者。私はその人に会うのだと。それが、神から与えられた使命だと、そう悟りました」

ウィルは驚いた。セシリアは昔から、そんな使命を帯びていたのか、と。

「ですが、私は人としても、騎士としても未熟で、予言者に会って成し遂げるべきことを成し遂げることができるとは思えませんでした。さらに修行を積んで、心身ともに強くなってから旅立つべきだと思いました」

「成し遂げるべきことっていうのが、予言者に会って、場合によっては殺すってことか。何のためにそんなことをする必要があるんだ？」

他国のことなんて、関係ない、ウィルはそう思っていた。

「彼女はノールタを支配し、スータを支配し、さらには……神の領域へと、手を出そうとしているのです」

セシリアは低い声で言った。ウィルには神の領域という意味がよくわからなかった。しかし、口をはさむことはしなかった。

「また、戦が始まれば、どれだけの血が流れるでしょうか。四百年前以上の悲劇が起こることになります。それを止めるのが、私の使命です」

セシリアは真っ直ぐウィルを見つめた。それは、止めても無駄だという意志の表れだった。

「それで、いろいろなことがわかるようになったのも、その日からか？」

ウィルはこれ以上物騒な話をしたくないので、話題を少しずらそうとした。

「そうです。その日から徐々に、いろいろなことがわかるようになってきました。天候のこと、起こりうる災害のこと、誰が何をするかということ……。そして、予言者に会うために、私自身が取る行動についても」

そこまで言うと、セシリアは武器を取った。驚くウィルに向かって、小声で、誰か来る、と短く伝えると、ほら穴の細い焚き火を吹き消した。

少しの間は残り火がくすぶる音しか聞こえなかった。そのうち、川の小石をじゃりじゃりと踏みしめる音が聞こえた。重い音だった。やがて、ほら穴の入り口に、鎧をまとった騎士が数人立っているのが見えた。

「ウィル、そこにいるのだろう。大人しく出てくれば危害は加えない」

その声はユルヨのものだった。

ウィルは身構えた。セシリアは布をまとって隠れていた。彼らが入ってくれば、布から飛び出して攻撃を加えるつもりらしい。

「……もう一人いるな。スータの間者たち、隠れていても無駄だ」

　ユルヨのその声に、セシリアが布を払い落とした。

「ウィル、申し訳ありません。彼は強い。他にも騎士がいる以上、勝ち目はありません。おとなしく連行されましょう」

　ウィルはよろよろ立ち上がると、ほら穴を出た。そこには鋭い目つきをしたユルヨが立っていた。

「何故、城塞から抜け出した？」

　ユルヨの口調は厳しかった。

「お前らに用がないから、おさらばしただけだ」

　ウィルは恐ろしさと痛みをこらえて減らず口を叩いた。周囲の騎士が気色ばんだ。その様子を察知したセシリアが、ユルヨの前に躍り出た。

「女……？」

　騎士たちは顔を見合わせていた。ノールタでも武装した女性はやはり珍しいようだった。

「彼はけがをしています。彼の身の安全を約束して頂けるなら、大人しくついていきます」

　ユルヨはセシリアをじっと見つめていた。セシリアが美人なので見とれているのだろうと思うと、ウィルはますます苦い思いがしてきた。

ったた。

「約束しよう」

ユルヨの一言を聞くと、セシリアは両手を差し出した。セシリアはひもで引かれ、ウィルは少し離れた所に待機していた馬の上に縛られて乗せられ、城塞まで戻ることになった。

「女性をひもで引いて歩くのは忍びないが、相当な手練れのようだからな」

ユルヨは少し気まずそうに、他の騎士に話していた。


ウィルは城塞に戻され、今度は暖炉はもちろん、窓もない部屋に入れられた。セシリアはどうなったのかわからなかった。武装しているセシリアのほうが警戒されているのだろう。

ウィルは再び、片腕の色男、カイの尋問を受けることになった。カイは、左手に鞭を持っていた。

「物騒なもの持っているじゃないか」

ウィルは口先だけなら負けまいと、勇気を振り絞って口火を開いた。

「これか？　安心しろ、乗馬用だ。人間用よりは、痛くないんじゃないか？」

カイは、鞭をもてあそびながら言った。

「さあ、お前は何のためにあの地下通路に入った？　ノールタに何の用があった？　話してみろ」

「俺にいくら聞いたって前しゃべった以上の話は出ないぜ。病弱な母親のために高価なものの噂を聞きつけては旅をしているだけだ。それに、スータから来たって……」

カイは話を遮るために、わざと大げさに笑った。ウィルは馬鹿にされた気持ちになった。

「見えすいた嘘をつくな。お前は、凄腕の女用心棒を雇っているようだな。ユルヨから聞いた。そんな用心棒を雇って何をしようとしていたのか、吐いてもらおうか」

カイはそう言うと、乗馬用の鞭を質素な机に叩きつけてみせた。その音に、ウィルは思わず身構えた。

「……と、まあ、普通は考えるだろう。だが、俺たちは、ノールタに来る目的があったのはあの女性で、お前はのこのこついてきただけだと考えている。相当な美人だからな。惚れているんだろう」

セシリアへの自分の想いは見ず知らずの男が見てもわかることだと思うと、ウィルは気恥ずかしかったが、何とか冷静を保とうとした。

「下衆な勘ぐりをするなよ。あの女は俺の用心棒で、俺はお宝を探しているだけだ」

ウィルはわざとらしく呆れたしぐさをしてみせた。

「下衆の勘ぐり、か。まぁ当たっているな。俺はこんな性格を活かして、他人に取り入ったり、逆に怒らせたりして、秘密や情報を得るのが役割だからさ。剣の道一筋、真面目一辺倒の領主の補佐官には、俺みたいな汚れ役が必要なのさ。もっとも、俺は片腕しかないが、剣の腕は立つほうだ。試してみるか？」

　このからかうような、腹の底が見えないような言葉で、どんな戦果をあげてきたのか、ウィルには見当がつかなかった。

「やめてくれよ。俺はただの旅人だぞ。剣なんか持ったこともない」

　ウィルは両手をあげてみせた。

「さて、お前も駆け引きに疲れた頃だろう。俺も好きでお前とおしゃべりしているわけじゃない。今日のところはこれまでだ。けがしているんだから、ゆっくり休め」

　カイが出ていくと、ウィルは寝台にぐったりと倒れこんだ。


　翌日やってきたのは、カイではなくて、ユルヨだった。彼は真面目一辺倒という言葉にふさわしい顔をして、ウィルに問いかけた。

「あの女性の名前は本当にセシリアというのか？」

　突飛な質問にウィルは面食らった。

「何を言っているんだ、お前？」

　ウィルはユルヨが自分をからかっていると思い、少し腹が立った。

「私には妹がいると話したのを覚えているだろうか」

　話があらぬ方向に飛ぶのでウィルはまた面食らった。

「ああ、覚えているよ。それがどうした」

セシリアを尋問したであろうユルヨから、セシリアの様子を聞きだしたいのに、話がどんどんそれていくのでウィルは苛々してきた。

「妹とは生き別れになっている。妹の名前は、ラケル。聞いた覚えはあるか？」

「なんだ、その名前。聞きなれない響きだな」

ウィルは率直な感想を口にした。そして、ふと、セシリアは自らの本当の名前を知らないことを思い出した。

「まさか……」

ウィルは、目の前の男をよく見てみた。茶色い髪に、緑がかったような茶色い目、いかにも真面目な表情、整った顔立ち。セシリアに、そっくりだった。ウィルの顔が奇妙に歪むのを見て、ユルヨは小さくうなずいた。

「そのまさか、だ。あの女性は、私の妹、ラケルだ。私にはわかる」

ウィルはつばを飲み込んで、声を低くして言った。

「証拠はあるのかよ」

「そんなものはない。強いてあげれば、ウィル、君自身の反応がその証拠だ」

そこまで言い切られるとウィルは何も言えなくなった。

「お前はあいつをどうするつもりだ。間者としてこのまま捕らえておくのか。それとも自分が兄だと打ち明けるつもりか。わかっていると思うが、あいつはお前のことを覚えていないぞ」

「先に言っておくべきだった。君たちへの疑いは晴れた。……いや、仮に本当に間者だとしても、君たちはスータには戻れなくなった。だから、捕らえておく必要はない。だが、しばらくの間、ここにとどまってもらうつもりだ」

ユルヨの声が少し曇った。

「なぜ、俺たちはスータに戻れなくなったんだ？」

ウィルは慌てて問い詰めた。

「昨日、通路の偵察に人を行かせたところ、出口が外側からふさがっているという報告があった。塗り固められて、幾日か経っているそうだ」

フロリオの町の人間がノールタを恐れて入り口を塞いだのだろう。もう、自分は故郷の土を踏むことはない。ウィルは頭を殴られたような衝撃を受けた。

「あとで新しい部屋を用意する。ここでは客人をもてなすのにふさわしくない」

そう言って部屋を出る準備をし始めたユルヨに、ウィルは問いかけた。

「さっきの続きだ。お前は、あいつに自分が兄だと打ち明けるつもりか？」

「まだ、その時ではない」

意外な返答にウィルは驚いた。

「その時ではないって、どういう意味だ」

「おかしな話だが、数日前に大人になった妹が出てくる夢を見た。妹はこう言った。『私が思い出すまで、待っていて』と。今のラケル、いや、まだセシリアと呼んでおこう。

彼女は私にも誰にも口をきかない。これから君ともども客人としてもてなす、と話せば、徐々に心を開いてくれるだろう」

ユルヨは去り際に付け加えた。

「セシリアと私の関係について、彼女自身にも、誰にも言ってはならない。それを破ったら、君の身の安全は保障できない」

ユルヨは厳しい口調で言った。

「だったらこっちからも提案だ。何があってもセシリアの身の安全を保障するなら、その約束を守る」

ウィルは精一杯すごんでみせた。

「無論、そのつもりだ」

ユルヨはそう言うと去って行った。

ウィルはまた倒れこんだ。驚きと、寂しさと、疲れがどっと出て、天井を仰ぐ目がにじんできた。

「もう、帰れないのか……」

しばらくの間、ウィルの頭にいろいろな思いが去来した。最後に家に寄って、よかった。ここで暮らすのも悪くないかも。セシリアも、実の兄貴に説得されれば、女帝暗殺なんて諦めるだろう。

しかし、ウィルはセシリアが兄たちを説得して革命でも起こしそうな予感がして、気が遠くなってきた。

次の日、ウィルは暖炉と窓付きの部屋に移された。清潔な服も用意されていた。さらに部屋には侍女が一人ついた。朝食をとってしばらく経つと、別の侍女がセシリアを連れてきた。セシリアはほっとした様子を見せた。ウィルは、彼女の美しい顔に傷一つないのを確かめて、セシリア以上にほっとした。

「あの、領主ユルヨとどんな話をしたんだ。いろいろ聞かれて、困らなかったか」

ウィルは単刀直入に聞いてみることにした。

「どうしてノールタに来たのか聞かれましたが、答えませんでした。そのあと、なぜ、女の身でありながら剣士になったのかと聞かれたので、すべては神の御心にしたがったことです、と答えました。この国には明確な宗教が存在していないようでして、わからない、という顔をされました。なので、宗教と信仰について私が話せる範囲で説明しました」

それは、とても、生き別れの兄に対する態度とは思えないな、とウィルは思った。

「そのあとは、同じ剣士として武術に関する話をして、よろしければ、手合わせをしたいと申し出ました。ユルヨ様は応じてくださいました」

セシリアはさらりと言ってのけたが、ウィルにとってはとんでもない話だった。ウィルは思わず、食卓をばん、と叩いた。

「危険だ！　あいつは強いって言ったのはセシリアだろ！　何でそんな無茶な話をしたんだ」

ウィルは、この試合を取りやめてほしいと強く望んだ。セシリア自身が、彼のことを強いと言ったのだ。セシリアが誰かのことを強いと言ったのは、たぶん初めてだったろう。セシリアが目の前で本気で戦って、怪我でもしたらと思うと、気が気でなかった。それに、妹相手に剣術試合をすると決めたユルヨにも、ウィルは腹が立った。

「あいつに文句を言ってやる。女相手に試合なんかするなって！」

ウィルは荒々しく部屋を飛び出そうとしたが、セシリアはウィルを止めた。

「あの方は用事があって、数日留守にするそうですよ。今朝、出立されたとか」

ウィルは出鼻をくじかれて、すごすごとセシリアが座る食卓へ戻った。

「どこに行ったっていうんだ？」

「そこまではわかりません。お城の方に言付けてくださっただけで、本人から直接聞いていませんから」

セシリアはウィルが落ち着くのを確かめてから話を続けた。

「あの方の、私を見る目が、どうも、優しくて、そして、とても、悲しげで……。私は、何故、初めてお会いしたばかりのあの方が、私をあのような目で見るのか知りたいのです」

それは、あいつがお前の兄貴だからだ、と、ウィルはすぐにでも伝えたかった。そうして、剣の試合などやめさせたかった。しかし、ウィルはユルヨとの約束を何とか守った。

「剣を合わせれば、相手の人柄が見えてきます。あの方の思いを見極めたいのです」

どうやら剣士の間にしかわかり合えない何かがあるようだ、とウィルは思った。ユルヨもその何かがわかるから、妹と剣術試合をするなんて無茶なことを承諾したのだろう。

「それに……試合を申し込めば、私の剣と鎖帷子が返ってくるはずです。それがないことには、私の目的は果たせません」

セシリアは声を低めて言った。外に誰かいないか、警戒しているようだった。ウィルは、セシリアの強かさに頭をはたかれた気持ちになった。

「それより、ウィル。私は真っ先にあなたに謝るべきでした。申し訳ありません。私のせいで、あなたまで故郷に帰れなくなってしまった……」

「いいんだ」

ウィルは口をはさんだ。

「故郷には家族は住んでいなかった。どこにいるのかもわからない。マクタガートの町の生活も、飽きてきた頃だったし、ここで暮らすのも悪くない。セシリアがそばにいるなら……」

「ウィル、私は」

今度はセシリアが話をさえぎった。

「あなたが私を見る時の、あの方とは違う、優しいような、悲しげなような瞳を見ると、申し訳ない気持ちになります。私はあなたの気持ちにこたえることはできません。私はあくまでも聖職者なのです。男女の契りを交わすことはできません」

そんなことはわかっていた。ウィルは、信仰と関係なく、セシリア自身がウィルのことをどう思っているのか知りたかった。

「セシリア。俺は、お前と一緒に……戦いたくて、ここまで追いかけて来たんだ。そんな、浮ついた思いじゃねえ」

ウィルの口から出た言葉は、ウィルの本心とは全く異なっていた。セシリアに掴みかかってでも、俺のことを見てくれ、と伝えたかったのに。ウィルは意気地なしの自分が嫌になった。

「ウィル、あなたがそう考えて、ここに来た以上、あなたも神がお定めになった運命から、逃れることはできないでしょう。ですが、あなたは私とは違う。あなたは、何を成すか、それとも成さないのか、自分で決めることができるのです」

セシリアは先ほどより熱い眼差しでウィルを見て、先ほどよりも低いが強い口調で言った。セシリアが、心のどこかで、自分と共に戦ってくれる同志を求めていたことに、ウィルはその時初めて気がついた。そして、セシリアのそばにいるためには、そうするより他ないことを、受け入れざるを得なかった。

セシリアは、稽古場を借りたいから、城の人に頼んできます、と言って、部屋を出て行った。

六．意志

その日からウィルは、稽古場の近くの中庭でセシリアを見つめながら一日を過ごすことになった。

ある日、ウィルがいつものように中庭に行くと、一人の少年がいた。黙々と草むしりをしていて、ウィルに気がついていなかった。ウィルはこっそり草むしりを手伝うことにした。少年のそばに置いてある籠に、むしった草をそっと入れた。

しばらくすると、ウィルは中腰の体勢に疲れたので、草むしりを中断し、壁に白い石で三重の円を描いて、石を投げつけて遊びだした。草むしりの少年は、ウィルの的当ての正確さに感心したのか、目を輝かせて近づいてきた。二人はその時はじめてまともに顔を合わせた。

ウィルは、少年に見覚えがあった。ウィルがこの城塞から脱走を試みた時、屋根の上にいるウィルを目敏く見つけた、煙突掃除の少年だったのだ。

「お前は煙突掃除の子だろう？　親方のところから逃げ出してきたのか？」

煙突掃除の仕事は辛いもんな、わかるぜ、とウィルは話を続けようとしたが、少年は否定した。

「違うよ。働きぶりがよかったからって、このお城の人から雇われたんだ」

少年の言うことに、ウィルは吹き出しそうになった。

「よく言うよ。屋根の上で、震えていただけじゃないか」

ウィルがからかうので、少年はむくれた顔をして言った。

「違うよ！　屋根の上の怪しい男を見つけて、お城の人に教えた、その功績のためだよ！」

少年は功績などと難しい言葉を使った。ウィルは笑いかけたが、はっとなって、少年を見た。少年も、まずいことを言った、という顔になった。

「つまり、俺の脱走をばらしたのは、お前ってことか！」

ウィルは少年を小突いた。少年はきゃあきゃあ言って逃げ出そうとした。

「なんだ、楽しそうだな」

聞きなれた声がしたのでウィルは振り返った。そこにはカイがいた。少年はびしっと姿勢を正した。

「おう、よく働いているじゃないか」

カイは少年に対して嫌味のない笑顔を見せた。

「お前、今いくつだ？」

少年は目を輝かせて言った。

「もうすぐ十一歳になります。もう、一人前に働ける歳です。何でもします。煙突掃除だって！」

「そうか、もうすぐ十一歳か。でも、煙突掃除の仕事はやらなくていいさ」

カイはいたわるように言った。

「でも、子供のほうが、煙突掃除に向いてますよ」

少年は得意げに言ってみせた。

「どっかの誰かさんみたいな、細っこい野郎にやらせるさ。お前みたいな子供がそんな辛い仕事をしなくていい」

カイは笑いながら言ったが、少年は戸惑っていた。

「それじゃ、たくさんお金がもらえる仕事がなくなってしまいます。どうやって家族を養えばいいでしょうか？　父さんは戦で死んだし、母さんは病気だし、学校に行ってる弟や妹もいるのに……」

少年はまだ十歳で、これだけの重荷を背負っているのだ。ウィルの国にもそういう子供は少なからずいたが、目の前で見ると辛いものがあった。

「そうだ！　僕も騎士様になりたい。ねえ、僕もあそこで稽古していいですか？」

少年は無邪気にカイに頼んだ。カイは首を振った。

「お前は、この城塞で、周りの大人に言われた仕事をするんだ。それがお前の役割だ。騎士になるのは、まだまだ先だ」

カイにそう言われて、少年はしょんぼりしながら草むしりを再開した。

「飢えて死ぬ子供は減っても、また別のことで苦しむ子供が増える。戦とはそういうものだが……」

カイはため息をついた。

子供ですら、騎士になりたいと願う国。単なる子供らしい憧れではなく、暮らしていくための、切実な願い。ウィルは少年の姿に心を痛めるとともに、自分が恥ずかしくなってきた。そして、何やら怒りが込み上げてきた。民を豊かにする、と言いつつ、新たに苦しむ子供を生む戦……。

ウィルは、足元にあった石を壁に向かって投げつけた。何度も何度も投げつけた。ほとんどの石は、真ん中に命中した。

「お前、何やっているんだ」

カイはいつものからかっているような、呆れているような口調で言った。

「おい、頼む。俺も剣の稽古がしたい」

ウィルはカイに頭を下げた。

「何のために？」

カイは尋ねた。

「わからない。でも、ここでじっとしているくらいなら、剣の稽古がしたい」

ウィルはさっきより深くカイに頭を下げた。

「剣の稽古、か。いいや、お前には剣より向いているものがありそうだ」

カイはそう言うと、懐から短剣をもっと小さくしたような武器を取り出した。

「投擲用の短刀か」

ウィルは短刀をまじまじと見つめた。賭け事に使っていたものより鋭かった。

「お前には、こっちのほうが向いているよ。城壁の隅っこに人形を置いて練習しとけ。でも、この紫色の柄の短刀は使うなよ」

カイが取り出した短刀には、一本だけ、刃の部分が鞘に入っている、紫色の柄の短刀があった。

「いざという時に使う、とっておきの武器さ」

そう言うとカイは、稽古場に入っていった。

その日から、ウィルは短刀を投げる練習を始めた。しかし、その練習中もウィルはセシリアのことばかり考えていた。

セシリアは強い。心も、体も。だけど、ウィルは、彼女のことが心配だった。彼女のことを放っておけなかった。たとえ、結ばれなくても、ウィルは彼女を愛していた。

「俺って、こんなに純情な奴だったのか……」

そう言って投げた短刀は、人形を擦りもせずに地面に突き刺さった。

その日の夕方、ユルヨが帰ってきた。ユルヨは早速、明日の午後、セシリアとの試合をすると宣言した。

城塞内の人々は、普段は口数も少なく、真面目に働いていた。主がいなくても、怠ける者はいなかった。しかし、その日は明日の試合の話題で持ちきりで、いつになくにぎやかだった。

ウィルはセシリアに会いに行こうと思ったが、セシリアに充分な休息をとってもらうため、明日の朝会おうと考え直した。それに、ウィルも、ここ数日は短刀投げの稽古で疲れていたのだ。

試合の朝が来た。ウィルはセシリアの部屋の給仕をしている侍女に頼み込んで、セシリアの朝食を部屋に運ばせてもらった。

セシリアの部屋の扉を叩くと、セシリアの声が返ってきた。

「セシリア様、お食事の時間ですよ」

ウィルは高い声を作って戸を開けた。中にいるセシリアはそんなウィルを見ると、くすっと笑って言った。

「どうもありがとうございます」

そして少しの間祈りを捧げると、食事を食べた。一息ついたところで、ウィルは尋ねた。

「あいつに勝てそうか？」

「わかりません。でも、勝ち負けが問題ではありません。あの方の秘めた思いを感じ取るのが目的ですから。もちろん、最善を尽くして試合に臨むつもりです。そうでないと、失礼にあたりますから」

　セシリアの顔が、ここのところ見せなかった、険しい目つきになってきた。

「そうか。頑張れよ、応援しているから」

　ウィルは心配な気持ちを隠して励ました。

「ウィルも最近、熱心に頑張っていますね。投擲の才能があると思いますよ」

　セシリアが自分を見ていてくれたことが、ウィルには嬉しかった。

「ああ、あれか？　酒場でよくやったんだ。他の賭け事はさっぱりだったけど、あれだけは儲かっていたなあ」

　ウィルは照れ隠しにおどけながら言った。セシリアはまた笑った。

「ウィル、ありがとうございます。おかげで緊張がほどけました。何しろ剣術の試合は久しぶりですから、昨日はよく眠れなくて……」

「そうか、よかったな。じゃあ、無理するんじゃないぞ。……食器の片づけは、侍女に頼んであるからな。ゆっくり食べろよ」

　ウィルは部屋を出ていった。当のセシリア以上に緊張しているウィルは、実はその日の朝食にほとんど手をつけていなかった。

　剣術試合の時間になった。ウィルは闘技場の最前列の席に通された。右隣にはカイが座っていた。左隣には真面目そうな初老の男が座っていた。

ぴりっとした空気が立ち込めていた。闘技場の右の扉からセシリアが出てくると、口々に「女性じゃないか」、「神聖な闘技場に女性が出入りするとは」、「馬鹿言え。ここは女帝の国だぞ。男も女もあるか」、「それにしても美人だなあ」とか、いろいろな声が上がった。

セシリアはきりっとした姿で立っていた。鎖帷子や剣は返してもらえたらしく、ウィルの見慣れた姿だった。

次に、左の扉から、ユルヨが出てきた。闘技場の席から歓喜の声があふれた。セシリアに合わせたのか、騎士の正式な鎧ではなく、鎖帷子だった。

太鼓の音がした。二人の剣士は一斉に剣を構えた。次の太鼓の音がすると、二人は相手に向かって飛びかかっていった。

二つの剣がぶつかり合う音がした。セシリアの細身の剣に比べると、ユルヨの剣はずいぶん大きく見えた。

ユルヨが繰り出す攻撃を、セシリアは次々にかわしていった。しかし、セシリアの攻撃も決まらなかった。

セシリアの表情は少しも崩れなかった。周りじゅうの、相手への声援を全く気にしていないようだった。

美しく戦うセシリアを、ウィルは一人で応援し続けた。ウィルの言葉が届いたのか、セシリアの一撃が決まった。脇腹の、帷子の隙間をかすったらしく、ユルヨの体から少し血が垂れてきた。

「私は手加減いたしませんよ」

セシリアは戦う女の口調で言った。その口調は普段のセシリアにはない色気を感じさせ、ウィルの胸は高鳴った。あれほど、セシリアが戦って傷つくのは嫌だと思っておきながら、戦うセシリアの艶かしさに、ウィルは焦がれていたのだ。

「おわかりですか。では、遠慮なく……！」

ユルヨはそう言うと剣を振るった。今度はセシリアの肩をかすめ、彼女の体から血がしたたり落ちた。

「セシリア！」

ウィルは思わず叫んだ。

それからしばらくの間、二人の斬り合いは続いた。しかし、どちらも決定打にはならなかった。二人とも、体のあちこちから血を流していた。

「セシリアは攻撃をよけるのが得意なようだ。剣さばきも素晴らしい。でも、そろそろ疲れてきているのでは？　長時間の戦いには慣れていないようだな」

カイの指摘は当たっていた。セシリアは山賊や盗賊との短時間の戦いばかりで、正式に剣を習った騎士と腰を据えて戦ったことはあまりなかったと、前にセシリア本人がウィルに話してくれたのだ。

セシリアの息があがっているのがウィルにもわかった。もうこんな試合はやめてほしいと思った。

ユルヨは容赦なくセシリアを攻めた。セシリアは攻撃をよける体力がなくなってきたのか、攻撃のたびに皮膚のあちこちが切れていった。しかしその目は、ユルヨの動きを捉えようと輝いていた。それにはユルヨも気がついているはずだった。

「もう、終わりにしましょう！」

ユルヨは大声を出して剣を振り上げた。その大ぶりな動きを捉えたセシリアは、かがみこむと彼のみぞおちめがけて剣を突き刺そうとした。セシリアの細い剣で鎖帷子を貫くことはできないが、みぞおちに衝撃を与えることはできる。

「決まった！」

ウィルは叫んだ。

しかし、セシリアは肩の痛みから、ユルヨのみぞおちめがけて突き刺した剣の威力を弱めてしまった。その結果、ユルヨの剣がセシリアの頭をかすめた。

「セシリア！」

ウィルは思わず座席から立ち上がった。二人とも、その身を低くかがめていた。

先にセシリアが鬼気迫る顔をして立ち上がった。その時、何かぱちんとはじけるような音がした。セシリアの髪からぽとぽとと、光る何かがこぼれ落ち、彼女の髪がふわりとほどけた。

ユルヨも立ち上がった。先ほどのセシリアの一撃は、彼にかなりの衝撃を与えたらしかった。それでもなお、彼は剣を持っていた。

セシリアはふわりとほどけた自分の髪を手で探り、足元を見た。彼女の足元には、鈍く光る小さな石と、青い石でできた教会の紋章が落ちていた。水しぶきをかたどった、美しい紋章だった。それを見ているセシリアの表情に、鬼気迫るものは消え失せていた。

「参りました。私の負けです」

セシリアはそう言うとユルヨに向かって一礼した。場内はざわめいた。ユルヨも解せないという顔をしていた。

「私ども教会の女騎士は、神への誓いとして、髪に教会の紋章をあしらった首飾りを結いこんでいます。女騎士の試合では、この飾りが取れた者は、負けとみなされるのです。あなた方の決闘の決まりとは違うと思いますが、どうかご理解ください。

それに、あなたはお優しい方です。女性相手では、どうしても全力を出しきれないのですね。あなたが全力を出していれば、私はとうに敗れていたでしょう。ありがとうございました」

セシリアが再び一礼すると、太鼓が二度鳴った。それは、ユルヨの勝利を告げる合図だった。場内は歓喜の声であふれた。

試合が終わったあと、医務室から医術師が飛ぶように現れて、構わない、というように首を振る領主ユルヨを、何とか説得して医務室に連れていった。どうやら、ウィルの左隣の真面目そうな初老の男が手配したようだ。セシリアは痛みをこらえながら、こぼれ落ちた石を拾っていた。それがすべて済んだ後、ウィルがセシリアを医務室に連れていった。その時にはもう、ユルヨは医務室にいなかった。

　男のウィルは、医術の手伝いをしている女性に追い出されてしまった。その時ちらりとセシリアの手の平で鈍く光る石が見えたが、それはユルヨに取りあげられた短刀の素材と同じ石、つまり、ノールタで言うところの『蛇の瞳』だった。兄妹の再会の目印となる石。セシリアはユルヨの妹に間違いないとウィルは思った。

　だが、ウィルは、さっきまで目の前にいた、戦いに敗れ、傷だらけのセシリアが心配だった。人前で決してほどかなかった髪には、彼女の信仰の象徴が隠されていた。ウィルには、それがばらばらになったことが、何かよくないことを暗示しているように思えたのだ。


　翌日、ウィルはセシリアの部屋を訪ねた。朝食の時間が終わってしばらく経った頃だった。セシリアは部屋で過ごしていた。彼女は町娘のような服を着て、髪は、長く下ろしたままだった。

「怪我の具合はどうだ？」

　セシリアの長い髪を気にしつつ、ウィルは声をかけた。セシリアはあまり元気がない様子だった。

「どうしたんだ？」

ウィルはセシリアの顔を覗き込んだ。その目が何となく緑がかって見えた。

「試合が終わってから、城内の皆様がよそよそしくなってしまって。私のお世話をしてくれた女性の方は、怖いものを見ているような目で私を見ました」

セシリアの声は寂しそうだった。髪を結いあげ、きりっとしたいつものセシリアと少し違うような気がした。ウィルは心配だったが、肝心な時に気の利いた言葉の一つもかけられない自分がもどかしかった。

「でも、いいのです。こういうことには、もう、慣れてしまいました」

セシリアは微笑んでみせたが、どこか悲しそうな表情だった。

「嘘だろう。お前は慣れてなんかいないんだ」

セシリアの作ったような笑い方がもどかしくて、ウィルはつい、責めるような声を出してしまった。

「……寂しくないと言えば、嘘になります。でも、この寂しさを抱えて、慣れてしまわなければ、女騎士として生きていくことはできません。私は未熟者ですね」

セシリアはどこか遠くのほうを見つめながら、ぽつりぽつりと話し出した。

「女騎士が……私が背負う宿命は、他人から恐れられ、避けられ、孤独を感じても、他人を守り続けるというものです。それが、教会に命を救われた私のせめてもの恩返しであり、神の御心に従う生き方だと思ってきました。ですが、私は、剣を振るうたびに、他人が去っていってしまうのが、寂しかったのです」

セシリアはやっとウィルのほうを見た。

「私と一緒にいたい、などと言ったのは、ウィル、あなたくらいですよ」

セシリアは笑った。

「すまない。俺も一度お前が怖くて置いて逃げた。でも、俺はもうお前が怖いなんて思わない」

ウィルが笑うと、セシリアはありがとうございます、と言って、微笑んだ。その笑顔はやはり天使のように清らかだと、ウィルはしみじみと感じていた。

「そうだ、あいつと手合わせして、何か感じることはあったか？」

ウィルは昨日の試合の目的をやっと思い出し、セシリアに尋ねた。

「そうですね。あの方は、本当に生真面目で、優しいということを感じました。私に、誰かの面影を感じているようにも思えます。昼食が終わったら、ユルヨ様に会ってけがの様子をうかがおうと思うのですが、ウィルもついてきてくれますか？」

セシリアの頼みをウィルは快諾した。そして二人は一度それぞれの部屋に戻り、昼食をとった。

「領主様は今日は部屋にいるか？」

ウィルは、部屋付きの侍女に尋ねた。

「ユルヨ様の部屋の煙突が詰まってしまい、部屋が煤だらけになったので、別宅へ……領主の館へ移られたそうです」

侍女は、少し気まずそうに答えた。領主の館の場所を尋ねると、侍女は、この城塞を出てすぐの森の中にあると教えてくれた。ウィルが西に向かった森とつながる森だそうだ。

ウィルは食事を終えると、セシリアの部屋に行った。しかし、一足早く、セシリアは部屋を出たようで、誰もいなかった。おそらく、ユルヨの不在を知らずに部屋に向かったのだろう。ウィルはユルヨの部屋に行くことにした。

ウィルがユルヨの部屋に着くと、開け放たれた扉の向こうにセシリアが突っ立っているのが見えた。部屋の前にいるユルヨの侍女は、ウィルに、何とかしてくれと無言で訴えた。

「おい、セシリア。人の部屋に勝手に入るなんて、お前らしくないぞ」

ウィルがからかうように声をかけても、セシリアは振り返らなかった。セシリアは、ユルヨの机上に置いてある、ウィルから取り上げた石の短刀、つまり、蛇の瞳をじっと見つめているようだった。その様子は、ただならぬものを感じさせた。

「セシリア、どうしたんだ、セシリア！」

ウィルは思わずセシリアの肩をゆすった。振り返ったセシリアの顔は、今までに見たことのない、いたいけな少女のような表情をしていた。

「セシリアって誰？　私はラケルよ。お兄ちゃんを捜しているの。ずっと、ずっと……」

ラケルというのはユルヨの妹の名前だった。セシリアがユルヨの妹なのは、間違いないのだろう。

「お前……よかったな、記憶を取り戻したのか。お前の兄さんは、この建物を出て、すぐの森の中のお屋敷にいるよ」

ウィルが教えると、セシリアはゆっくりと歩いていった。一緒に行こう、と声をかけたが、セシリアは首を横に振った。

「兄妹の再会の邪魔をしてはいけないよな」

ウィルはセシリアの後ろ姿を見守った。

「それにしても、えらい変わりようだな。田舎娘そのままだ。……でも、あの美人を田舎に置いておくのは、惜しいな」

ウィルはのんきにセシリアの品定めをした。しかし、今のセシリアのあまりの不安定さが心配になってきた。まるで子供に戻ったようだ。

「迷子になっても困るから、こっそりついていくか」

ウィルは一旦自分の部屋に戻って荷物を取り、城塞の外門まで向かった。セシリアがここを通ったかどうか、ウィルは門兵に尋ねた。

「確かに通った。だが、少し様子がおかしかった」

門兵は不審そうに答えた。ウィルは森に散歩に行くと言って、城塞の外に出してもらった。

その森は案外暗く、人が踏み固めた道を外れると迷いそうだった。

「こんなところにお屋敷を建てるなよ……」

ウィルはぶつぶつ言いながら歩いた。

このまま道を真っ直ぐ行って、兄妹の感動の再会の邪魔をする気はないが、それでも二人が何を話すのか知りたいとウィルは思った。辺りを見渡すと、細い獣道が見えた。ウィルはその獣道を歩くことにした。この森は深そうだが、いてもせいぜい鹿くらいだろうと思った。鹿なら、万が一襲ってきても短刀を刺せばひるむだろう。それに、懐剣も持っている。ウィルは、ふと、とっておきの武器と呼ばれた紫の柄の短刀を思い出した。

獣道は、不思議なことに、人が歩く道と平行に並んでいた。獣道を歩くうちに、ウィルは、一軒の建物を見つけた。民家としては大きいが、館としては小さかった。あくまでも、静養のための別荘のようだ。

ウィルは、その建物が見えるくらいの距離にとどまった。建物の扉のところに、セシリアがいた。セシリアは必死で扉を叩いていた。

「お兄ちゃん、そこにいるの！　わたしよ、ラケルよ！　約束どおり、会いに来たよ！　扉を開けて！」

町娘の服装をして、長くおろした髪でそこに立っているセシリアは、やはり、ウィルのよく知っているセシリアではなかった。

「災害に巻き込まれずに育ったら、あんな感じの大人になっていたのか……」

ウィルはつぶやいた。このセシリアなら、自分を愛してくれるかもしれない。一介の娘に過ぎないのだから。

そう考えた時、ウィルは前方の茂みがこすれる音を聞いた。茂みから鹿の頭が見えた。幸い、鹿は前方を見ていて、ウィルに気づく様子はなかった。

ウィルは鹿から目線をそらして辺りを見渡すと、建物の後ろ側にいたユルヨに気がついた。彼はゆったりした服を着て、庭の花壇の手入れをしていた。庭は詰草で覆われていて、花壇の花は地味で小さな花ばかりだった。扉を叩く音にやっと気づいたユルヨは、扉の前で取り乱しているセシリアを見て、手に持っていた水差しを地面に落とした。

「ラケル……。思い出したのか？」

「お兄ちゃん、わたし、ラケルよ！　立派な騎士様になったのね……。他の兄さんたちは、やっぱり……」

セシリアは声を落とした。

「そうだ。アトロ兄さんも、クルト兄さんも死んだ。母さんも死んだ。村の人は一人残らず死んでしまった……」

ユルヨは辛そうに言った。

「わたしは大雨が降るのがわかっていた！　みんなを助けたかった！　だけど、だけど、わたしは誰も助けられなかった……お兄さん、お母さん……」

セシリアは子供のように泣きじゃくった。

見ていられない、とウィルが思ったその時、目の前の茂みにいる鹿が立ちあがった。鹿の体からは二本足が出ていた。あれは鹿ではない。鹿の毛皮をかぶった人間だ。

ウィルは懐から短刀を取り出した。無意識に取り出したのは、紫色の柄の短刀だった。ウィルは、鹿の毛皮をかぶった人間が何かを取り出そうとするのを見て、夢中で短刀を投げた。

どさっという音がして、目の前の人間が倒れた。その音に、ユルヨとセシリアも気づいたようだ。

「ウィル!」

セシリアの表情も、声も、さっきまでとは打って変わり、険しい顔になっていた。その声に気がついたウィルは、目の前の人間の様子を見た。泡をふいて倒れているのは、まだ幼い少年のようだった。鹿の毛皮から血がにじんでいた。

少年はいつまでも動かなかった。ウィルは、自分が少年を殺したとわかった。その少年の顔には見覚えがあった。ケスキタロ城塞の庭園で、一緒に草むしりをした、あの十歳の少年だった。

「うわあああああ!」

ウィルは絶叫した。

城塞からカイや他の兵士たちがやってきて、鹿の毛皮をかぶった少年のことを調べた。少年は矢のようなものを握りしめたまま死んでいた。

「毒矢だ。危なかったな」

カイはユルヨとセシリアに言った。その口調は、どこか責めるようでもあった。

「すまない。騎士たるもの、いつでも用心するべきだった。……ウィル、ありがとう。君のおかげで助かった」

ユルヨに礼を言われても、ウィルは顔をあげる気にはなれなかった。

「おい、ウィル。どっちが狙われていたか、わかるか？」

カイはウィルに詰め寄った。

「カイ、今はそっとしてやってほしい。彼は……」

ユルヨがカイを止めようとしたが、カイは聞かなかった。

「おい、どっちだ？」

「セシリア……だと思う」

ウィルは顔をあげずに呟いた。その言葉にセシリアは唇をかんだ。

「そうか」

カイは周囲の兵士に、少年が身に着けているものを徹底的に調べさせた。それが済むと、少年の遺体を燃やすように命じた。

「さて、二人のけが人と、今日の英雄。さっさと帰るぞ」

カイはいつものからかうような口調に戻った。

セシリアは終始無言だった。ユルヨは転がったままの水差しを拾った。

「花の手入れなんぞ、庭師に任せればいいだろう。それにしても、貧相な花ばかり」

カイはますますからかうような口調で言った。

「……そうだな。庭の花を気にかけたせいで、とんでもない事態を起こしてしまった」

ユルヨは激しく悔いていた。

「いや、いいんだ。これで、あのお方が暗殺を企てていることがはっきりわかった」

カイはこともなげに言ってみせた。

周りが話をしている間も、ウィルは頭を抱えて震えていた。ついに涙を流したウィルを見て、セシリアは悲壮な面持ちをしていた。


その日は、どこをどうやって帰ったのか全く覚えていなかった。ウィルは呆然として、部屋の明かりもつけずに、長椅子にただ腰かけていた。床には、放り投げた短刀が何本か転がっていた。

扉が開いて、カイが入ってきた。カイは大きなろうそくを持っていた。ずいぶん遅い時間だというのに、扉を叩きもせずに勝手に入ってきた。しかし、ウィルは怒る気にもなれなかった。

「辛気臭い顔をしているな。お前は、英雄じゃないか。セシリアは俺たちの計画にとって、重要な人物なんだ。それを救ったお前には、報酬と、勲章と、望めばそれなりの地位を与えたっていい。どうだ？」

　カイの申し出のうち、普段のウィルにとっては報酬以外、魅力を感じなかった。そして、この時のウィルは、報酬にすら魅力を持たなかった。

「何も要らねえ。要らねえから、出てってくれ」

　ウィルは腹が立ってきて、段々声が上ずってきた。

「なんで、あんなものを俺に渡した？　あれは、毒を塗ってあったんだろう？　そんな物騒なもの……」

　カイは冷たい声で言った。

「やはり、お前は何もわかっていなかったんだな。お前、剣の稽古をしたいって言ってたが、剣を握ればどうなる？　人を傷つけ、殺すことになるんだぞ。しかも、その感触が、じかに伝わってくる。お前はそれに耐えられるかな」

　ウィルは想像したくもなくて、頭を振った。

「俺は、あの子供と同じ、十歳かそこらで、殺意を抱いて人を殺した。その時の感触が、今でも残っている。数えきれないほどの命を奪ってきた、今になっても。

　ユルヨは十七歳ではじめて人を殺した。あいつの場合は戦場だから俺とはまた違うけどな。その戦が終わった後、あいつはこう言った。

『誰かを守るために騎士になったはずだが、そのために、これから何人の命を奪うのだろう。自分と同じように、誰かを守りたいと思っている、命の、幾つもを……』

生きていくってことは、少なからず他人を犠牲にするものだ。だが、多くの命をじかに奪ってきた俺たちは、心のどこかで絶えず重荷を背負っていなければならない。そうしなければ、ただの悪党になってしまうからな」

ウィルは、自分の軽率さを恥じた。しかし、その軽率さをわかっていながら、毒の短刀を渡したカイが憎くもあった。

「俺は、ただ、セシリアのそばにいたかっただけなんだ……」

カイはしばし黙っていた。ろうそくの明かり一つが照らす薄暗い部屋には、重苦しいくらいの沈黙が漂っていた。

「なら、ここを出ていくんだな。今なら、セシリアを連れて逃げてもいい。川を渡って、スータへ帰れ」

カイの突然の言葉に、ウィルは戸惑った。

「ランダ川を渡れって？　正気か、お前」

カイは、正気だ、と、小声で呟いてから、話を続けた。

「リヴェーロがいるだろう。スータでは、陸の商人たちと堂々と取引しているって聞いたが、違うのか。俺が、リヴェーロに取り次いでやろうっていうのさ」

ウィルは、カイの顔を改めて見てみた。その髪や目の色は、ウィルの焦げ茶の目よりは明るく、セシリアやユルヨよりは濃い茶色だった。

「俺は、リヴェーロの生まれだ。ノールタではリヴェーロは迫害されているから、限られた者の前にしか現れない。さあ、どうする？　セシリアを連れて逃げるか？　あいつは今、弱っている。お前が連れだせばスータに戻るだろうよ。今の弱っているセシリアなら、俺たちの計画に必要ないからな」

ウィルはセシリアのことを思った。強くて美しい彼女は、常に孤独を抱えている。生きる意味を戦いと信仰に見出していたが、戦えば戦うほど孤独になり、祈ったところで孤独のままだ。心のどこかで、穏やかで温かい暮らしを求めているはずだ。セシリアを連れて、スータへ帰ろう。でも、イシャーウッド国には戻らない。教会の影響が少ない、ナルディエーロ国に行こう。そして、セシリアと結婚して、商売でもして暮らそう。きっと、幸せになれる……。

その時、ウィルの心の中に、幼い日の自分と、あの不思議な老人が現れた。

「俺は、絶対に、女を守ってやるんだ！」

幼いウィルがそう言うと、老人が答えた。

「お主に、本当にその覚悟があるなら、これをやろう」

老人が幼いウィルに差し出した石の短刀と、今のウィルの足元に転がっている短刀が重なった。幼いウィルが石の短刀を受け取ると同時に、ウィルは足元の紫の柄の短刀を拾いあげた。その柄を握り締めた時、ウィルは老人が言った『覚悟』の意味をはっきりと悟った。

ウィルは立ち上がって、顔をあげ、カイに向かって高らかに言った。

「セシリアは自分の運命から逃げたりしない。俺が何を言ったって、逃げたりするもんか！　あいつは、誇りを持って生きているんだ」

その言葉に、カイは目を丸くした。

「だから、俺も、逃げない。人殺しなんか、したくないけど、ここから逃げない。俺は、あいつを守るために、いざという時にはまた、この短刀を使う」

「そうか。そいつはもう、毒が落ちたから、また同じ物を用意してやるよ。夜分に押しかけて悪かったな。もう休め」

カイは去り際に笑いながらこう言った。

「お前は馬鹿だな。好きな女くらい、自分のものにしてしまえばいいのに」


朝が来てしばらくしても、ウィルは眠っていた。やはり昨日は疲れたのだ。遅い朝食を食べてしばらくした頃、セシリアがやってきた。

「申し訳ありません、ウィル。私のせいで、あなたの心を傷つけてしまった……」

セシリアは涙を見せはしなかった。しかし、心の中では泣いているような、そんな気がした。

「気にするなよ、セシリア。俺、やっとお前を守れた。これからは立場が逆転だな」

セシリアに自分を責めてほしくなくて、ウィルは強がってみせた。

「ウィル、私はもう二度と、我を忘れたりしません。あなたに、もう二度と、あんな酷なことをさせたくない……」

セシリアの苦しそうな表情を見て、ウィルは、あの時感じた心の痛みを、セシリアはずっと背負っていることに改めて気づかされた。セシリアは自分の何倍も傷つきながら、それでも前に進んでいる。

「セシリア、俺はお前の力になりたい。お前を守りたい。そのために、戦わなきゃいけないなら、俺は戦うよ」

ウィルは、やっと、戦う決心がついた。セシリアは少し戸惑いを見せたが、すぐに、冷静さをとりもどした。

「それが、あなたが成すと決めたこと、……あなたの、意志なのですね」

セシリアの言葉に、ウィルは大きくうなずいた。

七．革命の予兆

その日の午後、ウィルたちはユルヨの侍女を通じて、ユルヨから呼び出された。呼び出された先は、軍議の間のようだった。円卓があり、ユルヨとカイが椅子に座っていた。

「突然呼び出してすまない。ウィル、ラケル……いや、セシリア。空いている席に座ってくれないか」

ユルヨが妹をわざわざセシリアと呼び直したことが気になりつつも、ウィルは指定された席に座った。セシリアは町娘の服ではない、別の服を着ていた。あまり見慣れない服だった。

「君たち二人に話がある。先日、私は呼び出されて、都にいる女帝ヴァネッサ様に面会した。ヴァネッサ様は、君たちがここにいることを知っていた。そして、私に、一か月以内に君たちを都に連れてくるように命じた」

ユルヨは淡々とした口調で話した。ウィルは、ついにこの時が来たのか、かなり早かったなと思った。隣のセシリアは表情を変えなかった。

「ヴァネッサ様は君たちに興味があるようだ。特に、セシリアに。ヴァネッサ様はもう感づいているのだろう……」

「私が、予言の力を持つ者だと？」

セシリアが続けた。

「そうだ」

ユルヨが答えた。

「私は幼い頃から予言の力を持っていると自覚していました。あの水害の日、私は水害が来る前に、婚礼の儀で使うはずの飾り舟で逃げ出したのです。それから先のことは、よく覚えていません。予言の力も、使えなくなりました」

セシリアもユルヨと同じように、淡々と話した。ユルヨは昔のことを思い出したのか、辛そうな表情をした。

「幼い頃というと……先代エレオノーラの御世からか」

カイは興味深そうに言った。

「ちょっと聞いていいか？」

先ほどから話についていけなくなったウィルが手をあげた。

「どうぞ、ウィルくん」

カイがからかうように言った。

「ノールタ、というよりこの国か？　とにかくここでは代々その、予言の力っていう、先のことがわかる不思議な力を持った女性が国を治めるんだろう？　予言の力を持った女性は、同時に何人もいるものなのか？」

ウィルは素朴な疑問をカイにぶつけた。

「俺はアウスクルタント流の教育を受けていないから、ユルヨ、お前に任せた」

カイは早々に匙を投げ、ユルヨに押し付けるように言った。この二人の、元々の関係性がうかがえるやりとりだった。

「学校では、予言者、つまり予言の力を持つ者は一人だけと教わった。ただ、例外があって、予言者が能力を失う五年から十年くらい前から、予言の力に目覚める少女が現れる。だから、過渡期には、予言の力を持つ者は二人いることになる」

　ユルヨはセシリアを見つめながら言った。

「しかし、幼いセシリアが予言の力を持っていた頃、同じくヴァネッサ様も予言の力を持っていた。ヴァネッサ様が生まれた町の人々によると、セシリアが生まれる五年も前から、ヴァネッサ様は予言の力に目覚めていたそうだ」

　ユルヨは不思議そうに言った。

「何事にも例外がある。ただそれだけだろう？」

　カイが切り捨てるように言った。

「予言の力を使えなくなった私が、再びその力に目覚めたのは、十五の頃でした。私は、その力は神から授かったものだと信じてきました。記憶を取り戻すまでは」

　セシリアがきっぱり言った。ウィルは、セシリアがますます自分の手から離れていくのを感じていた。

「私は、今の予言者を殺すつもりでこの国にやってきました。ウィル、あなたに何度か話したことには、偽りが混ざっていました。本当のことを話します。私は、アグネス教会で祈りを捧げている時、私が予言者を殺す姿を見たのです」

　その場に、冷ややかな空気が流れた。セシリアは最初から、そのつもりだったのかとウィルは少し残念に思った。

「ずいぶんと過激な発言だな。でも、手っ取り早い。俺たちは、ヴァネッサから皇帝の位をはぎ取るつもりでいたからな」

カイはさも面白そうに言った。

「どうしてだ？」

ウィルは単刀直入に聞いた。

「ヴァネッサのおかげで、確かにノールタ全体が豊かになった。だが、民は、度重なる戦いに疲れている。そろそろ限界だ。俺たちは、いい加減、予言者や王や皇帝に国を任せきりにするのをやめるべきだ。そのために、新しい国を作りたい。ウィル、お前たちスータの国の多くで起こった革命を、ノールタでも起こすのさ。リヴェーロたちから革命の話を聞くたびに、興奮が治まらなかった。ノールタでも革命を起こす。それも、お前たちよりも、ずっと上手にやるさ」

カイは手元にあった器の中の水を飲み干した。

「しかし、民をまとめるには、象徴となるものが必要だ」

ユルヨは厳めしい顔つきで話し始めた。どんな話をしていてもなんとなく軽いカイとは正反対だとウィルは思った。

「アウスクルタント国の民にとって、予言者はなくてはならない存在だ。皇帝を廃するにしても、民から予言者を奪うことはできない。

しかし、ヴァネッサ様は野心が強すぎる。帝位を剥奪しても、いつかそれを取り戻そうとするだろう。だから、あの方に対抗するために、野心がなく、心身ともに強い予言者が必要なのだ。セシリアは、まさにふさわしい存在だろう」

ユルヨの発言を、セシリアは黙って聞いていた。ウィルはセシリアが背負う重荷を考えて、胃がきりきり痛むのを感じた。

「それに、あの方は、ヴァネッサ様ではない。双子の妹の、ヴァルマだ。あの方は、正統な予言者ではない」

ユルヨが予想もしなかったことを口にしたので、ウィルは面食らった。

「証拠はあるのか？」

カイは問いかけた。

「確証はない。だが、私はこの疑惑をずっと抱いていて、自分なりに調査してきた」

ユルヨはきっぱりと答えた。

「事情を知らないウィルのために説明しよう。ヴァネッサ様には双子の妹がいて、ヴァネッサ様が予言者になった直前に赤子を産んで亡くなった。その赤子もすぐに死んだ。それを知らせるために、ヴァネッサ様の即位の日に都に現れたのが、今、女帝の側近として仕える、ベルンハードという貴族の男だ。ベルンハードはヴァルマの友人で、赤子の後見人を頼まれていた。ヴァネッサ様はヴァルマとその娘の死を知らせたベルンハードを予言者の居城に迎えた。ベルンハードはそのまま城に居座り、貴族としての手腕を生かして予言者を支えた。しかし、この出来すぎた話は、最初から仕組まれていたのだろう。妹のヴァルマが、姉にとって代わるために。

つまり、赤子を産んでそのまま亡くなったのが、本物のヴァネッサ様で、今、都にいるのは妹のヴァルマだ。もっとも、予言者は乙女でないといけないから、本物のヴァネッサ様が生きていたとしても予言者の資格はないのだが。ヴァネッサ様はなぜ身ごもったのか。早くに両親を亡くした姉妹が生きていくためには、してはならぬことも、しなければならなかったのだろう。私は、この姉妹の両親が抱えた借金について調査していた。両親は当時のオラヴィスト国の高利貸しに、半ば騙される形で借金をしていた。その高利貸しの男は、好色で有名な男で……いや、これ以上は、セシリアの前では話したくない。どうか察してくれ」

ユルヨが長い話を終えた後、軍議の間はしばらく沈黙が続いた。ウィルはユルヨの言わんとしたことがわかった。本物のヴァネッサは高利貸しに身売りしたか、そうさせられたのだろう。

「私は、知っていました。今の予言者は正当な予言者ではないと。私が川に流される前に、お兄様に思念を残しました。お兄様に見せたあの妊婦こそ、本物のヴァネッサ様です。私は、お兄様に、伝えたかったのです。あの頃即位したばかりの予言者は偽者だと」

「そして、今となっては、お前が、正当な予言者だと名乗りを上げるのか、セシリア」

カイは珍しく真面目な口調で言った。

「私が名乗ったところで、誰も信じないでしょう。私を、次の予言者だと、指名してくださるお方がいます」

暗い軍議の間に、小窓から光が差してきた。その光に照らされて、セシリアは言った。

その姿は、神々しくもあった。

「アンナリーサ様を待ちましょう。いずれやってきます」

その言葉は、それを聞いた誰もが信じずにはいられないような重さを持っていた。これが、予言者の威厳か、とウィルは思った。そして、セシリアはもはや自分の手の届く存在ではないのだと、はっきり悟ったのだ。


「さて、本当にアンナリーサは来るかね」

カイはなおも懐疑的だった。元々他国の出身の彼は、予言者を頭の先から足の爪まで信じ切っているわけではなかった。

「確か、アンナリーサ殿は、数十年に一度の書物の整理のため、各地を回っているはずだ。先日都に行った時にそう耳にした。特に、今回は旧オラヴィスト領を重点的に回っているそうなので、必ずここに来るだろう」

ユルヨは一つ一つ自身の記憶と照らし合わせるように答えた。

事情をほとんど飲み込めていないウィルは、だんだん退屈になってきた。しかし、ここで退出すると、セシリアのそばにいられなくなると思い、耐えていた。こうなったら、いろいろ質問して、少しでも状況を把握しようと考えた。

「アンナリーサって人はどんな人なんだ？　偉いのか？」

ウィルはユルヨに尋ねた。と、いうのも、アンナリーサという名前を聞いた途端、カイが露骨に嫌な顔をしたからだ。

「アンナリーサ殿はこの国の女官長で、とても厳格な方だ。女官長は、この国の書物の管理責任者であり、予言者の第一の側近であるとともに、唯一、予言者の指名権を持つ人物だ。ある意味では、予言者以上の権力を持つ。いや、そもそも、予言者はこの国に関わる何の権利も持っていない。民のために予言を行い、民の心のよりどころとなるのが予言者の役割だ」

ユルヨの話を聞いて、ウィルが真っ先に思ったのは、アンナリーサにはあまり会いたくないということだった。厳格な人間は、ウィルが最も苦手とする人間だった。次に浮かんできたのは純粋な疑問だった。

「つまり、予言者は偉いようで、実は何の権利もないってことだろう？　なんで今の予言者は、皇帝になれたんだ？」

「予言者の多くは、元は普通の娘だった。住む場所もなくさすらっていた娘が予言者に選ばれたこともあるくらいだ。予言者は予言を行うこと以外、何もせず、女官長に従っていた。

しかし、先代の予言者エレオノーラ様は、貴族の中でも位の高い家の出身だった。当時の女官長や廷臣たちは、エレオノーラ様が政に関わることを許してしまった。エレオノーラ様の御世は長く、いつしか予言者の本来のありようが忘れ去られていった。そこをうまくついて、ヴァネッサ、いや、ヴァルマは政治や軍事を取り仕切るようになった」

ユルヨは苦々しそうに話した。

「先代様が足がかりを作ってくれたから、皇帝になれたってわけか」

ウィルは納得した。

「もっとも、あのお方は政治にはあまり関心がないようだ。軍事の面では優秀な人材を揃え、そうでない者は切り捨ててきたが、政治は旧態依然としたもので、この大きい国を治めるには向いていない。そのひずみがいろいろなところに出ている。稼ぎ手を戦で失った家族は、以前と同じような貧しい暮らしをしている。あのお方が自由と富を得られると宣言しても、法は四百年前のまま、自由と富とは程遠い制度だ。生粋のアウスクルタント人以外は、我慢ならなくなっている」

カイの長い発言を聞いたセシリアは、わからない、といった顔をしていた。

「私はここの国の民の誠実さ、勤勉さには心を打たれました。神を信じない人々が、なぜこのように誠実で勤勉なのだろうと疑問に思いました。予言者とは、この国の民にとって、私たちの言うところの神に近い存在なのかと、今では思っています。神に仕える者である私が、神に近い存在になると思うと、不思議でたまりません」

セシリアはいかにも恐縮したように言った。確かに、ウィルの知っているセシリアからしたら、自分が神になるなんて、とんでもないことだろう。

「多くの予言者たちが、そう思いながら予言者になっただろうさ。それより、セシリア、言っておきたいことがある」

　カイが真面目な顔でセシリアを見つめた。セシリアも真剣な顔つきで彼を見た。

「人間の本性は、誠実でも勤勉でもない。少なくとも俺はそう思っている。この国の、特に生粋のアウスクルタント人が誠実で勤勉なのは、長年、そうなるべく教育されたからだ。心の中では、不満や疑問を持つ者もいる。だが、それが爆発せずに済んだのは、アウスクルタントという国が小さくて、なにもなかったからだ。なにもなければ、予言者やその教えをよりどころに生きるしかない。

　だが、この国は大きくなった。今では他の国から吸収したいろいろな文化が、水面下で動いている。もう、予言者の教えで民を縛ることはできないだろう。あの方は、忠実な兵士を生み出すために、今でもその教えを用いているだけだ。実際、あの方は予言者の教えを嫌っていた」

「カイ、もういいだろう。これ以上、お前の人間観をセシリアに押しつけてくれるな」

　ユルヨは長話を打ち切ろうとした。カイは不服そうに話をやめた。


　話し合いの末、セシリアは予言者として認められるためにアンナリーサに会うこと、セシリアとウィルはユルヨとアンナリーサに案内してもらい、都へ行くこと、都で皇帝ヴァネッサの真実を暴くこと、皇位を廃し、予言者を退任しないのならば、ヴァネッサを暗殺することが決まった。戦になった時のために、カイが兵を率いてあとからやってくることも決まった。

とんでもないことに巻き込まれたな、とウィルは思った。だが、ウィルはセシリアのために戦う決意はできていた。

セシリアは一人になりたいと言って、話し合いが終わると早々に部屋に戻ってしまった。カイは行軍について考えると言って、どこかへ行ってしまった。軍議の間には、ウィルとユルヨが残った。ユルヨは席に座ったまま、考えごとをしていた。

「なあ、ちょっと聞いていいか」

ウィルはユルヨに声をかけた。

「先程の話で、不明な点でもあったか?」

「いや、違う。あんた、なんで、セシリアをラケルって呼ばなかったんだ?」

ウィルが尋ねると、ユルヨは申し訳なさそうな顔をして言った。

「セシリアと呼んでほしい、と頼まれたのだ。あの時のように、自分を二度と見失わないために、ラケルという名前から決別する、と、妹が言ったのだ」

ユルヨが先程申し訳なさそうな顔をした理由が、自分にあると知ったウィルも、何となく申し訳ない気持ちになった。

「あいつ、真面目すぎるところがあるからな。兄貴としては、辛いだろう。でも、あいつは、あんたの妹だってことまで、否定したわけじゃないと思うぜ」

ウィルは、初めてユルヨと会った時に、自分はいい兄ではなかったと、辛そうに話していたことを覚えていたので、ユルヨを慮る発言をした。

「ウィル、君は優しいのだな。妹が、君を慕うのもよくわかる」

「よしてくれよ。背中がかゆくなる」

セシリアと同じ目をした人間に、同じような、真面目で優しい言葉をかけられると、ウィルはくすぐったい思いがした。

「もう一つ、聞いていいか。お前の家族のことを」

家族のこと、とウィルが言った時、ユルヨは辛そうな顔をした。聞いてはいけなかったと、ウィルは後悔した。

「いや、言わなくていい。ただ、セシリアの母さんって、どんな人だったんだろう、セシリアに似て、美人だったのかなぁって思っただけだから」

「母は、綺麗な人だったよ。妹は母によく似ている。私は、父に似ていると言われたことがある」

ユルヨは懐かしそうな顔をした。その顔を見ていると、本当は、妹を国の象徴などにはしたくないと思っているだろうと、ウィルには思えてきた。しかし、自身が背負う立場と、人殺しをしてきた血塗られた過去をもつこの兄妹は、平穏な暮らしなど、自分たちには営む資格がないと思っているのだろうとウィルは推測した。ウィルはユルヨに、軽く礼を言うと、軍議の間をあとにした。

夜になって、寝台に寝転がった時、昨晩のカイの捨て台詞を思い出した。カイの言う通り、自分は馬鹿だと、ウィルは思った。ふいに、ウィルの脳裏に、自分が人を殺した時の光景が蘇った。毒の短刀を投げた自分の手が、自分のものではなくなったような感覚。その手で、愛する人を抱きしめても、喜びも温もりも何も感じないような気がして、ウィルは恐ろしくなった。

そのうえ、セシリアは神というものに仕えている。人間には超えられない存在だ。そんなことを考えるうちに、どっと疲れが出て、ウィルは寝台に倒れこんだ。

この手のひらで、セシリアの手を握ることができただけでも、幸せだと思うしかないか、ウィルはそう考えながら天井を眺め、やがて眠りについた。

それからしばらくして、城塞内に緊張が走った。女官長のアンナリーサが城塞にやってきたのだ。

彼女は多くの書物と、何人かの連れを伴ってやってきた。そしてごく短い時間、ユルヨに会うと、この城塞の文官長のロベルトという男を伴って、図書館へ入っていった。

ウィルは遠くからアンナリーサを見たが、やはり、ウィルの苦手な女性だった。セシリア以上に髪をきつく結い上げ、丸眼鏡をつけ、ここの文官や連れの文官にきびきびと指示をしていた。

「おっかない女……」

ウィルは思わずつぶやいた。

「ああ、そうだな。俺もあの女は苦手だ」

たまたま近くにいたカイもつぶやいた。

あの日から、セシリアは部屋にこもりきりだった。考えるべきことがいっぱいあるのだろうと思い、ウィルはそっとしておいた。

これから何が起こるのか、ウィルは庭園のそばで考えていた。短刀投げの練習も、あれから欠かさず行ってきたが、アンナリーサのいるうちは剣術の稽古などは禁止されていた。兵士たちは束の間の休息を喜んでいたが、カイは行軍の訓練ができないと、ウィルに愚痴をこぼして、どこかに行ってしまった。

ウィルが退屈な時間を過ごしていると、久々に、セシリアの姿を見た。セシリアはウィルのそばに座った。

「今夜、アンナリーサ様にお会いすることができるでしょう」

セシリアは、アンナリーサがやってきたことを感じ取ったようだ。

「ああ、そうだろうな。今日、ここに来ているからな」

ウィルはそう言いながら、隣のセシリアが少しやせたのが気になった。

「セシリア、何を悩んでいるか知らないけど、あまり根詰めて考えるんじゃないぞ」

ウィルが忠告すると、セシリアは微笑んだ。

「ウィルは相変わらず優しいですね」

そう言って、セシリアは立ち上がり、青い空を眺めて、それからまた座った。

「ずっとこのまま、静かな時間が流れていればいいですね」

「ああ、そうだな」

ウィルは思わずセシリアのほうへ手を伸ばした。指がやっと触れるか触れないかのところで、セシリアはまた立ち上がった。

「これから、革命が起きます。ウィル、あなたにお願いがあるのですが……」

肩透かしを食らったウィルは、がっかりしつつも、セシリアがこちらに向き直った様子に、何か思いつめたものを感じたので、気を取り直して彼女に向き合った。

「どうしたんだよ、そんな怖い顔して。お前の願いなら、何だって聞くぜ」

ウィルの軽い口調を聞いて、セシリアはほっとしたように、表情を柔らかくした。天使のような微笑みを浮かべて、ウィルを見つめて、こう言った。

「もし、私が、予言者になった後、民の幸せに反するようなことをしたならば、その時は、どうか私を殺してください」

ウィルはセシリアの言ったことがすぐには理解できなかった。

「今、なんて言った……？」

セシリアは表情を変えずに、続けてこう言った。

「お願いです、ウィル。もしものことがあれば、どうか、あなたが……」

「なんで、そんなことを言うんだ」

ウィルはうろたえながら、セシリアの話を遮った。

「俺にそんなことができるか。俺は嫌だ」

セシリアはウィルを見て、はっと目が覚めたような顔をした。そして、心底辛そうな顔をしてウィルに許しを請うた。

「ウィル、おかしなことを言って申し訳ありません。どうか、聞かなかったことにしてください」

セシリアの心底申し訳なさそうな顔を見たウィルは、すぐにでも軽口をたたいて、セシリアを安心させてやろうと思ったが、どうしても、言葉が出なかった。

二人が呆然と立ち尽くしているところに、運悪く、文官長のロベルトがやってきた。男と二人きりで話しているところを、アンナリーサに見られてはいけないと考えたロベルトは、侍従に命じてウィルをセシリアから引き離してしまった。

夜が来て、ユルヨはアンナリーサとセシリアを面会させた。その席にはカイとウィルも同席した。

アンナリーサはセシリアを一目見るなり、こう叫んだ。

「あなたこそ、次の予言者です！」

ウィルはあっけにとられて声の主を見つめた。こんな厳格そうな女が大声を出すとは、意外だな、と思ったのだ。セシリアの表情は冷静だった。

「アンナリーサ様。私はセシリアと申します。どうか、私を都まで導いてください」

アンナリーサは冷静を取り戻して、厳粛な表情をしてこう言った。

「セシリア。エレオノーラ様のお導きにより、あなたを次の予言者として迎えに来ました。これからは、この国の民のために生きるように」

　セシリアはそれに応えるように、恭しく礼をして言った。

「わかりました。私は、この先は予言者として生きていきます」

　その部屋に漂う厳粛な空気のもとで、ウィルはごくりとつばを飲み込んだ。これからセシリアが革命を起こすのだ、俺は、セシリアのために戦うのだと、ウィルは覚悟を決めた。

終章　二人の願い

新しい予言者セシリアが、都に向けて秘密裏に出立する日が一週間後に迫っていた。

ケスキタロ城塞では、思わぬ事態が起きていた。それはユルヨの発言がきっかけだった。

「カイ、貴殿にこの城塞と領地の統治権、そして私の将軍職を譲りたいのだが」

軍議の間には、ユルヨとカイをはじめ、主だった騎士や文官がいた。ウィルは、所在なさげに椅子に腰かけていたが、その発言に戸惑いを隠せなかった。

「なぜです、ユルヨ様。ユルヨ様のオラヴィスト戦役でのご活躍、わたくしめもよく存じております。ユルヨ様のように強い者がこの城塞を治めているからこそ、オラヴィスト人も大人しく我が国の民として従っておるのです」

文官長のロベルトがうろたえたように言った。

「ロベルトよ。最も強い騎士が、軍の先頭に立ち、戦うような時代は、もう終わるのだ。新しい時代がやってくる。その時代には、私のように剣の道しか知らぬ男は、人の上に立つのに相応しくないのだ」

ユルヨはきっぱりと言った。ロベルトは、都から来た生粋の文官で、勤勉実直を絵に描いたような男だった。彼から見れば、カイは信用ならない男だろう。ウィルはそんな事情を肌で感じていた。

「オラヴィスト皇帝の圧政から解放されてまだ数年だから、人々は皇帝の首を取った私に従っているだけだ。私がこのまま施政を続ければ、いずれ彼らはこの国に従わなくなるだろう。わかってほしい。実質、軍の指揮も領地の統治についても、カイが握っているのだ。私は、書類に署名することくらいしかしていない。私は一人の騎士に戻りたいのだ」

ロベルトは、長い溜息をこぼすと、カイを見てこう言った。

「カイ様、ユルヨ様のお申し出、お受けいただけますかな?」

カイはいつになく真面目な顔をしてこう言った。

「もちろんですとも。ユルヨ様、私にお任せください。必ずや、貴殿のご期待に添うことをお約束いたします」

ユルヨは肩の荷が下りてほっとした様子を見せた。

その軍議の後、ウィルは、最近彼が最も恐れている人物と出くわした。彼女の名はアンナリーサ。きつく結い上げた髪に、黒い服に黒縁の丸眼鏡。髪の色はもう白くなっていて、目だけが青く光っていた。その光る青い目が恐ろしかった。まるで魔女だ、ウィルはそう思っていた。

「ウィル。今後、セシリアに近づくことを禁じます。わかりましたね」

アンナリーサは一方的に言いつけると、すたすたと去っていった。彼女の仕事は多々あり、あと一週間の間に終わらせるのは大変なことらしい。もちろん、そんなことはウィルにはどうでもよかった。

「おっかねえ。嫌な奴に目をつけられたもんだ」

ウィルは独り言を言った。

あと一週間すれば、ここを旅立つ。セシリアが予言者としてこの国を治める間、自分は何をして過ごすのだろうかと、ウィルは考えてみたが、浮かばなかった。

ウィルはセシリアに会いたくてたまらなかったが、許してもらえそうになかった。それに、別れ際に言われた言葉が、胸の奥にずっと引っかかっていた。あんな言葉を最後に、自分たちはずっと別れてしまうのだろうか。もし、あの時、セシリアの願いを聞いてやれば、自分の記憶に残るセシリアは、ずっと、天使のように清らかな微笑みを浮かべたままなのだろうか。しかし、そんな恐ろしい約束など、できやしない……。そんなことを考えるうちに、出立の日が来てしまった。

都には、表向きには、ユルヨがヴァネッサの要請に応え、スータからの客人二人を都へ連れて行く体裁をとった。アンナリーサは元から、書物の調査を終えたら都へ戻ることになっていた。アンナリーサは驚異的な速さで調査を終わらせたのだ。ユルヨは馬に乗って先頭に立ち、次に、アンナリーサとセシリアが乗る馬車が続いた。ウィルはセシリアのいる馬車に乗せてもらえず、アンナリーサが連れてきた文官や女官たちと一緒の馬車に乗った。

「俺はあとから行くぜ。準備は整っているから心配いらない」

カイの言葉に安心したのか、ユルヨは馬の腹を蹴って出発した。セシリアの乗る馬車と、ウィルの乗る馬車が続いて走り出した。

馬を走らせながら、ユルヨは昨日のことを思い出していた。アンナリーサから許可をもらい、セシリアと別れの挨拶をした時のことだ。その時セシリアは、道中、何も起こらないと、きっぱりと言ったのだ。セシリアには、道中何も起こらないことがわかっているのだ。

それでも、ユルヨは騎士の常として、辺りにあやしい者がいないかどうか気を配って馬を走らせていた。何かあったら、自分が戦わなければならない。セシリアは清き予言者となる身なので、剣を使わせるわけにはいかなかった。もっとも、セシリアは剣も鎖帷子もケスキタロ城塞に置いてきていた。今は黒い服に身を包んでいた。

風は都のほうへ吹いていた。この追い風に乗じて、早く都にたどり着かねばと、ユルヨは思っていた。

いくつかの関所越えの際も何事もなく関を通された。宿でもユルヨは警戒を怠らなかったが、やはり何も起こらなかった。そして、出発の日から三日目の午後には、都の正門に着いた。

アンナリーサが連れてきた文官や女官は、彼ら自身の仕事をするため、ここで別れることとなった。ウィルは馬車から降ろされた。そして、馬から降りたユルヨの少し後ろを歩くことにした。アンナリーサも一旦、馬車を降りた。セシリアは、馬車に乗ったままだ。

「ケスキタロ城塞の将軍、ユルヨだ。ヴァネッサ様と面会の約束をしてある。通してほしい」

ユルヨは門番にそう言った。

「アンナリーサ様もご一緒ですか？　さて、そのような話は聞いておりませんが」

門番は不審そうに尋ねた。

「ケスキタロ城塞での仕事を一週間ほどで終えたので、都に戻ってきたのです。ここを通しなさい」

アンナリーサは丸眼鏡を持ち上げながら門番に言い放ち、馬車に戻った。長年にわたり、女官たちが城を守ってきたため、門番は慌てふためいてアンナリーサの乗る馬車を通した。ユルヨとウィルはあとに続いた。

こうして、一行は、一滴の血も流さず、都へたどり着いた。

都にたどり着いたウィルは、その美しさに驚いた。そして、何の臭いもしないことに気がついた。スータならどの町でも漂っている、汚物や汚水の臭いが全くないのだ。ケスキタロ城塞の中もきれいだったが、都はそれをはるかに上回っていた。そして、道のところどころに、何か柱のようなものが立っているのに気がついた。

「あれは、なんだ?」

ウィルはユルヨに尋ねた。

「街灯だ。暗くなると明かりがともる。ケスキタロには、まだ街灯は整備されていなかったな」

ユルヨはすたすた歩きながら答えた。

ウィルが旅したどの町よりも、この都は進んでいた。ウィルにとって、一歩歩くごとに驚きがあったが、それをいちいち口にする暇はなかった。

「美しい都ですね」

セシリアの声が、ウィルの耳にわずかに聞こえてきた。

「このノールタでもっとも美しい町が、ここ、スメードルンドでしょうね」

アンナリーサの声が聞こえた。

「ここは元々、都としか呼ばれていませんでした。ヴァネッサ様が、自身の姓から都に名前をつけたのです」

アンナリーサがセシリアに説明しているのが、ウィルの耳に入った。スータでも、町や国の名前は、それを興した人の姓から名付けられることがほとんどだった。

街道を歩いて一時間ほど経っただろうか。ウィルの目の前に、立派な建物が現れた。

「これが、この都の城だ。十年前は、小さな城だったが、今はこのとおり。まるでこの国のようだ。皇帝ヴァネッサがここにいる」

ユルヨの言葉にウィルはごくりとつばを飲み込んだ。アンナリーサがセシリアを伴って馬車から降りてきた。黒い服を着たセシリアに、つい、声をかけてしまった。しかし、セシリアは振り向かず、アンナリーサの青い目でにらまれてしまった。

城門に立っていたのは、二名の騎士と、小太りの老人だった。

「アンナリーサ殿。旧オラヴィスト領からのお戻りが、ずいぶん早いようで。何をそんなにお急ぎですか？」

小太りの男は不思議そうに言った。

「ネストル卿。ヴァネッサ様から何も伝えられていないのですか。あの方は予言者。私がどうしてここにいるか、おわかりのはずです」

アンナリーサはぴしゃりと言った。ネストルと呼ばれた男は首をかしげた。

「私は何もうかがっておりません。ヴァネッサ様は、最近は調べものでお忙しい。大臣である私もなかなかお目にかかれないのですよ」

ウィルはネストルをじっと見た。一国の大臣だというのに、わざわざ出向くとは、よほど暇なのだろう、と思わせる顔をしている男だな、とウィルは思った。

「おや、こちらは？……ずいぶん珍しい髪の色をしているが」

ウィルの視線に気づいたのだろう、ネストルがウィルを見た。今度はじっと見られる側になった。

「彼の名前はウィル。スータからノールタに迷い込んだ旅人です。ヴァネッサ様が、ぜひお会いしたいとおっしゃるので、連れてまいりました」

ユルヨはネストルに丁重な口調で説明した。仮にも相手は一国の大臣だからだろう。しかし、ウィルの目にはのんきな田舎貴族にしか見えなかった。

「して……そちらの黒服の女性は……まさか……」

ネストルはセシリアを見つめたのちに、アンナリーサに恐る恐る尋ねた。アンナリーサはきっぱりと言った。

「こちらのお方は、次の予言者、セシリア様です。ヴァネッサ様はおわかりのはずです。ヴァネッサ様へ御目通り願います」

言葉遣いは丁寧だったが、これはほとんど命令であった。大臣ネストルは老体に鞭を打って走り出した。


かつては、予言者となる者と、それに仕える女官長しか入れなかった予言の間は、今は玉座の間となり、皇帝ヴァネッサへの謁見は、大抵この場所で行われるようになった。玉座の間は帯剣を許されていた。もし、玉座を狙う者がいたとしても、それは全てを知る皇帝によって未遂で終わる、と、誰もが考えていたからだ。ウィルは出立前にカイからそう教わっていた。

アンナリーサが玉座の間の扉を叩いた。

「ヴァネッサ様。アンナリーサでございます。次の予言者、セシリア様をお連れしました」

ユルヨが続けて言った。

「ヴァネッサ様。ケスキタロ城塞領主ユルヨでございます。スータからの客人を連れてまいりました。また、本日は私自身のことについて申し上げたいことがございます」

扉の向こうから、女性の声がした。驚くほどよく通る声だった。ウィルは、この声の主が皇帝ヴァネッサだと思うと、背筋がひやりとした。

「わかりました。一同、お入りなさい」

扉は、内側から開かれた。


一同は、玉座の間に入った。ウィルは最後に部屋に入った。アンナリーサとセシリアが前列に、ユルヨとウィルは後列に立ち、すっと腰を低くした。玉座には、見事なまでの金髪に、氷のような青い瞳を持ち、赤いベスティータを着た、三十代の女性が座っていた。片手には錫杖を携えていた。まだ、二十代にも見えるような若さと、歳を重ねた女性が持つ妖艶さを併せ持つ、稀代の美女であった。これが女帝ヴァネッサだと思うと、ウィルは緊張して冷や汗をかいた。隣には五十すぎの痩せ型の男が立っていた。カイが教えてくれた、ベルンハードという男だろうとウィルは推測した。

「アンナリーサ、それに、セシリアですね」

ヴァネッサの言葉に、アンナリーサとセシリアは短く返事した。

続いてヴァネッサは後列の二人を見たが、ウィルは、自惚れではなく、実際に、女帝ヴァネッサがユルヨではなく自分に視線を向けていることに気がついていた。

「ユルヨ、彼の者の名前は何と申すのですか」

ウィルの背中に、また冷や汗が流れた。

「ウィルと申します」

ユルヨが説明した。

「そうですか。セシリア、ウィル、遠いところからよく参りました。道中疲れたでしょう」

ヴァネッサは慈愛に満ちた表情をしていた。しかし、ウィルは怖くて仕方がなかった。

「いいえ、ヴァネッサ様。素晴らしい馬車に乗せていただき、この上なく快適な旅ができました」

セシリアはそう答えた。ウィルはこの場ですらすら話せるセシリアを純粋にすごいと思った。

「セシリア。あなたがどうしてここに来たのか、私にはわかっています。あなたこそ、次の予言者です」

この言葉を聞いたウィルは、思わず驚いた顔をした。こんなに、すんなり認めてくれるなら、余計な血が流れないですむ。セシリアが人殺しをしないですむ、そう思ったからだ。ヴァネッサの隣に立つベルンハードに目をやると、彼も深く頷いていた。

「セシリア。あなたには、予言者としての修行を積み、その後予言者として、私のことを支えてほしいのです。あなたはスータで長く暮らしていたので知らないとは思いますが、予言者とは、ただ、民のために予言をするだけの身。国の長は、皇帝である私です」

ヴァネッサの言葉にセシリアは黙っていた。アンナリーサさえ口を出さなかった。ウィルは事の成り行きを見守るしかなかった。

「ヴァネッサ様。お言葉ですが、国の長は、予言者であると国法に定められているはずです。予言者は、国の統治に関わらなくとも、国の長です」

ユルヨが口をはさんだ。

「そのような法は、もはや意味をなしません。国の長は、皇帝こそがふさわしいのです」

ヴァネッサがそう言うと、傍らで、ベルンハードもうなずいた。しかし、ユルヨはなおも言いつのった。

「ご無礼を承知で申しあげます。あなたはヴァネッサ様ではない。その妹のヴァルマだ。あなた方は入れ替わったのだ。あなたには、予言者としての資格すらない。今、ここに、新しい予言者がいる。どうか、この国の統治から身を引いて下さいませんか」

語尾の不安定さからも、ユルヨが腹の底に秘めている複雑な思いを感じられ、ウィルは唾を飲んだ。

「ユルヨ、仮にお前の言うことが真実だとしても、私は予言者ではなくて、皇帝。予言の力を使う皇帝なのです。民は、無力な予言者よりも、力ある皇帝を選ぶでしょう。セシリアが若く美しく、素晴らしい女性であることは、私も、誰もが認めることでしょう。ですが、セシリアはスータの人間。余所者が国の長になるのを認めるほど、民は甘いとお思いですか」

ヴァネッサは威厳を込めて言った。ユルヨは、圧倒されたのか黙り込んだ。

「さあ、セシリア。私のために予言者となりなさい」

ヴァネッサは、跪いているセシリアに手を差し伸べた。

「ヴァネッサ様、一つだけお願いがございます」

セシリアの言葉に、ヴァネッサは意外そうな顔をした。

「申してみなさい」

ヴァネッサが答えると、セシリアは立ち上がり、ヴァネッサに向かって話し出した。

「私は、幼い頃から予言の力を持っていました。その力で、私は遠い未来を見ることができるのです。そして、あなた様にはそれが見えないことを知っています。私が見ているものを、あなた様に見ていただきたいのです」

ヴァネッサの顔は、一旦、屈辱で歪んだが、その瞳は、好奇心で輝いていた。

「ヴァネッサ様。エレオノーラ様がおっしゃっていました。ヴァネッサ様に、一番大切なことを教えることなく、亡くなるだろう、と。どうかセシリアの見せるものをご覧ください」

アンナリーサがそう言うと、ヴァネッサは承諾した。ベルンハードも止めなかった。ベルンハードは学者で、偽ヴァネッサことヴァルマはベルンハードに師事していたらしいと、事情通のカイから聞かされたウィルは、二人とも、セシリアが教える何かが気になって仕方がないのだろうと感じた。

「では、お見せします。こちらへ」

セシリアは、玉座の裏の緞帳をめくった。その時、ウィルの心の中にも、誰かが「こちらへ」と呼びかけてきた。ウィルは、何かに取り憑かれたように、ふらふらと二人についていった。

緞帳の向こうには、祭壇があった。そこには、金色の宝玉が飾ってあった。ウィルの足音に気がついて、ヴァネッサが後ろを振り返った。

「お前、なぜここに」

ヴァネッサは驚きと抗議の声をあげたが、セシリアはウィルには構わずに、ヴァネッサだけを見て、金色の宝玉を手で指しながら話し始めた。

「あれは、予言の力の源。バルバラ山脈で採掘された、『蛇の瞳』と呼ばれる宝玉。手を触れてください」

ヴァネッサは、好奇心に駆られたような表情を浮かべて、『蛇の瞳』に手を触れた。次の瞬間、『蛇の瞳』から光があふれだしてきた。

その光を浴びたウィルの眼前に、一枚の石板が現れた。石板にはびっしり文字が刻まれていて、一生かかってもすべてを読むことはできそうになかった。ウィルは一節だけを読むことができた。

「アウスクルタント国は、予言の力を戦争や行き過ぎた発展に使い、やがて滅びる」

ウィルは思わずその一節を読み上げていた。その文字は、まったく知らない、奇妙な文字だったにもかかわらず。

ウィルの言葉が聞こえたのか、ヴァネッサは『蛇の瞳』から手を離した。ヴァネッサは呆然としていた。

「そこにいるウィルが言ったとおり、アウスクルタント国は予言の力を戦争や行き過ぎた発展に使い、その結果として滅びる運命なのです。これまで全ての予言者が修行の果てに知ったことを、あなたは知ることができなかった……」

セシリアは厳かに言った。

「セシリア、お前はどうしてそんなことを知っているの」

ヴァネッサはうろたえながら尋ねた。

「私は幼い頃、エレオノーラ様から夢を通して全てを教わりました。次の予言者は、一人の人間として生まれるはずが、二人の人間に分かれて生まれてしまった。姉は夢の中で他人と語らう能力を、妹は先のことを見る能力を、それぞれ受け継いだ。本来は、一人の人間が、それを備えてはじめて、予言者と言えるのだ、と。

先代のエレオノーラ様と私は、夢を通じてあなたの姉に、さまざまなことを教えてきました。あなたの姉が予言したことは、すべて、私たちが教えたことなのです。そのためか、あなたの姉は、自らの目で未来を見るあなたこそが予言者にふさわしいという考えを、決して譲らなかった……」

セシリアは一呼吸おいて、話を続けた。

「これまでの予言者たちは、あらゆる未来の可能性を知りながら、災害と疫病の予知のみにとどめていました。そして、滅びの未来を避けるために平和で清貧な暮らしを導いてきたのです。その秘密は、予言者自身と、女官長によって守られ続けていました。

予言の力を行き過ぎた発展に使った予言者は、あなただけなのです。この街の明かりも、あなたがこっそり作らせているさまざまなものも、この世に出るにはまだ早いのです。あなたは滅びへの歯車を動かしてしまいました」

ウィルには、セシリアの言うことの是非はわからなかった。ヴァネッサは狂ったように笑いだした。

「今までの予言者たちは、なんて愚かだったの。さっさとこの力を使って、ノールタとスータ、いいえ、海の向こうまで手に入れてしまえばよかったのに。これまでの予言者たちは細々とこの国の寿命を延ばしただけ。滅びの未来を待たずとも、無力で貧しいこの国はとっくに無くなっているはずだったのよ。私は、そんな国は大嫌いよ。私は豊かになりたい。もっと未来を知りたい。世界の全てを手に入れたい！」

ヴァネッサの心は、豊かな未来への好奇心で満たされていた。その顔はまるで少女のようだった。

「私はすべてを知るのよ！　この力は、私のもの！」

笑いながら『蛇の瞳』に触れたヴァネッサを包んだのは、光ではなくて、どす黒いうねりだった。野心家の女帝ヴァネッサは、そのうねりに絡み取られ、跡形もなく消えてしまった。残されたのは、片手に握っていた錫杖だけだった。

セシリアはヴァネッサの錫杖を持って、緞帳をめくり、玉座の間に戻った。余りの出来事に我を忘れていたウィルは、慌ててセシリアを追いかけた。

緞帳から出てきたセシリアの顔は、悲しみで満ちていた。ユルヨは思わずセシリアに駆け寄った。

「セシリア！　何があった？」

セシリアは手にした錫杖を見つめてから口を開いた。

「皇帝ヴァネッサは、死にました。私が、殺しました」

その場にいた者の多くが息をのんだ。

「セシリア、あれほど言ったはずです。予言者はその手を汚してはならないと……」

そこまで言って、アンナリーサは、セシリアの手も、何もかも実際には全く汚れていないことに気がついた。セシリアは悲しみを振り払い、静かに答えた。

「アンナリーサ様は、滅びの未来についてご存じですね」

アンナリーサは、承知しております、と震えた声で答えた。

「私は、ヴァネッサが知ることのできなかった、滅びの未来を見せました。それを見せれば、彼女は自らの欲望のために、予言の力に飲みこまれて死んでしまうことはわかっていました。それを承知であれを見せた私は、彼女を殺したのと同然です」

アンナリーサは必死でそれを否定した。

「皇帝ヴァネッサは、自滅したのです。それは、あなたとは関係のないことです」

「そうでしょうか……」

セシリアは考え込んでいた。

「そうとも。あの女は、欲深き女だ。資格もないのに予言者になり、この国を我が物顔で治めてきた。それまでの慣習をことごとく踏みつぶし、反対する者を殺してきた……」

ベルンハードがにわかにそう言った。ユルヨはベルンハードを睨みつけた。

「ヴァネッサに、最も力を貸したのは、お前ではないか。死んだ赤子を道具にして城内に上がりこみ、そのまま居座った。お前の真の目的は何なのだ」

ユルヨは剣の柄を握りしめ、今にも斬りかからんばかりの勢いだった。神聖な間を汚したくないアンナリーサがユルヨのことを同じように睨みつけたが、ユルヨは柄から手を離さなかった。

「私の目的は、単純なものだ。予言者のそばにいることで、予言の力がどういうものなのかを知るために、そして、私が若い頃立てた仮説が正しいか、確かめるためだ。お前たちは、この島の行く末は予め記録されていると考えたことがあるか」

ベルンハードの言うことに、ウィルは心当たりがあった。セシリアもまた表情を変えなかった。その様子を見てベルンハードはにやりと笑った。

「そうか、その通りなのだな。その記録は、『蛇の瞳』という二つの宝玉に刻まれ、バルバラ山脈に棲む双頭の蛇が守っていた。お前たちはバルバラ山脈の蛇の血をひく双子の話を知っているか？」

ウィルは、幼い頃、向かいの家に住んでいた老婆から聞いた話を思い出した。

「蛇退治の際に、生贄にされた乙女が、一人だけ助かって、そのあと双子を産んだって話か？」

ウィルの言葉に対し、ベルンハードはほう、と関心を示した。

「その伝説は、スータで語られたものか」

答えてやる義理はないが、ウィルは正直に答えた。

「ばあさんの、与太話だよ。他で聞いたことはない」

ベルンハードは、面白いといった顔をして話を続けた。

「生け贄の乙女は、半身に醜いあざを持つ女児と、金色の瞳を持つ男児を産んだが、蛇の子を産んだと恐れ慄き、双子を抱いてランダ川に身投げした。女児は村人に救われた。それが、この国でパローリと呼ばれる予言の力を持つ娘だ。ノールタでは蛇はおぞましい生き物とされているから、このことは隠され続けていた。バルバラ山脈を守る大蛇がおぞましい生き物とされるのは、ノールタの人間を近寄らせないためだ。逆に、スータでは、崇められていたようだが。

パローリは、双頭の蛇が守っていた『蛇の瞳』の一つである金色の宝玉を、バルバラ山脈から自分の住む村に移し、こっそりと祀った。そして、ノールタのあちこちに、『蛇の瞳』の原石を配置した。そうすることで、パローリは『蛇の瞳』から予言の力を得ていた。予言の力とは、『蛇の瞳』が記録している、この島の行く末を、覗くことができる能力のことだ。

スータには、乙女が産んだ男児が流れ着いたという。その男児は青年になると、書物を携えて各地を回り、人々を救って歩いたそうだ。そうだろう、スータの民よ」

ベルンハードはウィルを見て言った。ウィルはベルンハードの口調に、多少の不快感と不気味さを感じていた。

「スータにも『蛇の瞳』の片方が、どこかに安置されていて、不思議な力を持つ者が生まれているはずなのだ。ただ、その能力はノールタの予言者とは異なり、『蛇の瞳』が刻んでいる記録を、そのまま読むことができる能力だ」

そんな人がいるという話は、さまざまな昔話や与太話まで聞かされたウィルも、初耳だった。さっき、自分の眼前に飛び込んできた、石板と文字。あれは、蛇の石が見せた幻なのか、それとも……。

「彼らは、ひっそりとその記録をとどめていたが、ある者が書き写したのであろう。その言葉と、文字の一部は、リヴェーロに伝わり、ランダ川を越えて、ノールタにも伝わった。私は各地を巡り、その言葉と文字を集め、それを学者どもに解読させた。数年をかけて解読できたのが、ここまでの話だ。肝心の、この先に起こることにまつわる文章は、まだ見つかっていない。

私は予言者とともにスータに渡り、もう一つの、青い『蛇の瞳』の能力を持つ人間を捜し出して、起こりうる未来を、その先に持つさまざまな可能性を知りたかった。未来を見る力、記録を読む力、それに、私の知識と知恵があれば、先ほどお前が言った滅びの未来など、恐れるに足らぬと思うが、どう思う、新しい予言者よ。

私とお前の二人でスータの予言者を捜し出し、未来の記憶と記録を探究する旅に出ようではないか。その力で、滅びのない、繁栄した未来を手に入れるつもりはないか。いや、スータの予言者は、もう我らのもとにいるのかもしれないが」

ベルンハードは明らかにセシリアをけしかけていた。

「その前に、もう一度、この城にある『蛇の瞳』から、未来の記録を覗き見てはくれないか。そして、何が記録されているのか、私に教えてくれ……」

ベルンハードは怪しく笑った。セシリアは心が揺れたように、一歩一歩緞帳へと近づいていった。

「だめだ、セシリア。奴の言うことを聞くな！」

ユルヨが叫んだ。

「セシリア様、おやめください！」

アンナリーサが懇願した。

ウィルはセシリアのところに走り寄った。

「セシリア！」

しかし、時すでに遅く、セシリアは緞帳の向こうに消えてしまった。

それからしばらくの間、ウィルたちは焦り、戸惑っていた。ベルンハードだけは満足気な顔をしていた。

「あの娘が本物の予言者なら、いずれ出てくるだろう。そう睨むな」

ベルンハードは自分を睨みつける面々に向かってそう言った。

やがて緞帳が開いた。そこからは、黒い服を着た女性が出てきた。手には錫杖を握りしめていた。

「おお、戻ったか、セシリア」

次の瞬間、セシリアは錫杖に仕込まれていた刃で、ベルンハードの胸元を切り裂いた。

アンナリーサが小さな悲鳴をあげた。

「愚かなことを……お前ごときが、何を……」

それがベルンハードの最期の言葉だった。彼は血しぶきをあげながら倒れ、そのまま動かなくなった。

「セシリア!」

ウィルは駆け寄ったが、セシリアに突き放された。

「セシリア……?」

ウィルは思わずセシリアの顔をのぞき込んだ。そして、その目を見て驚いた。セシリアの両眼は、青い宝石のように輝いていた。

「私は、予言者セシリア。この国の行く末を知る者にして、導く者……」

そこにいるのは、セシリアであって、セシリアではなかった。ユルヨも、アンナリーサも、ただ呆然として、青い目のセシリアを見つめていた。


それから三日と経たぬうちに、セシリアは第二代の皇帝として即位することになった。ヴァネッサの喪に服す間もなく、セシリアは民の前に立つと言い出した。せめて一月は即位を待つよう、アンナリーサがどれだけ忠告しても、セシリアは聞き入れなかった。

ウィルは、用意された部屋にこもって、ただ寝転がって過ごしていた。頭の中が空っぽで、何も考えられなかった。セシリアの変貌が彼に与えた衝撃は、人の命を奪った時よりも重かった。

即位式の時間が迫っても、ウィルはずっと部屋にこもっていた。扉を何度も叩く音がしたので、なんとか体を起こして部屋の扉を開けると、そこにはユルヨがいた。彼は軍服をまとわず、旅人のような恰好をしていた。布地が安物になった以外は、初めて会った日とほとんど同じ格好だった。

「なんだよ、お前。即位式はもうすぐだろう。早く行けよ。悪いけど、俺は誰とも話したくないんだ……」

ウィルはまた寝台に寝転がった。

「なら、聞くだけでいい。私は即位式を見ずにこの城を発つ。カイとその部隊が都にたどり着く前に、ここを離れなければならない。そうしなければ、私は、実の妹を殺めることになるだろう。

都への出立の前日、妹と最後に話をする機会を与えられた。その時に、妹が言ったのだ。もし、自分に何かあったら、その累が及ばぬように、リヴェーロの手を借りてスータへ逃げのびて、自分が世話になったアグネス教会を訪ねろ、と……。ウィル、ともにスータへ渡るか？」

しかし、ウィルは寝っ転がったまま首を横に振った。

「お前は知っているだろうけど、カイはリヴェーロらしいぜ。もし逃げたって、あいつは追いかけてくるんじゃないか」

ウィルがぶっきらぼうに言うと、ユルヨはいつものように真面目な口調で答えた。

「カイは私を追ってはこない。私にはそれがわかる」

「そういうもんかね。まあ、どちらにせよ、俺はもうスータに戻る気はねえんだ」

ウィルは、別れの挨拶がわりに手を横に振った。

「ウィル……本当に、すまないことをした。だが、もう時間だ。私はここを発つ」

ユルヨはふと思い出したように、服の内側に隠していた、きらりと輝くものを、ウィルの前にかざした。

「忘れるところだった。これを、返さなくてはいけないな」

それは、あの地下水路でユルヨに取り上げられた、金色に輝く石の短刀だった。兄妹の証として、ユルヨはセシリアに渡したのではなかったのか。ウィルはさえない様子でそれを受け取ろうとした。その時だった。

『新しい予言者が即位した時、大地震が起こる。都は壊滅し、予言者は都と運命をともにする』

金色の短刀に、小さく、でもはっきりと、そう刻んであるのを、ウィルは読み取ったのだ。その瞬間、ウィルの心は再び動き出した。

「予言者が即位した時、大地震が起こる、だって？　なぜ、今まで気づかなかったんだ！」

「何を言っている？」

ユルヨは掴みかかるようにウィルに尋ねた。ウィルは短刀をユルヨに見せた。

「ほら、ここに、文字が刻んであるだろう？　大地震が起こって、都が滅びるって……」

ユルヨは唖然とした顔をしていた。

「確かに、文字のようなものが刻まれているが、私には、全く読めない……」

二人は顔を見合わせ、まさか、と、同時に言った。

「まさか、本当に、俺が、スータの予言者なのか……。それとも、あの光を浴びたせいか。今まで、こんなもの、気づきもしなかったのに」

ウィルは、自分が今何をしなければならないのか、一瞬で悟った。ウィルは無造作に放られた自分の荷物から、投擲用の短刀が入った袋を探し当てると、石の短刀も一緒に袋に入れ、それを腰に下げた。

「セシリアのことは俺に任せろ。世話になったな」

ウィルはユルヨに別れを告げると、はじかれたように部屋から飛び出した。

「さらばだ、ウィル……」

ユルヨは去り行くウィルを見送ってから、人知れず城を出た。その後、彼はスータのアグネス教会の側に住まい、子供たちに剣術を教える師範となったと噂されている。


セシリアの即位式には、大勢の民が集まった。予言者セシリアは、白いベスティータを身にまとっていた。その姿は、ウィルの心に、再び、甘く切ない感情を取り戻させた。

やはり、セシリアは美しい。しかし、セシリアはその青い目でウィルを見ることはなかった。

即位式は、城外から見える広間で行われた。露台に立つセシリアに、アンナリーサが錫杖を手渡し、大臣ネストルが王冠をかぶせた。

「これより、新しい皇帝セシリア様が、民に予言を授ける。皆の者、心して聞くように」

女官長のアンナリーサと大臣ネストルが唱和した。民からは歓喜の声が上がったが、セシリアが民のほうを見ると、歓喜の声は一瞬で消え、静まり返った。

「我が、皇帝セシリアだ。スータで育ち、ノールタに戻ってまだ数か月しか経っていない。我にとって、故郷と呼べる場所は、ここではない。我は、おぬしらの皇帝であるが、おぬしらには興味がない」

民が顔を見合わせる様子が、広間の隅にいるウィルにもわかった。露台にいる人物は彼のよく知るセシリアではなかった。話し方まで、別人のようになっていた。

「我は、この国の行く末を知っている。今までの予言者は、この国の行く末を先延ばしするためにその力を使ってきた。だが、我はそうなるべき未来へ、おぬしたちを速やかに導くだろう。なぜならば、それは、神が決めたことだからだ」

聞きなれぬ言葉に、従順な民もざわめきだした。アンナリーサとネストルは、何をしたらよいかわからない様子だった。ウィルだけが、セシリアの言いたいことがわかっていた。セシリアは自分の力を、神が授けたものだと思っていたからだ。これまでの予言者のありようは、ある意味では神に反するものだった。

「おぬしらに、一つだけ伝えることがある。この都は、滅びる」

セシリアの言葉に、広間の人々も、民衆も、言葉を失った。セシリアの冷酷な声だけが響いていた。

「おぬしらも、都とともに滅びる運命だ。誰も逃げてはならぬ。それが神の決めたことだからだ」

その言葉は、神のものではなく、魔女のものに違いないと、ウィルは思い、目を閉じた。

今こそ、自分が、真にセシリアを救う時だ。セシリアに取り憑いた、魔女を祓うのだ。ウィルは、ためらわずに、セシリアに向かって、『蛇の瞳』から作られた短刀を投げた。短刀は、セシリアの背中に命中した。その背中から、黒い影がむくむくと湧きあがった。それはまさに魔女だった。魔女の影はのたうちまわり、やがて蛇のような形に変わり、最後にはふっつりと消えてしまった。露台に駆けつけたウィルは、おそれおののく民に向かって無我夢中で叫んだ。

「予言者の言うことなんか聞くな！　逃げろ！　これからは自分たちのことは自分たちで考えて生きろ！」

その言葉に、民も、城内の人々も、慌てふためいて逃げ始めた。

城の周りには、ウィルとセシリア以外、誰もいなくなった。ウィルは必死の思いでセシリアの手当てをした。出血がおさまっても、セシリアは一向に目覚めなかった。いつだったか、スータの宿でそうしたように、ウィルはセシリアの手をずっと握りしめていた。

しばらくすると、セシリアはうなされだした。

「お母さん……ごめんなさい……私が、蛇に呪われて生まれたせいで、お母さんを苦しめた……。お兄さんたちも、誰も助けられず……一人だけ、逃げた、私を……」

セシリアの身体が熱くなり、汗をかいてきた。ウィルは風になびく旗を取って、セシリアの汗を拭いてやった。

「セシリア、しっかりするんだ。亡くなったお母さんや兄さんたちも、ユルヨだって、きっとお前を誇りに思っている！　だって、お前はいつも、誰かのために戦ってきたんだから」

ウィルはセシリアの手をさらに強く握った。すると、セシリアが目を覚ました。開かれたセシリアの瞳は元通り、緑がかった茶色い目だった。

「ウィル……やはり、あなたが止めてくれたのですね」

セシリアは力なく微笑んだ。その顔を見て、ウィルは、彼女が目覚めた喜びよりむしろ、彼女の心身を心配する気持ちが勝った。

「ごめんな、セシリア。いくら、お前を止めるためとはいえ、こんなもの投げつけて……」

ウィルはすぐそばに放り投げた石の短刀をちらりと見た。まだ、血のあとが生々しくついていた。

「それは……『蛇の瞳』で作られた短刀……？　なぜ、あなたが……」

セシリアは短刀に視線を移すと、心底驚いたようにウィルを見た。しかし、それ以上は追求しようとしなかった。

「予言の力は、本当は……蛇の呪いなのです」

セシリアは唐突に話し出した。

「未来を見る力……その、最後に見えるものは、その力によって、私たちの島が破滅する未来なのです。たとえ、災害を予言して人を救っても、いつかは滅びの未来がやってくる……。その、滅びの未来が、いつやってくるのか、今までの予言者には、誰もわからなかったのです。予言者たちは、人を救うために予言しながら、いつかくる滅びの時に怯えていました。自分の番で、滅びの未来がやってくるかもしれない……。人に討たれたバルバラ山脈の蛇は、いつか人が人の手で滅びてしまうという、恐ろしい呪いをかけたのです。それでもなお、民を救い続けた予言者たちは、皆、先代の予言者と夢を介して語り合い、その力を制御していったのです。

あの、ヴァネッサは、その力を姉と分かち合って生まれたため、中途半端な予言の力しか持っていませんでした。滅びの未来を見ることもなく、夢を介して知ることもなかった……。彼女が好き勝手に予言の力を使った結果、今まさに地震が起きようとしています……」

セシリアは、時折咳き込みながらも、話し続けた。その様子に、ウィルは鬼気迫るものを感じて、口をつぐんで聞いていたが、我慢できずについに口を挟んだ。

「教えてくれ。どうして、未来を知る力で、人が滅びるんだ？」

セシリアは目を伏せて、しばらく考えこんでいたが、ゆっくりと話し出した。

「ヴァネッサの側近、ベルンハードが言ったように、この島において起こる出来事は、あらかじめ『蛇の瞳』という名前の石に刻まれているのです。それは、時に宝玉と例えられ、時に石板と例えられていますが、ノールタにはそれを見、スータにはそれを読むことができる者がいるのです。人間が、その力を使い『蛇の瞳』を覗き見るたびに、『蛇の瞳』は力を失っていくのです。

『蛇の瞳』は、いつか砕け散る。その時、この島は破壊される。なぜなら、『蛇の瞳』とは、神話の言葉を借りるなら、竜が海にこぼした涙。つまり、この島そのものなのです」

「そんな、馬鹿な」

ウィルは大きな衝撃を受けた。この島が崩れたら、町も、緑も、川も、山も、何もかもが崩れ落ちるだろう。もちろんこの島の人間も巻き込まれて、死滅するだろう。それを思い浮かべると、ウィルは恐ろしくて身震いした。

「ウィルは、海を知っていますか？」

セシリアの言葉にウィルはうなずいた。ウィルは海のことを、延々と塩水が広がるだけの、空疎なものと認識していた。それはウィルだけではなく、スータに住む者はほとんどが同じ認識をしていた。教会がそう教えていたからだ。スータの西の海は、バルバラ山脈に阻まれていて、誰も目にしたことがなく、他の方角の海は海辺の町の住民くらいしか目にするものはいなかった。一方のノールタでも、海についてはほとんど同じように考えられていた。

「この島は、言わば、海に浮かぶ一粒の宝石のようなもの。この島から出るすべを持たぬ私たちは、いつか必ず、滅びの時を迎える運命なのです」

セシリアはそこまで話し終えると、激しく咳き込み出した。セシリアは血を吐いた。傷口も開いてしまったようだ。

「もういいから、話すのをやめろ」

ウィルは止めたが、セシリアはかまわず話し続けた。

「私は、スータで神の声を聞きました。神は、私に、この島の秘密と運命を、そして、私が何を成すのか、お教えになりました。私の成すことは、不完全な予言者を殺すことと、私が、最後の予言者として死ぬこと、その、二つでした。予言の力を持つ者がいなくなれば、滅びるのは、この都だけで済む。この島自体が滅びるのを、先延ばしすることができる……」

ウィルは生まれて初めて、心から、神を呪いたくなった。みるみる険しくなるウィルの表情を見て、セシリアは心底悲しそうな顔をした。ウィルはセシリアの思いをくんで、怒りを抑えた。

「ウィル。私は、あなたに会う前から……あなたが私を殺すと、わかっていました。スータから来た黒い髪の英雄が、冷酷な予言者を討つ。これで、この都の、いえ、ノールタの民は、スータを恨むことはないでしょう……。

あなたがその手を汚すことになるとわかっていて……あなたを連れて旅立ったのです。しかも、私は……あなたに会うまでは……それに対して、罪悪感を抱いては、いませんでした。あなたは、神が定めた、英雄……なのだと。会ってからも、戸惑いながら、結局、あなたにそうさせた……」

セシリアが再び血を吐いた。その血が彼女の白い服を汚した。

「セシリア、もうしゃべるな。俺のことならいいんだ。俺はお前と会えてよかった。別に、英雄なんかになるつもりはなかったけどな。楽しかったんだぜ。辛いこともあったけど、俺は、お前と旅をしたから、ちゃらんぽらんな生き方を卒業できたと思っているんだ」

ウィルは思わず涙を浮かべたが、涙を袖で拭い、セシリアに手を差し伸べた。

「セシリア、大地震が来るんだろう。ここから逃げるぞ」

セシリアは首を横に振った。

「もう、いいのです。私はここで死ぬ運命です。ウィル、どうか一人で逃げてください」

セシリアは最後の力を振り絞って話したようだった。その口からまた血があふれた。

「嫌だ」

ウィルは首を振った。

「約束しただろう。どこにだって連れていってやるって。俺は、滅びの未来なんてどうでもいい。今、ここで、お前を死なせないためだけに、俺は、力を授かったんだ」

セシリアは美しい茶色の瞳を丸くして、呟いた。

「やはり、あなたは……」

それを聞いたウィルは満面の笑みを浮かべた。

「ありがとう。ウィル……」

セシリアがウィルのほうに手を伸ばした。

「だから、この手を、離すなよ、絶対に」

ウィルはセシリアの手を取った。次の瞬間、どすんと地響きがした。

「そんな、早すぎる！」

セシリアの悲鳴のような声が聞こえてきた次の瞬間、地面が激しく揺れ出した。ウィルは、セシリアに覆い被さるようにして、崩れ落ちようとしている城の石壁から彼女を守った。

微かに、草笛のような音が聞こえ、ウィルは目を覚ました。あたりは真っ暗だった。

あれからどれくらい経ったのか、ウィルにはわからなかった。

「セシリア、どこだ？」

呼びかけても、セシリアの返事はなかった。ウィルはセシリアの名前を何度も呼んだ。するると、光り輝く蝶がひらひらと飛んできた。ウィルは光り輝く蝶に導かれるようにして、暗闇の中を歩いた。いつしか、草笛のような音がはっきり聞こえるようになった。光り輝く蝶と草笛の音に導かれるように歩くと、ウィルは光り輝く人影のもとにたどり着いた。そのそばには、うずくまっているような人影が見えた。

「ウィルよ。わしを覚えているか？」

その声は、幼い頃、ウィルに石の短刀を授けた老人のものだった。

「じいさん、あんた、どうしてこんなところに……？　それに、なんだってそんな、神々しい姿なんだ……」

「ウィル、そのお方は、我らが主であらせられますよ」

ウィルはその声を聴いて、思わず涙を流した。

「セシリア！　そこにいるんだな！」

うずくまっていた人影が立ち上がった。それはまさしくセシリアだった。ウィルはセシリアに抱きついた。セシリアは受け入れるでもなく、拒むでもなく、ただ立ち尽くしていた。それでもウィルは嬉しくて、彼女をぎゅっと抱きしめた。

「ウィル、そろそろ離してください。ここは神の御許です」

「構うもんか！　お前を死の旅に追いやった神なんて、俺にとっては神じゃない」

ウィルはなおもセシリアを抱きしめていたが、セシリアが困惑した顔をしたので、やっと彼女を解放した。セシリアは跪いて、神に無礼をわび、許しを請うた。

「いいのじゃよ、セシリア。おぬしは十分に、よくやってくれた。過酷な運命を受け入れ、民のために、その身を顧みずに働いた」

神はセシリアをねぎらった。セシリアはさらに頭を低くした。

「私は、神に仕える身でございます。当然のことをしたまでです」

ウィルはセシリアが敬虔なる修道女であることを、改めて感じた。セシリアをどんなに愛しても、彼女の神への愛には決してかなわないかもしれないと、心の底から感じたのだ。けれども、ウィルは、セシリアへの気持ちを消し去ることは、たとえこの世が無くなっても決してできやしないと思っていた。

「ウィルよ、わしはスータでは『神』と呼ばれるものじゃ。その正体は、バルバラ山脈の双頭の蛇の半身じゃ。わしの片割れは、人々から『魔女』と呼ばれている。魔女は、自分を討った人間たちを憎み、呪いを授けたのじゃ。我々は肉体が滅ぼされた時に、いけにえの乙女の腹の中に、二つの命として宿ったのじゃ」

「それじゃあ、本当にあのばあさんの言う通りなんだな」

ウィルは驚いた。本当にセシリアは相変わらず首を垂れていたので、どんな表情をしているのかうかがい知れなかった。

「その子供たちはそれぞれノールタとスータで育ち、ノールタの娘は『魔女』のように扱われながら人々を救う道を探り、スータの青年は『神』のように崇められながら人々に恵みを与えてきた。二人は夢を介して語り合ってきた。二人がノールタとスータの戦争に巻き込まれた時、娘は青年の命を救った。その時、二人は、悲しいことに、自分たちがお互い愛し合っていながら、血を分けた実の兄妹だと悟ったのじゃ。

我々『神』と『魔女』の魂は、宿主を変えながら、スータとノールタの民に宿り続けた。今、わしが老人の姿をしているのは、ウィル、おぬしの前に、この力を受け継いだ者の姿を借り受けているからじゃよ。おぬしがいつまでたっても、この力に目覚めぬゆえ、わしはいつまでたっても老人のままじゃ。一度、我らの魂のよりどころとなった人間は、死ぬまで、我らが与えた力を完全に失いはしない。ノールタでは先代が残された力を使い、次代に引き継いで、その能力を高めていった。しかしスータではその力は異端とみなされ、この力を持つ者はひっそりと暮らさざるを得なかった。あるいは、気づきもせずに一生を終える者もいた。おぬしも、進むべき道を少しでも外れたならば、この力に気づかずに一生を終えていたじゃろう……」

ウィルはやっと、神に対する怒りが収まってきた。自分が引き継いだ力が、ただ、愛する人を救うためだけに目覚めたのも、そして、愛する人を救うことができたのも、すべて、神が授けたあの『蛇の瞳』から作られた石の短刀のおかげだったからと気づいたからだ。

「俺は、あんたに約束したとおり、女を救ったぜ。俺にできたのはそれだけだけど、この力で、未来を知ろうなんてこれっぽっちも思っちゃいない。俺が求めているのは……」

ウィルは跪いたままのセシリアの手を取って立たせた。立ち上がったセシリアの顔はほのかに赤かった。

「セシリアを、自由にしてやってほしい。もう、十分すぎるほど、あんたに仕えたんだから。これから、セシリアがどう生きるかは、セシリア自身に決めさせてやってほしい」

「ウィル……」

セシリアはウィルを見つめた後、神に向かいなおし、改めて跪いた。

「主よ。私は、幼き頃よりずっと、孤独を感じていました。私の母は、呪われた私の運命に気づき、正気を失っていきました。母にとって、娘を二度も失うことは、死ぬより辛いことでした。幼い私は、そんな母を憐れんでいました。そして、母が正気を失っていくことで、兄たちに心労をかけることを申し訳なく思っていました。家族と温かいつながりを築けずにいた私は、当時の予言者や、本物のヴァネッサと、夢の中で語らうことで孤独を癒していました。

スータに逃れ、記憶を失った後の私も、孤独から逃れることはできませんでした。私は、主を愛し、この身を捧げることによって、孤独を癒そうと思いました。私は、人を愛し、救うために、主に命を捧げたわけではありませんでした。私は、何より、自分を憐れんでいたのです。哀れな自分の居場所を作るために、私は周囲に勧められるまま、女騎士として生きることを選びました。

しかし、私は主の声を聴き、人々を救うための使命に目覚めました。そのために剣を振り、わが身を鍛え、いつかノールタの魔女を討ち、私も死ぬのだと思っていました。その時、初めて、私は、孤独から解放されるのだと思っていました。

ですが、今私は、こうして生きています。そして、私を真に必要としている人と巡り合いました。どうか、残りの人生を、彼とともに生きることをお許しください」

今度はウィルの顔が、炎のように熱くなった。目頭が熱くなり、涙があふれてきた。

すると、光り輝く人型が、老人のそれから、若い男のものに変わった。若い男は神々しい声で、セシリアとウィルに語りかけた。

「セシリアよ、ウィルよ、今こうして、魔女の魂と神の魂が再び巡り合った。同じ体を持つ一つの生き物だった我らの魂は、四百年余りの時を超え、天に昇っていくことだろう。そして、お前たちは、お前たちの祖がかなえられなかった願いをかなえたのだ」

闇の中からもう一つの人影が現れた。それは若い女だった。若い女の影、すなわち魔女は口を開いた。

「しかし、この島がたどる運命は変わらない。お前たち人間があの力を使おうが否が、『蛇の瞳』の上にできたこの島はいつか滅びるのだ」

セシリアは、わかっております、と答えた。

「お前たち人間はこれからも発展し続けるだろう。そして、いつか、この島から脱出するすべを編み出すだろう。島が滅びたとて、お前たち人間は生き続ける。だが、果たして、この島の外に、お前たちが生きる場所はあるだろうか。セシリアよ、そしてウィルよ、それを見届けることができない、人の短い生を、私は哀れに思う」

魔女は、憐れみと蔑みの混じる声で言った。

「お前たち人は、自らの意志を持ち、自らの生を全うする強さがある。それが、時には強い意志となり、ほかの人を動かし、変えていくのだ」

若い男の影、神はそう言った。

「俺は、セシリアと短い生を共に過ごせれば、それで十分だ。俺は、セシリアに出会ってから変わったんだ。セシリアの強い意志が、俺を動かして、変えたんだ」

ウィルは涙をぬぐい、心底、誇らしく思って言った。

「ウィルよ、大地の上で、お前の守りたい者と生きるがよい……」

神と魔女の声が重なり、あたりはまばゆく輝いた。余りのまぶしさにウィルとセシリアは目を閉じた。

まばゆい光が、和らいできたのを感じた二人は目を開けた。二人は小さな泉のある、森の広場に立っていた。

「ここは、どこだ？」

ウィルはあたりを見回した。人の気配は全くなかった。

「ここは、地の果てと呼ばれるところ。バルバラ山脈のさらに西の土地です。ここなら、神に仕えることを放棄した私を、異端者として討ちに来る者も、私を憎む者も、誰も来ないでしょう……。私は信仰も、剣も捨てました。そんな私にはふさわしい土地でしょう。でも、あなたは、こんな寂しいところで、私と二人きりで暮らす、本当にそれでいいのですか？」

セシリアは思いつめた様子でウィルに尋ねた。ウィルはにんまりと笑ってみせた。

「お前と暮らせるなら、ここは地の果ての楽園に違いないぜ」

それを聞いて、セシリアもにっこりと笑った。

二人は手を握った。ウィルがセシリアの身体を寄せようとすると、セシリアはするりとすり抜けて、踊るようにあたりを回りながら、歌を歌い出した。恋の歌のようだった。

「意外だな。恋の歌を知ってるなんて」

ウィルはからかうように言った。セシリアは朗らかに笑っていた。

「讃美歌の他には、この歌しか、知らないのです。ずっと前に、どこかで誰かがこうして歌い踊るのを、私は確かに、見ていた気がするのです」

「俺も、その歌を聞いた気がする。きっと、どこかで、俺たち、つながっていたんだぜ」

その調べは、リヴェーロの恋の歌だった。セシリアは母親のお腹の中で、ウィルはあの老人の草笛の音色で、確かに聞いていたのだ。

ウィルは再びセシリアの手を取って、そっと唇を寄せた。二人はいつまでも、いつまでも、離れようとしなかった。

―完―

著者プロフィール

田原 更（たはら こう）

1982年（昭和57年）生。神奈川県出身、茨城県在住。
中央大学文学部卒。
育児と仕事の合間に書いた小説が出版社の目に留まり、出版のはこびとなる。
趣味は庭の草花をながめること。

地図イラスト：伊藤ナヲ、株式会社ラポール イラスト事業部

火打石と瑠璃の島

2021年3月15日 初版第1刷発行

著 者 田原 更
発行者 瓜谷 綱延
発行所 株式会社文芸社
〒160-0022 東京都新宿区新宿1－10－1
電話 03-5369-3060（代表）
03-5369-2299（販売）

印刷所 株式会社暁印刷

ISBN978-4-286-22298-1